バケモノ屋敷のメイドさん

~美醜逆転世界で三人のご主人様からの愛され生活が始まりました~

Bakemono yashiki no maid san

kyoma

きょま

eR
eロマンス ロイヤル

Characters

高橋小鞠（マリー）

Mary

十九歳

気が付いたら異世界にいた大学生。奴隷商人に追いかけられていたところをゴディルフェルに助けられ、ゴディルフェル、ペコ、アビアラの三人のご主人様が住むお屋敷のメイドとして働くことに。

マグ・メル

屋敷に住んでいる、謎の多いイタズラな精霊。見る人によって姿が違うが、マリーにはヴェールを纏う曖昧な雰囲気の少年に見える。主人のペコには忠実。

イーリス

屋敷の三人の主人たちの仕事仲間の宮廷魔法使い。魔法具の開発を専門としている。変わり者。

～“バケモノ屋敷”のご主人様たち～

ゴディルフェル

二十歳

しっとりとした濃い色の肌とアメシストの瞳を持つ美しい青年。通称ゴディ。歴代最年少の九歳で宮廷魔法使いとなったエリート。杖魔法が得意。

ペコ

二十七歳

シルバーの瞳と髪を持つ精悍な顔立ちの美青年。クールなメガネが印象的な宮廷魔法使い。精霊の使役魔法が得意で、屋敷には契約精霊がいる。

アビアラ

二十八歳

背が高く、鮮やかな赤い髪を持つ青年。瞳はガーネットとジェイドのヘテロクロミア。口調や仕草が優美な宮廷魔法使い。通称アビー。魔法薬の調合が専門。

CONTENTS

Bakemono yashiki no maid san

プロローグ

三対の手が私の体を撫《な》で回していた。ある手は胸を揉《も》み、またある手は秘部に指を差し込んでナカを掻《か》き回している。その度に私の体はビクビクと見事に跳《は》ねてしまっていた。そんな体を宥《なだ》めるようにさする手すらも気持ちよく感じてしまって、いよいよ逃げ場がない。これまで経験したこともない異様な状況と、否応《いやおう》なく体を昂《たかぶ》らせる熱に、私はただ翻弄《ほんろう》されることしかできなかった。

何より、私に愛撫を加える三人はいずれも目の覚めるような美人さんなのである。ただでさえこんな行為は初めてなのに、相手が三人で、それがモデルのような美人さんとあっては、あまりにも羞恥《しゅうち》心《しん》が煽《あお》られる。どの手もまるで愛《いと》しいものに触れるように私の肌を撫でるものだから、気持ち良さですっかり感じ入ってしまう。

「……気持ちいい、のか？」

「あっ!?　やぁ、そっちはだめ、だめですっ！」

大きな手が私のお腹《なか》を優しく撫でて、ゆっくりと下に降りる。ただでさえじんじんと熱の燻《くすぶ》るお腹がきゅんと疼《うず》いた。触られている快感と秘部を見られてしまっている羞恥心で、顔から火が出そうだ。しかもその手の持ち主が白い肌に銀髪の冷たげな美人さんなので、恥ずかしさはひとしおだった。彼はずっと仏頂面《ぶっちょうづら》で、けれど興味深げに私の痴態《ちたい》を眺《なが》めながら愛撫《あいぶ》してくる。

「気持ちいいんじゃないかしら？　ほら、こっちにも集中なさい」

「やぁんっ、あ、あっ、んんん……っ」

　別の手が、咎《とが》めるように私の胸の先端を弾《はじ》いた。艶《つや》やかな赤い髪を結い上げた女性的な美人さんが、私の後ろから顔を覗《のぞ》き込んでくる。赤と緑のヘテロクロミアが悪戯《いたずら》っぽく微笑《ほほえ》んだ。彼は巧《たく》みに私の気持ちいいところを見つけて、もどかしいほどに優しい刺激を与えてくる。焦《じ》らすような触り方は、拒絶したい気持ちとは反対に「もうなんとかして」と泣き付きたくなるほどだ。

「マリー、俺の顔見て。そう、ね、キスしていい？」

「ん、ふぁ、んん……」

　不意に、また別の手がそっと頬《ほお》に添えられて、正面を向かされる。そこには、とろりとしたアメシストの瞳《ひとみ》があり、火傷《やけど》しそうなほどの熱を湛《たた》えて私を見ていた。深いブラウンの頬はほんのり上気《じょうき》して色づいており、興奮しているのが分かる。私はその熱にあてられたように唇《くちびる》を寄せた。しっとりした唇同士で触れ合って、すぐに舌を入れられて濃厚なキスになる。

「んっ……ふ……」

「とろーってしちゃって可愛《かわい》いわね」

「……俺たちの顔が認識《にんしき》できていないのか？　普通は悲鳴をあげて恐れるものだが」

「そうなのよねえ。目が見えていないわけでもないし……。私たちを相手にこんなに感じるなんてすごいわね」

　キスの傍《かたわ》らで、赤毛の美人さんと銀髪の美人さんが話すのがぼんやりと聞こえた。

　というか、あれ、なんでこんなことになったんだっけ……？

一章 ◆ 異世界でメイドさんになりました

私は高橋《たかはし》小鞠《こまり》。この春に大学生になったばかりの普通の若者である。新生活にはキラキラとした憧《あこが》れもあったけれど、反対に不安もいっぱいで、初めての講義にサークル見学にお友達付き合いにと、私は日々忙しく走り回っていた。新しいことばかりで楽しいな、でもちょっと疲れてきたかも？　なんて頭の隅で考えていて、そんな折だったと思う。私はいわゆる異世界転移をした。

気づいたら、森の中で座り込んでいた。何が起こったのか分からないし、直前の記憶も曖昧《あいまい》で、そんな状況にひどく混乱してしまった。同時に、薄《うつす》らぼんやりと噂《うわさ》に聞いたことがあった「異世界トリップ」という言葉が脳裏《のうり》をチラついていた。その手の話の通りなら、転移者にはなんらかのチート能力が付くのが定番中の定番。けれど残念なことに、自分にチート能力がないことは早々に思い知らされた。なぜなら、トリップ早々ピンチに陥《おちい》ったのに、私にはそれらしいものが何一つ発動しなかったからである。

「はぁ、はっ……！」

チート能力のなかった私は、転がりながら森を疾走《しっそう》する羽目になった。追われているのだ。

森を彷徨《さまよ》った末に、私は人を発見した。嬉《うれ》しくなって、助けを求めるために声を上げかけて、でもそうすることはできなかった。理由は二つある。

まず、言葉が通じなさそうだったからだ。私は当然日本語しか話せないし、あとは義務教育で習った英語が少し分かるくらいなのだが、目の前の人たちが発する言葉は日本語でも英語でもなかった。多分異世界の言葉なんじゃないだろうか。こういうのって普通不思議な力で自動翻訳《ほんやく》されるものなのでは？　全く理解できない言葉を前に、私は途方《とほう》に暮《く》れた。

　もう一つの理由として、その人たちは、なんだか異様だったからだ。地面を引きずる鎖《くさり》、そこに繋《つな》がれた人たち、彼らに付けられた不気味な光を放つ首輪、ときどき聞こえる苦しげな嗚咽《おえつ》。これはいわゆる奴隷《どれい》支配というものなのでは？　へえ、奴隷なんているのかぁ。普通に考えて、人間を鎖で引きずり回す人には、ちょっと助けを求めにくい。その時、鎖を引く男が顔を上げて私の存在に気づくと、その口がニヤリと三日月のように裂《さ》けて――。

　そこまで認識して、私は即座に回れ右をした。しかし時すでに遅し。聞き取れもしない言葉を大声で投げかけられた、と思ったらこちらへ向かってくるではないか。慌てて逃げ出して、こうして追いかけっこの状況のできあがり。

「はっ、も、むり……！」

　捕まったらどうなってしまうんだろう？　いや、もしかしたら親切な人なのかもしれないが、言葉が通じないという状況はひどく恐怖を煽《あお》る。

　しかし、いくら必死でも、逃げるのには限界があった。整備されていない森の中は足場も悪く、体力にも限りがある。すでに追っ手の声も近く、私はもうダメかもしれないと酸素の足りない頭で予感した。だから気づくのが遅れた。そこに割り込んできた、また別の声があったということに。

「×××××？」

全力疾走していた体が突然掴《つか》まれ次の瞬間にはぽすっとどこかに収まった。捕まったかと思って焦ったが、宥《なだ》めるように優しく背を叩《たた》かれて、私はようやっと落ち着いてその人物を見上げる。

「×××」

言葉の意味は全然分からなかったけれど、爽やかな中にどこか甘さを含んだ、美しい声に聞こえた。私は、奴隷商人のような男とは別の、ローブを着込んだ人物に抱き止められていた。

柔らかな漆黒《しっこく》の髪に、しっとりとした色の濃い肌、深く透けるようなアメシストの瞳《ひとみ》。おそらく歳《とし》は二十歳《はたち》くらい、甘い幼さを残した顔はけれど誰もがハッとして魅入《みい》るような美しさ。険しく目線を走らせる、アンニュイな仕草《しぐさ》一つとってもほのかな色気がある。フードを深く被《かぶ》っているが、その美貌《びぼう》はどうしたって隠しきれていない。

状況も忘れて、見惚《みと》れてしまった。それほど美しい人だったのだ。しばらくした後に、私はどうやらその美人さんに男から庇《かば》ってもらっているらしい状況を察するに至った。

「×××？　×××」

「××××××！」

二人は、少しの間言葉をかわしていた。やっぱり意味は理解できなかったけれど、雰囲気《ふんいき》は決して穏やかではない。男は怯《おび》えとイライラが混じり合った風だったし、美人さんも口元は笑んでいても目は冷たい色を放っていた。

「×××××」

「×××××！」

しばらくして、美人さんはポイッと麻袋《あさぶくろ》のようなものを男に投げて渡した。地面に着く瞬間に

たくさんの金属片のぶつかる音がして、直感的にお金だと思った。どういう話の流れかは知る由《よし》もないが、美人さんがお金を払ったらしい。

「×××××」

それで話は終わりのようだった。男は袋を拾って引き返し、美人さんは私を守るように立ったまま。言葉は分からなくとも、私が美人さんに助けられたらしいことだけは、理解できた。

不気味な男が完全に立ち去ってから、私はやっとその美人さんの胸元から降ろされ、正面から向かい合った。見れば見るほど美しい人だ。とろりと魅入られるような紫水晶《むらさきすいしょう》が私を見て瞬く。どんな人もドギマギさせてしまうような力が、その潤《うる》んだ光を湛《たた》えた瞳にはあった。

「――」

私がぽうっと見惚れている間に、美人さんは腰の辺りから何やら杖《つえ》のようなものを取り出し、軽く振る。すると、キラッと光の線のようなものが私の周りを渦巻《うずま》いた。

「わっ」

「……言葉、分かる？」

「え、わ、分かります！」

ビックリした。言葉が急に意味を帯びた。美人さんの方も私の言葉が通じたみたいで、「よかった」と微笑《ほほえ》んでいる。その笑顔がまた美しくて、私はそわそわと視線をさまよわせてしまった。

「えっと、助けてくださってありがとうございました」

「うん、無事でよかった」

頭を下げてお礼を言うと、美人さんも穏やかに笑ってくれる。優しい人だ。初対面だから信用し

すぎるのも怖いけれど、今のところ悪意は感じない。

　だから私は、もごもごと歯切れ悪くなりながらも、話を切り出した。

「あの、お金を出していただいたように見えました。返します。今は身一つで何もないのですが……」

　そう、美人さんは先ほど明らかにお金を出してくれていた。どういう話の流れかは分からないが、察するに私の身柄を買う形でさっきの男との話に決着をつけたのではないだろうか。だとしたら、私は彼に借金をしていることになる。そして、私の予想は間違っていないようだった。

「あー、まあ……でも気にしなくていいよ」

「いえ！　借りがあるままでは悪いです。ちゃんと返したいです」

　金の貸し借りは不和の基ともいう。母にも借りたお金は必ず返すように、また、そもそも長くお付き合いしたい人とはお金の貸し借りはしないようにと言い付けられている。

　美人さんは困ったような顔で「でもごめん、すごく大金だよ」と言った。逆に、なんでそんな大金を初対面の私にポンと出してくれたのだろう？

「ぶ、分割《ぶんかつ》払いとか……なにかお金……えっと、私はこの国のこと全く知らなくて……その、気づいたらここにいて……」

　そういえば、結局ここはどこなのだろう？　もう異世界であることはほとんど確信しているけれど、私は淡い期待を抱いて口を開いた。

「あの……ちなみに、ここはどこですか？」

「ここ？　ハズレ森だよ」

「えーっと、日本、じゃ、ないですよね……」

「ニホン？　うーん、ここは『原初《げんしょ》の魔女の国』っていう国なんだけど、君が知りたいのはそういうことで合ってる？」

「そ、そうです。あはは……」

見事に聞いたことのない名前が返ってきて、私は乾いた笑いを漏らす。もしかしたら地球には私の知らない名前の国もあるかもしれないけれど、さすがに「原初の魔女の国」という国はないだろう。やっぱりここって異世界なのか。

どうしよう。異世界となると、私には財産もなければ身寄りもない。借りたお金を返すどころではなく、今日の食事にも寝る場所にも当てがない状況だ。助けなんて来ないだろうし、むしろ私の日本での扱いってどうなるんだろう？　学校は？　家は？　両親は？　友達は？

ぐるぐると不安が私の胸中に渦を巻いていく。足元がなくなっていくようだ。私は、これから一体どうすれば……？　急に黙り込んだ私に、美人さんが首を傾《かし》げる。

「大丈夫？」

「……は、い、」

頷《うなず》いたものの、どう考えても大丈夫ではない。でも、初対面の人を頼ってもいいものだろうか。迷っていると、美人さんも迷うように頬《ほお》をかいて、そっと口を開いた。

「……うちの仕事、紹介しようか？」

それは、願ってもない提案であった。

「勤務条件を了承してもらえるなら、住み込みで食費もこっち持ちなんだけど……なんちゃって」

そう冗談めかして提案してくれる美人さんに、後光《ごこう》が差して見えるようだった。

今の私には全く何も当てがない。もしもこの話が本当なら、こんなに良い話はない。もちろん、まだお仕事の内容を聞いていないし、なんでこんなに親切にしてくれるのかとか、落とし穴があるのではないかとか、不安はある。けれど、これを断れば私にはやっぱり行く当てがないし、もし罠《わな》だったとしても、今はどうしようもない。何をするにもまず情報収集をする必要があるのだ。

「……お願い、したいです。私にできることなら何でもします。お金も働いて返します。詳しいお話を聞かせてください」

「もちろん。あ、でも……ていうか、君、俺の顔見てなんも思わないの？」

「というと？」

私は首を傾げた。すっごい美人さんだと思うけど、今聞かれているのはそういうことで合っているのだろうか？　何を聞かれているのかいまいちよく分からない。

「俺、見ての通りの外見で、うちには他に同じレベルの顔の男が二人いるんだけど……大丈夫？」

おそるおそる聞かれた質問に、私は再び首を傾げた。それはどういう意図《いと》の話だろう。惚《ほ》れるな、ということだろうか。確かにこんな美人さんが三人もいたら、女性は放っておかないことだろう。惚れられたら面倒だから、女の私を雇《やと》うことに懸念《けねん》があるのかもしれない。当然、お世話になるのにそんなご面倒をおかけするわけにはいかない。惚れませんとも！　頻繁《ひんぱん》に見惚れるかもしれないけど、少なくとも色恋《いろこい》沙汰《ざた》にはしないようにします！　私は力強く頷いた。

「もちろんです！」

「そ、そう？」

私の言葉に、美人さんはなんだかとても嬉しそうにはにかむ。深いブラウンの瞳が淡《あわ》く色づいて、口元がふにゃりと緩《ゆる》むのが可愛《かわい》らしい。そんなに顔立ちに悩まされていたのだろうか？　まあ、こんな美人さんは町を歩くだけで声をかけられまくって、心が休まる暇もないのかもしれない。

「それじゃあ、詳しい話は場所を変えようか。自己紹介が遅れたね。俺はゴディルフェル。君は？」

「わ、私は高橋小鞠と申します！」

ゴディルフェルさんは私の名乗りにちょっと戸惑ったような顔をして、「じゃあマリーって呼んでいい？」と言った。

さて、そうして案内された場所は、とても大きな、そして立派なお屋敷《やしき》だった。十人以上の大家族でも広々暮らせそうな、ハーフティンバーの二階建て。ベージュの屋根の本館と、ネイビーの屋根の別館がある。洋書に出てきそうな美しい外観《がいかん》の建物だ。私は別館に案内された。内装も綺麗《きれい》なもので、リビングのような部屋には凝《こ》った装飾《そうしょく》の出窓《でまど》になめらかなカーテンがかけられていた。掃除《そうじ》が行き届いた床にはいかにも高級そうなラグが敷《し》かれていて、暖炉《だんろ》まである。そして、ソファには二人の男性が座っていた。

「ただいまぁ」

「おかえりなさい」

「……おかえり」

ゴディルフェルさんと挨拶《あいさつ》をかわす二人が、話に聞いた「同じレベルの顔の男」という方々だろう。なるほど、二人ともとんでもない美人さんであった。

一人は、背が高そうで鮮《あざ》やかな赤い髪の印象的な男性だ。丁寧《ていねい》に結《ゆ》い上げられた艶々《つやつや》の赤毛、輝

かんばかりの白い肌、瞳はガーネットとジェイドのヘテロクロミア。目鼻立ちのくっきりとした、しかし中性的な顔立ちは華があり、どこにいたって目立ちそうだ。姿勢もいいから立ち上がったらきっとモデルのようにスタイルが良いのだろう。

もう一人は、大柄でがっしりした体躯《たいく》の冷たげな印象の男性である。短く切り揃《そろ》えられた銀の髪に、日焼けを知らない白い肌、広い肩幅《かたはば》に精悍《せいかん》な顔立ち。メガネ越しの目線は、今は本に落とされているが、ダイヤモンドのように美しいシルバーアイだった。その肩にはヒラヒラとした翅《はね》を持ちふわりと体が光る小さな虫がとまっており、神秘的《しんぴてき》で絵になる人だ。

とにかく、そう、これは確かに一目惚れも仕方のない絶世《ぜっせい》の美人さん揃いであった。

私は思わずごくりと息を呑《の》んでしまう。そんな私を見て、赤い髪の男性は一瞬顔をしかめたし、銀の髪の男性は一瞥《いちべつ》だけして興味なさそうに再び本に視線を落とした。

「ゴディ、その子は？　新しい子？　事前に連絡しなさいよ、準備ってものがあるでしょう」

「ちょっと違うんだけど……なんでもやってくれるって」

「はあ？」

ゴディルフェルさんの言葉に、赤い髪の男性が驚いたような顔をした。そんな赤い髪の男性と、彼のオネエ口調《くちょう》にビックリしている私をスルーして、ゴディルフェルさんは私を振り返る。ゴディルフェルさんは結構マイペースな人なのかもしれない。

「マリー、紹介するね。こっちの赤いのがアビーことアビアラで、あっちの白いのがペコ」

「は、はじめまして。私は先ほどゴディルフェルさんに助けていただいた高橋小鞠です。ま、真面《まじ》目《め》に働きます！」

ぐっと拳《こぶし》をつくって、気合い入れて働きますアピールをした。アビアラさんはそんな私に奇妙なものを見るような目をする。

「それは、私たちの相手ができるってこと？」

「え、っと？　相手？　と、とりあえず、人並《ひとな》み程度ではありますが、炊事洗濯掃除、お話相手などもできます！」

私の言葉に、さらに目を細めて微妙《びみょう》な顔をするアビアラさん。ペコさんは反応すらしない。うーん、全体的にあまり感触が良くないな。助けを求めるようにゴディルフェルさんを見ると、彼はにっこりと笑って言った。

「いいだろ？　俺が雇うし」

「まあ、それなら私は構わないけど……」

「……俺の邪魔《じゃま》をしないのであれば」

限りなく「どうでもいい」寄りの了承を得て、私はなんとか無事に就職先にありつけたようだ。

ゴディルフェルさんが「やったねマリー」とはしゃぐ。それが、少年のような無邪気な笑い方で、思わずドキッとした。浮世離れしたエキゾチックな青年が、クラスメイトの男の子のように笑うのだ。くらりとするくらいのギャップだった。ぽーっと見惚れてしまう私をよそに、ゴディルフェルさんは二人を振り返る。

「じゃあ二人ともよろしく！　ちなみにマリーは異国から来たみたいで言葉が通じないから、意思《いし》疎通《そつう》の魔法を使ってる。もし切れてたらかけてあげて。あとくれぐれも乱暴《らんぼう》しないでね。ペコは精《せい》霊《れい》にも言っといて～」

「……誰に言っているんだ、精霊制御の初心者じゃあるまいし、問題ない」

「なら良かった」

それだけ言って、ゴディルフェルさんは私の手を引いた。「案内してあげる」とアメシストの目を細めて微笑む彼は、端的《たんてき》に言って王子様のようだ。しかも、こんなに自然に優しく手を握られたら勘違《かんちが》いする女子が続出することだろう。大層モテるんだろうな、この人。

手を引かれて、リビングを出る。その後ろで、アビアラさんとペコさんの会話がなされていたことには気づかなかった。

「……ねえペコ、あの子、私たちの顔を見てあまり怯えてなかったわよね？」

「そうなのか？　興味がなくて見ていなかった」

「ゴディも珍しいくらい浮かれていたし、なんなのかしら」

「……そういえば、確かに会話ができていたのは珍しいな。大抵は怖がって話にならないのに」

「そうよねえ……」

「部屋はここだよ」

ゴディルフェルさんが案内してくれたのは、別館の一室だった。丁寧に整えられた部屋はホテルのようで、私は状況も忘れて胸が高鳴《たかな》るのを感じる。

「トイレはそこ、バスルームはそっち。服はクローゼットの中にあるやつを適当に使って。基本的にこの別館にある設備《せつび》は全部自由に使ってくれて大丈夫だから」

「はい、ありがとうございます」

「あとは、あっちのベージュの屋根の本館が俺たちの仕事場になってて、危険なものもあるから近づかないこと。アビーとペコの部屋は勝手に入らないこと……。気をつけるのはこんなところかな」

「承知いたしました」

ゴディルフェルさんの説明に頷いた。言いつけを守ることはひとまず出来そうだ。

「さ、今日は疲れたでしょ。お仕事の詳しい話は明日ってことで、今日はゆっくりして。何かあったら俺は下の部屋にいるから、遠慮《えんりょ》せず言ってね。あ、早速だけど今日の夕飯とか一緒に食べる？　と言っても、俺は料理できないんだけどさ」

「それなら、私が料理できます」

私の言葉に、ゴディルフェルさんが目を輝かせた。アメシストの瞳に星が散る。

「マリーの料理、食べたい！」

少年のように無邪気に笑うゴディルフェルさん。そんなことを言われてしまったら、腕を振るわないわけにはいかない。そうして、私たちは夕飯作りのためにキッチンに向かうこととなった。

ではレッツクッキングだ！　ちなみに、私の料理の腕は普通である。父と別居しており、母も忙しい人だったので、基本的には自分で作っていた。けれど、凝るタイプでもなかった。

さて、この世界、なんというか案の定米がない。いや、探せばあるのかもしれないが、ゴディルフェルさんの話しの感じだと、少なくともこの国の主食ではないらしい。そうなると、私のレパートリーって結構限られてくる。今回は、パンケーキもどきを作ることにした。使える食材の中で小麦粉的なものしか主食にできそうなものがなかったのだが、小麦粉で他に何が作れるのか思いつかないのだ。うーん、今後勉強する必要がありそうである。

私は小さなボウルのようなものを出して、そこに小麦粉と牛乳を入れた。さらに卵と砂糖を入れて混ぜる。おやつじゃないので、砂糖は控えめに。そしてフライパンのようなものを熱して、油を引く。いい感じに温まったら生地を流し込んで、焼くだけだ。ふくらし粉がないのでふわふわにはならないかもしれないが、まあいいだろう。

生地を流し込んでいると、コンロの陰から突然ウーパールーパーのような生き物が顔を出したので、ぎょっとしてしまった。ウーパールーパーといえば左右に三本ずつある外エラが特徴的だが、この生き物は外エラが楕円《だえん》の花びらのような形をしている。ずんぐりとした体型で、外エラや尻尾《しっぽ》が透き通った色合いをした、何だか気になる生き物だった。

「ゴ、ゴディルフェルさん、こちらの不思議な生き物は……」

「ああ、ペコの火の小精霊だよ。屋敷の火の管理をしてくれてるんだ」

「ペコさんの、火の小精霊、ですか？」

鸚鵡《おうむ》返しに聞きながら、私はワクワクとしていた。「精霊」ってなんだろう？　なんだかファンタジーな響きで、胸がドキドキする。そういえば、リビングから出る時も「精霊に言っといて」みたいな話をしていた気がする。ゴディルフェルさんもニコッと微笑んだ。

「ペコは精霊の使役《しえき》魔法が得意なんだ。この屋敷にはペコの契約精霊がいて、水や火の管理をしてくれている。ちなみにアビーは魔法薬の調合《ちょうごう》の専門家だし、俺も杖魔法なら誰にも負けないから」

「魔法があるんですね」

「あれ？　そこから？」

ゴディルフェルさんが驚いたような顔をした。この世界では魔法って一般常識なのだろうか？

「すみません、魔法のないところから来たのです。魔法は初めて見ましたが、ワクワクしますね」

「……知ってると思ってた。そっか、マリーは、本当は魔法も知らなかったのか」

神妙《しんみょう》な顔をするゴディルフェルさん。そうしていると、彼はぐっとミステリアスで大人びた雰囲気になる。彼は少し考え込んでから、教えてくれた。

「俺たち三人は魔法使いなんだ。魔法っていうのは……種類は色々あるんだけど、おおむね魔力というものを利用して、狙った事象を引き起こす技術というか……。たとえば、俺が使う杖魔法は、杖と呪文を使う魔法だ。この国は一般人もちょっと学べば生活に便利な、水を出したり火を起こしたり、そういう魔法は使うことができる。それらは大体杖魔法に該当《がいとう》する」

「もしかして、私と出会った時にかけてくださった言葉が通じる魔法もですか？」

「そう。あれも杖魔法だよ。まあ意思疎通の魔法は需要《じゅよう》が高いから、杖魔法以外でもかけられる」

そこまで言って、ゴディルフェルさんはコンロを覗《のぞ》き込んだ。そこには変わらず先ほどの火の小精霊がいる。花びらのような外エラがゆらゆらと炎《ほのお》のように揺《ゆ》れていた。

「マリーは火を使っていたの⁉」

「はい。火はもともとあったので。そういえばこちらは火加減ってどうやって調節すれば……」

「火の小精霊にお願いすればいいんだ」

なるほど？　改めて見下ろすと、火の小精霊はちろりと舌を出してこちらを見上げている。

「えっと……あの、これ、焼き色がつくまで今くらいの大きさの火で焼きたいんですけど……。そのあと生地を裏返すのですが、そこからはもうちょっと弱い火で焦げないようにじっくり焼きたいです」

「シュー」

私の言葉に、火の小精霊は微《かす》かな鳴き声を残して、炎に巻かれるように消えてしまった。大丈夫かな？　しかし、コンロの炎はいい感じである。

「火の小精霊は人馴《な》れしているから大丈夫だよ。それに初めてなのに伝え方が上手だ」

「そ、そうでしょうか」

初めてのことなので不安はあるが、しかしあとは焼くだけである。私はついでに卵を割ってパンケーキの横に目玉焼きを作り、ベーコンとチーズを乗せる。それらが焼けるまでの間、ゴディルフェルさんは色々なことを教えてくれた。

曰《いわ》く、彼らはこの国の宮廷《きゅうてい》魔法使いなのだそうだ。宮廷魔法使いは、国に仕える魔法使い。この国はとても魔法産業に秀《ひい》でた国らしくて、魔法使いは公務員《こうむいん》に該当するっぽい。そして、宮廷魔法使いには階級《かいきゅう》があって、彼らは全員、最高位の「グランド」の魔法使いなのだとか！

「グランドは、この国に十八人しかいないんだ。それに、普通は長く生きた魔女がなるものだけど、俺は二十だしペコは二十七、アビーは二十八で、つまり若くして超実力あるってわけ！」

「すごいです！」

素直に褒《ほ》めると、ゴディルフェルさんは私の反応に口をむずむずさせていた。嬉しいのだろうか？　ちょっと可愛い。

それにしても、国に十八人しかいないうちの三人がこの屋敷に住んでいるのか。それなんというか、すごすぎなのでは？　こんな美人さんで物腰《ものごし》も柔らかな上に、トップクラスの魔法の実力まであるの？　使用人とか募集したら希望者が殺到しそうである。私は雇ってもらえて運がよかった。

「ちなみに、この屋敷に私以外の使用人さんはいらっしゃるんですか？」

「……いや、いないよ。マリーだけ。大抵のことは生活魔法とペコの契約精霊の力で賄《まかな》えるからね」

「えっと、それはもしかして、必要ないのに私を雇おうとしてくださっていますか？」

「そんなことはないから!!」

いきなりゴディルフェルさんが大声を出す。私はビックリした。彼は今まで、ずっと落ち着いた声で話していたものだから。彼は固まる私にハッとすると、慌てたように手を振る。

「いや、本当にそんなことはないから。料理を作ってくれるの嬉しいし、普通の人はちょっと不都合があって、お願いしても来てくれないんだよ。本当に」

「そ、そうですか……？」

私は首を傾げた。やっぱり美人すぎるから、人を雇ってもトラブルが絶えないのかな。きっと美人には美人の悩みがあるのだろう。

パンケーキが焼けたので、私はパンケーキをお皿に移した。一緒に焼いていた目玉焼きも添え、トマトとレタスも一緒に盛り付けて、完成である。火の小精霊はうまく私の意図を汲《く》み取ってくれたらしく、焼き加減もいい感じだ。

「火の小精霊さん、ありがとうございます」

「……シュー」

火の小精霊にお礼を言い、私は出来上がった二皿のパンケーキとカトラリーを持ってキッチンを出た。ゴディルフェルさんに案内してもらい、近くのダイニングルームに移動する。深みのある焦茶色の大きなテーブルに料理を置いて、二人で向かい合うように席につき、いただきますをした。

パンケーキもどきは好評《こうひょう》であった。ゴディルフェルさんは美しい所作《しょさ》で一口食べ、アメシストの瞳をとろかして微笑んだ。いやまったく顔がいい。それからこちらを見て、「美味《おい》しいな」と褒めてくれたのだ。彼氏力が高すぎる。これまで一体何人が彼に惚れたのか。

私も早速目玉焼きの黄身を崩して、パンケーキと絡めた。そして切り分けて、一口。黄身は少し堅めだが半熟《はんじゅく》で、とろりとしている。チーズとベーコンにも合う。うん、我ながら良い出来。

「ねぇ、材料は用意しておくから、毎日作ってほしいな。また一緒に食べたい」

「はい、私でよければ。頑張ってレパートリー増やしますね」

「仕事で急に出かける日もあるから、たまに来られないかもしれないけど、取っておいてもらえる？　次の日食べるから」

「もちろんです」

とりあえず、明日の朝も一緒に食べる約束をした。ちょっと楽しみだ。

「そういえば、ゴディルフェルさんのお仕事は宮廷魔法使いなんでしたっけ？」

「そう。宮廷魔法使いと一口に言っても色々あって、俺は主に魔獣討伐《まじゅうとうばつ》をしてる。だから見回りしたり……急な呼び出しとかもまあまあある。転移魔法で飛べるから、辺境《へんきょう》の方に呼ばれたりね」

「ゴディルフェルさんはお忙しいのですね」

「でもグランドにしては仕事少ない方だよ。俺たちは全員こんな顔だから浄化《じょうか》機構《きこう》がちょっと……まあこの話はいいか」

言葉を濁《にご》すゴディルフェルさん。うん？　まあいいならいいんですけど。

ゴディルフェルさんは間をもたせるようにパンケーキを口に含み、咀嚼《そしゃく》した。嚥下《えんか》する喉元《のどもと》が艶《なま》

めかしい。じっと眺《なが》めていると、彼はじとりと私を見た。見すぎたかな？

「……あと、その、ゴディルフェルさんっていうの、なんか……。ゴディでいいよ」

「ゴディ、さん？」

「『さん』ってつけるくらいなら『さま』の方が……いやなんでもないです」

言いかけて、ゴディルフェルさんはまた言葉を濁す。「ちょっと嬉しくて、浮かれすぎたかもしれない」と頬を赤くした。なにそれ可愛い。

「ゴディさま？」

試しに呼んでみると、彼はさらに顔を赤くして、それを誤魔化《ごまか》すように手のひらでほっぺたをぐいぐいと拭《ぬぐ》った。ええ、美人さんがそんなに簡単に赤面《せきめん》したらダメでしょ。色恋沙汰にはならないと誓《ちか》った身なのに、恋に落ちたらどうしてくれるのでしょう。

「なんだかメイドさんって感じですね。ゴディさま」

「もー、からかわないで」

照れたように怒るゴディさま。私は思わず笑ってしまった。

不安はまだまだ多いけれど、なんだか、私はここでやっていけそうな気がした。


次の日、目が覚めると、鳥の声と一緒に不思議な笑い声が聞こえてきた。クスクスと子どもの囁《ささや》くような笑い声。あまり嫌な感じはしなくて、そっと窓の外を覗くと白いふわふわした生き物がぽよんと庭を飛んでいくのが見える。

「……あれも、精霊さんなのかな」

一人、呟《つぶや》く。「起きたら変な夢を見ただけというオチになっていないかな」と少しだけ思ったけれど、私は依然《いぜん》として見知らぬ地に取り残されているようだ。少しガッカリしたけれど、ゴディさまは優しい人だったし、きっと大丈夫だろう。私は自分にそう言い聞かせてから、行動を開始した。
まず顔を洗って、服を着替える。顔を洗っているときに、エビのようなトカゲのような、鱗《うろこ》のある不思議な生物がすいーっと空中を泳いできた。察するにペコさんの水の小精霊だろう。水の小精霊は興味深そうに私の周りを泳いで、それからとろりと水に還《かえ》るように消えてしまった。とってもファンタジーな感じだ。

着替えは、部屋のクローゼットに入っていたメイド服を借りた。もともと着ていた普段着のままでもいいけれど、私の仕事はおそらく家事手伝いだろう。仕事着の方がいいと思われる。黒いなめらかな生地に、たっぷりとした白いエプロン、重そうな見た目に反して動きやすく、フリルが可愛くてちょっとテンションが上がる。まあ不都合があったらまた着替えればいいし。

そうして私は部屋を出た。まずゴディさまに会って、仕事の内容についてお話を聞く必要があるだろう。しかし、部屋の前に行ってみたけれど、ゴディさまはまだ起きていらっしゃらないようだ。先に朝食を作って待っていた方がいいかな？　きっと一緒に食べるだろうし。あれ、そういえば、アビアラさんとペコさんの分の朝食は作らなくてもいいのだろうか？

私が廊下《ろうか》でまごついていると、そこに赤い髪を靡《なび》かせた男性が現れた。アビアラさんだ。

「×××？」

「あ、あれ？　言葉が……」

アビアラさんが何かを話しかけてくれるも、全く聞き取れなくなってしまっていた。そっか、昨

日かけていただいた魔法が切れちゃったのかな？　どうしよう、言葉が分からないのは普通に不安なので、少しずつ勉強するなりしてどうにかしたいところだ。

困っていると、アビアラさんが指輪を嵌《は》めながらおもむろに近づいてきて、とんっと軽く私の頭を叩いた。ふわりと指輪が光を放ち、それから彼が口を開く。

「これでどうかしら」

「あ、ありがとうございます。分かります」

すぐに言葉が聞き取れるようになって、ホッとした。彼は昨日、私を雇うことにあまり賛成じゃなかったようなのに、こうして親切にしてくれるなんて、優しい人だ。

アビアラさんは「まったくもう」とため息と共に腰に手を当てている。

「昨日かけた魔法がもう切れているなんて、ゴディも相当汚染率《おせんりつ》上がってきているわね。ていうか、昨日あの後浄化はしなかったの？」

「浄化……ですか？」

「そう。それをお願いしたくてあなたを雇ったものだと思ったのだけれど」

そうだったのか。確かに昨日ゴディさまも「浄化機構が……」みたいな話をしていた気がする。どうやらそれが私の仕事なのだろう。

「すみません、詳しいお話は本日伺うということで、まだ理解していなくて……浄化というのはどうするのでしょうか？」

「……ふぅん？　浄化を知らないなんて、あなたどこから来たの？　異国とか言っていたけど」

「えっと、とても遠いところです。色々常識も分かっていないかもしれないので、その、よろしく

お願いいたします」

「へえ。……まあいいわ。何かあったら遠慮なく聞いてちょうだい。早速だけど、テストをさせてもらってもいいかしら？」

「テストですか？」

首を傾げてみせると、アビアラさんが微笑んだ。それにしてもお美しいご尊顔《そんがん》である。

「あなたのことをまだよく知らないから、できるかどうか見てみたいの。いいかしら？」

「はい、もちろんです」

確かに、いざ雇ってみて仕事ができなかったら困るもんな。私は「ついてきて」と歩き出したアビアラさんに従った。案内されたところは、また別の部屋であった。カーテンが閉められている。空き部屋だろうか？　家具が少なくシンプルだが、奥には大きなベッドがあって、私はそこに座るように促《うなが》される。それから、小瓶《こびん》を渡された。

「これを飲んでくれる？　朝食がまだでしょう、腹ごしらえにもなるわ」

「魔法薬、というものでしょうか？　アビアラさんは調合が得意だとお聞きしました」

「あら、よく知っているわね。そうよ」

私の言葉にふわりと微笑むアビアラさん。彼は近づいてみると相当身長が高い。ゴディさまもやや高い方だと思うのだが、アビアラさんはさらに一回りかそれ以上は高い。それなのに、笑顔や仕草がなんだか女性的で優美《ゆうび》だ。唇をなぞる仕草が妙に色っぽくて、私は目を逸《そ》らすように小瓶に口をつけた。あまり見惚れて不愉快《ふゆかい》にさせてしまってもいけませんからね。

小瓶の中の液体は、少しトロッとしているけれども不快ではなく、甘くて美味しい。そういえば

どういった効果があるものなんだろう？　それにテストって何をするのかな？

「アビアラさん、ここで私は何をすれば……」

質問しようとアビアラさんを見て、私は言葉を失った。彼は何らかの魔法薬を飲んでいるところだった。こくりと喉が動くたび、その白い肌が色を変える。瞳もごろりと色を変えて、頭からはヌッと角が生えた。口から覗く歯が鋭《するど》くなり、全体的に幽鬼《ゆうき》のように不気味な雰囲気にその様相《ようそう》が変化していく。

お化け屋敷だったら、「わあよくできていますね」というところだ。ただ、それはあまりにも人智《じんち》を超えた様子だったし、いきなりだったし、その見た目で近づいてきて肩に手を置かれたら、普通に怖かった。だから悲鳴が口から出てしまったのは、仕方のないことだと思うのだ。

「ッ、ギャ――――!?!?」

「マリー!?」

悲鳴をあげてほどなく、ゴディさまが扉を蹴破《けやぶ》る勢いで部屋に入ってきてくれた。ゴディさまは杖をさっとアビアラさんに突きつけて、その後に相手がアビアラさんだと認識したらしい。怒ったような声で叫んだ。

「ってアビー、なに抜《ぬ》け駆《が》けしてるんだ！」

「あら、浄化をお願いしようとしただけじゃない。あんたもそのつもりだったんでしょ？」

「それは……」

「私もあんたも、ペコだって汚染率はもう限界……あんたも頼みなさいな」

変化したアビアラさんのぎょろりとした目がゴディさまを睨《にら》む。しかし、ゴディさまも一瞬言い

淀《よど》んだのを振り払って睨み返した。

「あのな、マリーを連れてきて雇うのは俺なんだ！　勝手なことしないでくれ！」

「浄化用じゃないっていうの？」

「だから！　そうでもそうじゃなくても、まず俺が説明してしかるべきだろ！」

「……本当に珍しいわね。まあ、はいはい、分かったわよ」

降参したのはアビアラさんらしい。彼がぱちんと指を弾《はじ》くと、不気味に変化していた姿が溶けるように元に戻った。は、はー、怖かった……。本当に今のはなんだったんだ。度胸《どきょう》試し？　浄化に必要なことだったのだろうか？　ただ一つ言えるのは、あの姿の彼を避けられるなら避けたいということだ。必要なら頑張って慣れるが、変化させなくてもよいならやめていただきたい。不気味な姿より美人さんの方が良いに決まっている。

「あの、アビアラさん、申し訳ないのですが、今の……姿を変えるのは、やらないとダメなものなんですか？　できれば、やめていただけると嬉しいのですが……怖いので……」

「は？」

私の言葉に、アビアラさんはギョッと私を振り返った。けれど彼がそれ以上何かを言いかけたところで、その先を聞くことはできなかった。ドクン、と心臓《しんぞう》が大きな音を立てる。カッと体温が上がって、頭がくらくらとした。聞こえる音も視界もぼやけて、私はバランスを保てずにベッドに倒れ込んでしまう。ゴディさまが驚いてこちらに駆け寄ってくる気配がするが、それどころではない。

「あ、れ、あつい……」

ドキドキと痛いくらい心臓が鳴っている。なんとか起き上がろうとみじろぎをしたら、今度はな

んだかゾワゾワとした感覚に襲われた。服の感触が妙にくすぐったいというか、肌が敏感になっているような、変な感じだ。

「媚薬《びやく》が効いてきたようね」

「びやく……」

ふと聞こえたアビアラさんの言葉を鸚鵡返しにして、私は遅れて理解した。そういえば、この部屋に入ってから小瓶を渡されて、それを飲んだ気がする。もしかして、あれか!? あれが媚薬!? 合点《がてん》がいくと同時に疑問もある。え、なんで？ なぜ私は美人さんに媚薬を盛られたの？

そうしている間にも体温はどんどん上がっていくようで、私は強い危機感を抱いた。まずい気がする。何がまずいかは分からないが、とにかくまずい。「アビー！ 何盛ってんだ！」とゴディさまが怒る声が聞こえる。

「ちょ、マリー、大丈夫？」

ゴディさまが心配げに私を抱き起こそうとした。けれど、その手が触れた部分がひどく熱いようなくすぐったいような感覚になって、私は思わず「あっ……」と変な声を出してしまった。ゴディさまがパッと手を引っ込める。そのほっぺが、真っ赤になっているような。

「ど、しよう、あつい。もう……」

「マ、マリー……」

体中が熱くて熱くてたまらない。それに動くたびに肌がビリビリして、お腹《なか》の奥がジンジンとする。風邪《かぜ》を引いた時に似ている気もしたけど、やっぱり全然違う。こんな感覚は初めてで、どうにかなってしまいそうだ。

「ふぅん。朦朧《もうろう》としているからか、そんなに嫌がってなさそうね。いつもの媚薬なんだけど、薬の影響が強く出やすいタイプの子なのかしら？」

「もう、もう、アビーのバカ……！」

「なによ。さっさとヤっちゃいなさいよ」

「もうアビー黙って!!」

アビアラさんとゴディさまの会話がぼんやり聞こえる。私は、二人ならきっと今の私の状態をなんとかできるのではないかと思った。アビアラさんが私に飲ませた魔法薬のせいでこんなことになっているんだし、ゴディさまもアビアラさんの魔法薬を知っている様子だ。だから私は、とにかく楽になりたくて、目の前の二人に助けを求めた。

「も、ゃ、な、なんとかしてください……」

「……い、嫌だったら言ってね」

ゴディさまは、すぅと大きく深呼吸して、そっと壊《こわ》れ物を扱うように私に手を伸ばしてくれた。頬を撫《な》でられて、同時にエプロンを取り払われる。ぷちぷちと黒いワンピースのボタンを外されて、それからやわやわと下着越しに胸《むね》を揉《も》まれた。最初は手のひらで全体を包み込むようにしたあと、脇から胸の柔らかい肉をすくい上げるようにしてゆっくりと揉みしだかれる。

「ぁ、ひぅ、んん……」

ゾクゾクと未知《みち》の感覚が押し寄せて、私は変な声を出してしまっていた。なんだろう、これ、よく分からない。そして、分からないものは怖い。

「ん、あ……、ぁう、ゴディ、さま、こわい……」

「大丈夫、怖くない。痛くないだろ？　気持ちいいっていうんだよ、これは」

そう言いながら、彼は胸の頂《いただ》きをすりすりと下着越しに引っ掻《か》いた。背筋《せすじ》と腰《こし》のあたりがゾワゾワとする。体が勝手にビクビクと震えてしまう。……きもちいい？　これが？

「ま、って、これ、なんか変です……！　や、やです……！」

「マリー……っ」

私は咄嗟《とっさ》にゴディさまの手を押し返して、首を横に振る。だって、これってつまりエッチなことをされようとしているのでは？　頭は依然としてくらくらしているけれど、流されてしまいそうだったけれど、ここで流されたらいけない。体だけの関係なんて泥沼《どろぬま》だ。

「拒絶《きょぜつ》しないで。お願いだから受け入れて」

「や、わ、わたし、こんなの初めてなんです……こ、こんなつもりじゃ……」

「……すごく大事にするんだけど、ダメ？」

思ったよりも悲しそうな声が聞こえて薄く目を開ける。すると、ゴディさまがじっと私を見下ろしていた。寝転がされて下からゴディさまを見ると、前髪に隠れがちな瞳がよく見える。光を内包《ないほう》したアメシスト。まだ明るい夜空の複雑な色彩《しきさい》がゆらゆら揺れるその瞳には、銀の星が散っている。長いまつ毛に縁取《ふちど》られた美しいそれが、真《ま》っ直《す》ぐに私を貫《つらぬ》いていた。

　再びじわりと体温が上がった気がする。アメシストは熱でとろけていた。どこか泣きそうに潤んだ目で、それを誤魔化すためにか少し苦しげに眉を寄せている。なんでそんなに必死な顔をしているのだろう。その顔なら女性なんか選び放題だと思うのに。

「アビーの魔法薬なら、どうせこうしないと治まらないよ。拒絶されたら酷《ひど》くしちゃいそう。ね、

全部俺のせいだから、受け入れて？」

優しく乞《こ》われて、その甘い言葉に私はどうしようもない気持ちになった。体が熱くてしんどいから、昨日彼に助けてもらったから、魔法薬のせいだから……そんな言い訳が頭をぐるぐるして、私はほんの小さく頷いてしまう。

「……ぅ、や、やさしく、絶対やさしくして、くだ、さい……」

「マリー……！」

喜色を含んだゴディさまの声が聞こえる。次の瞬間キスをされた。

「ん……ッ！」

ちゅうと唇を食《は》まれ、舌が私の口の中に入ってくる。歯をなぞられて、温かな舌で私の舌の表面をすりすりとこすられた。それがあまりにもゾクゾクして、気持ちいい。

「ぷはっ、はぅ、ひゃっ……！」

「優しくするね、マリー」

きゅむと下着越しに胸の頂きをつままれて、コリコリと弄《いじ》られる。自分でも驚くほど気持ち良くて、反射《はんしゃ》的に背中が反《そ》って胸を差し出す形になった。もっと触ってとねだっているようで、余計に顔に熱が集まる。ゴディさまはにんまりと笑って、下着の内側に手を忍ばせた。脇腹《わきばら》を伝って、直接胸に触れられる。すぐに先端を探し当てられて、直接転がされた。

「ッあ!?」

それは、今までのものとは比べ物にならないくらいの刺激だった。背筋に電流が駆け抜けたかの衝撃《しょうげき》で、ビクッと体が跳《は》ねる。こ、これ、直接胸を触られただけなのに、なんかまずい。こんなの、

体がおかしくなってしまう。それなのに、ゴディさまは休む間もなく片方の手でブラを取り払ってしまい、もう片方の手をスカートの下に潜り込ませた。その手は太ももを撫でながら、ゆっくりと上にのぼってくる。

「ぁ、待っ、……それ、だめ……！」

その時だ。部屋の遠くの方で、ガチャリと扉が開く音が聞こえた。

「あらいらっしゃい、ペコ」

「……寄り添いの仔《こ》を通して呼びつけてきたから何事かと思ったら……するのか」

「そんなに嫌そうな顔しないで。あんたも汚染率相当高くなってきてるんでしょ？　せめて一度はしていきなさい」

「……姿を変える魔法薬は？」

「さあ？　媚薬は飲ませたけど、ゴディは見ての通り変化せずに始めているわ」

「……顔、見えてないのか？　悲鳴をあげずに受け入れている女なんて初めて見た」

「私もよ」

すっかり忘れていたが、そういえばこの部屋にはアビアラさんもいたし、ペコさんも今入ってきたわけだ。私はカーっと羞恥《しゅうち》で頭に血が昇《のぼ》るのを感じた。恥ずかしすぎて、沸騰《ふっとう》したように顔が熱くなる。だって、だって、こんなの……！

「もうマリー、集中して」

「ひゃあっ」

ゴディさまが拗《す》ねたように言って、スカートの中の手が怪しく動き出した。やがて指先に捉《とら》えら

れたのは、局部《きょくぶ》にある突起《とっき》、花芯《かしん》だ。スカートは捲《めく》り上げられてはいないため、何をされているのかは見えない。ただ、感触的に、あっという間に下着はずり下ろされて、敏感なそこを直接……。

「ぁ、ひっぁっ、っあ、あぁあっ！」

「マリーとろとろだね。もう指入りそう。痛くないように弄りながら慣らすね」

「あっあっ、やらもう溶けちゃう、おなか溶けちゃいます……！」

　くにくにと敏感な花芯をこねまわされながら、指がナカに入ってきた。変な感じがする、気がする。けれどそれ以上に気持ちいいのが止まってくれなくて、そう、きっとこれが気持ちいいってことなんだろうけれど、ずっと休みなく与えられ続ける刺激はひどく暴力的だ。私はなすすべなく悲鳴にしては甘えたような声をあげ続けるしかなかった。いつの間にか、私の下腹部《かふくぶ》あたりからくちゅくちゅと水音が聞こえる。それが余計に羞恥心を煽った。

「やぁ、まって、からだへんっ……見ないで、こんなの……っ」

「かわいい、マリー。ほら、ちゃんと広がってきた。今指何本か分かる？」

「あ、くぱってしないでッ！　なんで、はじめてなのに……！」

「媚薬を飲まされちゃったし、こんなに弄られちゃってるし、仕方ないよ、気持ちいいのはマリーのせいじゃない」

　よしよしと頭を撫でられて、それにすらピクンと反応してしまう。ままならない体にちょっと泣いてしまいそうだ。そこに、声が降ってきた。

「ゴディ、後で私とペコも参加して平気そう？」

「んー、まあ十分とろとろだし大丈夫じゃない？　優しくしてあげてよ」

「へっ、ふぇ!?　ぇ、や、やです！　だって、そんなの……っ」

絶対おかしいと思う。でも、今の私の体の方がずっとおかしいのだ。たくさんの手に体を触られてしまったら……想像するだけでお腹の奥がじゅんっとして、やっぱりこんなのおかしい！

「……嫌がられているのはいつも通りなのに、可愛く見えるのはなんでだろうな」

「そうね、本気で嫌がってないからじゃない？　ね、マリーちゃん、きもちい？」

「んぅ、ひぁん、やだって、や、そんなのわかんな、ひぅッ～～！」

大きな手が私の体を撫で回す。気持ち良すぎて目の前がチカチカした。膝の上に座らされて、後ろから胸を揉まれたり、横から耳に息を吹きかけられたり。秘部を弄る指はもう何本なのか分からないほどで、花芯をいじめて、ナカのダメなところをトントンと揺らした。ビクビクと体が勝手に震えて、腰が浮く。

多分もう、絶頂《ぜっちょう》だと思われるものは何回かきていた。どこがどうなっているのかは理解が追いつかないけれど、お腹が一際《ひときわ》きゅうっとして、頭が真っ白になってしまう瞬間があった。でも、その頂点にいる間ももっと押し上げられるように気持ちよさに追い立てられていく。私は怖くなって、目の前にいるゴディさまに抱きついて縋《すが》った。

「やあっ、もうやだそこやだ、ぐりぐりいや、っイッちゃ、いまイって、ひ、んんん～～……ッ！」

どのくらいそれが続いたのだろうか。お腹が熱くて、太ももがぶるぶると震えた。気持ち良すぎて逃げたいのに、腰が固定されていて動かない。快感で体が弾けてしまいそうだった。何回も何回もイかされて、脳がバチバチして意識が飛びそうになる。

しばらくして、「あ、待って、それ以上やったらマリーが落ちちゃう」というなんだか間抜《まぬ》けな言葉によって、それは終わった。しかしその時には、私はもう満身創痍《まんしんそうい》だ。度重《たびかさ》なる絶頂に見舞われていた体からはくたりと力が抜け、閉め忘れた口からは唾液《だえき》が糸を引く。はふはふと整える息すらもう甘い。誰かがごくりと喉を鳴らす音が聞こえた。

「ね、マリー、挿《い》れていい？」

囁くようにゴディさまが言った。熱のこもった柔らかな声にお腹がきゅんとする。

きっと、挿れてもらわないと終わらないのだ。今もお腹の奥はぐずぐずと蕩《とろ》けるような熱を持っていて、もどかしくて堪《たま》らない。もうなんでもいいから早く解放して欲しかった。だから私は、ぼんやりした頭をこくこくと必死に動かしたのだ。

「も……っいじわるしないで……助けて、くださぃ……！」

私はずっとゴディさまに抱きついていて、その体勢のままだった。近くにあったブラウンの耳にぴとりと唇をおしつけて、必死にお願いをする。お腹にゴリっと硬いものが当たった。

「ッ、アビー、ペコ、最初俺だから」

「そんなに睨まなくても取らないわよ。でも、確かにこの子は可愛いわね。なーに、どこで捕まえてきたの？　秘密で調教《ちょうきょう》でもしてた？　こんな顔の男に触られても感じるようにって」

「そんなわけないだろ」

ベッドにころんと転がされて、ゴディさまが覆いかぶさってくる。片方の足に手を添えられて、ゆっくりとそれは挿《は》入《い》ってきた。

「あっ――!!」

初めてって普通は痛いと聞くのに、それは困ってしまうくらいに痛くなかった。普段は閉じている場所が押し広げられて、すごく違和感はある。けれどそれ以上にナカが擦《こす》れるのがあまりにも気持ちよくて、熱く感じて、触れられたところから溶けてしまいそうだ。育てられた弱いところがぐにゅっと押しつぶされれば、もう気持ちよさしか残らない。

「っ、ぁ、あ――！」

全部入ったのかとか、そういうのは分からなかった。もうどこもかしこも気持ちいいし、お腹の中の感覚なんかも分からない。ただ、ゴディさまが一度動きを止めたので、多分そこが最奥だったんじゃないかなと思う。じゅくじゅくとお腹が熱かった。

「っ、動く、よ」

ゆっくりと揺さぶられる。ずりずりとナカをいっぱい擦りながらゴディさまは出て行って、入ってくるときはぎゅぅっと気持ちいいところを圧迫されて、とんとんと当てられる。何をされても気持ちがよくて、どこにも逃げ場がない。私はゴディさまにしがみついて、あっぷあっぷと息をするのに精一杯だった。

「んん、ぁんっ、ゴディさまぁっ！」

「ッ、」

思わず呼ぶと、ゴディさまの体が震えた。彼は少し息をつめて、ぎゅっと私の体を抱き返した。奥の奥に届くようにぐりぐりと腰を押し付けられる。その気持ち良さに私の奥もぎゅーっと締まって、そのせいでさらに高められて……多分絶頂を迎えたのは同時くらいだった。どくどくとゴディさまが脈打《みゃくう》つのが分かる。お腹の奥が、熱くて堪らない。

「……っマリーほんとズルい！　今のはズルい!!」

「名前呼ばれて興奮しちゃうなんて、かわいいところもあるのねぇ、ゴディ」

「うるせ〜〜〜!!」

「……で、次は？」

「あらペコ、珍しく乗り気ね？」

「……早く済ませたいだけだ」

「そういうことにしておいてあげるわ」

——さて、そんなわけで、その後はアビアラさんにも挿れられて、次にペコさんにも挿れられて、私は初めてなのに複数人相手という超濃厚な体験をしてしまった。気持ち良すぎて、まったくわけが分からなかった。


「あの……なぜ、せ、性交を!?」

行為が終われば、体を冒《おか》していた異様な熱はすっかり引いていた。代わりに股《また》の違和感がすごかったし、全身疲れ切ってプルプルしていたし、何よりなんだか色々と大事なものを失ったような気がするけれど、とにかく一旦落ち着きはした。ちなみにナカに出されてしまったが、アビアラさん曰く、私が最初に飲んだ魔法薬に避妊の効能もあるそうだ。だから良いわけではないが、ほんの少し安心した。

私はさっき気絶《きぜつ》してしまい、それで終わりとなったらしい。目覚めた頃にはすでにペコさんの姿はなかった。ゴディさまとアビアラさんは、体を拭いてくれたり、水を飲ませてくれたり、甲《か》斐《い》甲《が》

斐《い》しく世話を焼いてくれた。で、その最中に私の口を飛び出した疑問が「なぜ急に性交をすることになったのか」。媚薬のせいで流されに流されたが、そもそも私は「浄化」という仕事を任せてもらおうとしていて、こんな事態になったはずだ。ゴディさまはものすごく苦い顔をした。

「……！　アビー、マリーに浄化の説明してないだろ」

「逆にあんたはなんで雇う時にしてないのよ。というか、そもそも普通知ってるでしょ？」

浄化というのは普通知っているようなものらしい。ゴディさまはアビアラさんの言葉を受けて、黙って私に向き直り、説明してくれた。

「昨日、魔法を見せただろ？　俺とアビーとペコが魔法使いだって話もしたよな」

背後ではアビアラさんが驚いた顔をして「え？　そこから？」と言っていたが、ゴディさまは「アビー黙って」とピシャリと跳ね除《の》けていた。

「魔法は色々と便利な技術なんだけど、代償《だいしょう》みたいなものがある。それが魔力の汚染。魔法を使うには魔力が必要で、魔力は使えば汚れるんだ。魔力の汚れ具合を汚染率っていう。汚染率が高くなると、体調が悪くなる」

曰く、症状は人によって様々であるものの、汚染率が高まると頭痛・めまい・吐き気などの症状が出て、さらに上昇すると死に至る場合もあるらしい。

「だから、魔法使いは魔力の浄化を行って汚染率を低く保つ必要がある」

「では、肝心《かんじん》の浄化というのはどのようにするのですか？」

「……浄化を行えるのは女性だけだ。俺たちのような男性の魔法使いは、女性に浄化してもらう必要がある。その手段が性交なんだよ」

「へあ」

思わず変な声を出してしまった。そうか、性交をすることなのか、そうか……。

私はかなり複雑な気持ちだった。助けてもらったことに対する感謝はある。右も左も分からない中で親切にしてもらえて、ありがたかった。でも、最初からそのつもりで雇われたのかと思うと、そりゃあ面白くない感情もあった。

もちろん自惚《うぬぼ》れるつもりはないですよ。この人たちのこの王子様っぷりを見れば。女性に苦労などしていないだろう。体目当てで助けたわけではなく、きっと純粋な親切心だったと思う。さっきのエッチだって、浄化のために必要なことで、楽しむためではないはずだ。不可抗力ということなのだろう。

でも、私、初めてだったんですよ。しかも浄化が仕事というのは、実質体を売るということだ。現代日本の倫理観《りんりかん》からは、そんなの当然抵抗《ていこう》がある。私は自然と自らを守るように、両手で自分の体を抱きしめて、丸まっていた。その状態で何度か躊躇《ためら》って、やっとのことで口を開く。

「あ、あの、色々分からないまま頷いちゃった私が悪いのですが、……このお仕事の話はなかったことにしていただけませんか？」

「あら、そう」

先に答えたのはアビアラさんだった。彼は頬に手を当てて柔らかく微笑んだものの、そのジェイドとガーネットの瞳は冷たい光を放っていた。私は気圧《けお》されつつも、続ける。

「その、やっぱり、こういう、か、体を売るみたいなのは……」

「いいんじゃない？　嫌なら無理にすることもないわ。私たちとしても面倒なのは嫌だし。ほらゴ

ディ、どうせ無理なのよ。さっさともといたところに返してらっしゃい」

「そんな捨て猫みたいな……」

苦笑いするゴディさまに、アビアラさんはふんと鼻を鳴らして部屋を出ていった。その態度はお世辞にも好意的ではなく、私は落ち込んでしまった。助けてもらった身で無責任だと思われたのかもしれない。でも、体を売るのは……。

「助けていただいたのに、勝手なことを言って申し訳ないとは思っています……」

「あ、いや、気にしないで。ごめんね、アビーはちょっと気難《きむずか》しいところもあるっていうか」

ゴディさまが慌ててフォローしてくれる。私はますます落ち込んだ。

もしも元の世界に戻れず、ここで働くこともできなかったら、私に行けるところはあるのだろうか。押し寄せる不安についゴディさまを見上げると、彼は存外《ぞんがい》真剣な顔をしていた。

「ねえ、帰るところも身寄りもない君の衣食住を握った上でお願いするのはすごくズルいって分かっているけど、……どうしても、ダメ？」

ゴディさまは、ベッドに座っていた私の隣に座って目線を合わせ、話し出す。

「俺は君に大きなメリットを提供《ていきょう》できると思うんだけど……」

「メリット……」

「まず、身の安全は保証できる。こんな女の子が一人でふらふらしていたら、下手すると攫《さら》われて奴隷にされちゃう。というか俺がいなかったらされてたよ」

やっぱりあのとき会った人は奴隷商人的なご職業の方だったのか。ゴディさま曰く、この原初の魔女の国は相当治安《ちあん》がいい国ではあるものの、それは魔法も使えない女の子が一人で生きていける

ほどではないのだそうだ。魔法使いなら話は別だが、生憎《あいにく》私は魔法なんか使えない。

「次にお金。俺たちかなり稼《かせ》ぎはいいから結構給料出せるよ？　俺たちが三人いることと見た目のマイナス分を加味して、浄化士の相場《そうば》の五倍くらい払おうか」

「ごっ……!?」

「お金を返したいって言ってくれてたでしょ。君を保護するときに出したお金が一億ゴルドだから、この屋敷で二、三年くらい働けば返済《へんさい》し切れる計算かな？」

おそらく、ゴルドというのがこの国のお金の単位だろう。一億ゴルドって、きっと目の回るような大金なのだろう。そして、それを二、三年の労働で返済できるのは確かに私にとってありがたすぎる。

「料理は助けてもらいたいけど、食材は用意する。服も部屋も提供する。休みもちゃんとあるよ」

「どう？」とゴディさまが首を傾げた。黒髪がさらりと流れ、そこに天使の輪が浮かぶ。うーん、とてもいい条件をいただいているみたいだし、純粋にゴディさまのような綺麗な人と過ごせるのは悪い気がしない。けれど、それでもやっぱり引っかかる。

「ただのメイドならいいんですけど、だって、せ、性交するのは……」

「うーん、あのね、……すごく大切にするんだけど、それでもダメ？」

「えっと、」

「……魔法使いは嘘《うそ》をつけないんだ。特に俺みたいな呪文を扱う魔法使いは、嘘をつくと、自分が自分の言葉を疑うことになって魔法の力が弱くなる。これが俺の差し出せる誠実《せいじつ》なんだけど、……足りない、ですか？」

どこか乞うような敬語《けいご》に、私は瞬《まばた》きをする。そこまで言われて、やっとゴディさまが緊張した面《おも》持《も》ちであることに気づいた。そういえば、彼はすごい魔法使いらしいのに、なんでそこまでよくしてくれるのだろう。そんな疑問が頭をもたげた。

「ゴディさまは、なんでこんな親切にしてくれるんですか？」

「気になる子にはいい顔したいだけだよ」

「気になる、ですか？　昨日出会ったばかりなのに？」

「うーん、それは……」

少し考え込んだ末、ゴディさまは私を見た。

「……なあ、変なこと、聞いていいか？」

「？　はい」

「……その、……俺って、」

珍しく、ゴディさまがまごつく。しばらく口を開いたり閉じたりして、言い淀んでいた。それからヤケクソみたいに頭を振って、真っ直ぐ私に顔を近づける。アメシストから星が散った。

「えっと、俺って、……カッコ、いい？」

ぎゅんっ。その瞬間の私の背景にオノマトペをつけるなら、そんな感じ。

待ってほしい。真っ赤に照れながらそんなことを聞いてくるのは、反則ではなかろうか。しっとりとした肌は、深い色の上でも分かるくらいに赤くなっていて、でもそこにはほんの少しの怯えも混じっているような気がして、なんというかこう、胸がキュンとした。思わず口がきゅっとなる。

これが、萌《も》えか……！

気になる女の子が自分のためにオシャレをしている姿を見て、大いに萌えているのに素直に褒められないガキ大将《だいしょう》みたいな表情を、私は多分していたと思う。けれど、ここはちゃんと褒めなきゃ、女が廃《すた》るってもんですよ！　私もキリッとゴディさまを見返す。

「ゴディさまは、とても美しいと、カッコよくて素敵《すてき》だと、思います！」

「……!!」

それを聞いた時の、ゴディさまの顔はあまりにも美しかった。

ハッと顔を上げて、泣き出しそうな、感極《かんきわ》まったような、でもひどく嬉しそうな表情で私の両肩を摑《つか》む。ぎゅうと引き結んだ口の端《はし》は力が入り過ぎて震えていて、頬は可哀想《かわいそう》なくらい色づいていて、何よりアメシストの瞳が、あまりにも綺麗だった。とろりとろりと潤んで光をチラチラと乱反《らんはん》射《しゃ》していて、美しくライティングされた宝石《ほうせき》のようだ。これが天上《てんじょう》の美貌《びぼう》か。

「マリー」

「はい、」

「そんな、まさかって、ずっと。……ずっと、思ってたんだけど、」

「はい……？」

「そうか。俺、……美しい、ん、だ……？」

そんなことを言ってふわりと綻《ほころ》ぶように微笑むものだから、私はきっと、頭のてっぺんから爪先まで茹《ゆ》だって、真っ赤になっていたと思う。バクバクと心臓が大きな音を立てて血液を循環させていた。ゴディさまがそんな私を見て、照れたように笑う。

「だからだよ。だからマリーは特別なんだ」

「……？」

　結局、意味はよく分からない。なにかこの世界特有のことなのだろうか？　私は少し考えた。

　私には身よりも仕事も、その当てもない。ここを放り出されてしまったら、多分あまりいい生活は送れない。話を聞いた感じでは、安全に暮らせるだけできっとものすごくありがたいことだ。それにゴディさまには助けてもらった恩もあるし、嫌だとばっかり言って彼を困らせるのは本意ではない。性交だって、魔法使いには必要なことみたいだし、そう考えると仕方がない気もしてくる。そもそも、相手がこんなに美人さんなんだからそんなに悲観することもないんじゃない？　なんて。それに、流されてきちゃったけど、私はなんであんな場所にいたんだろう？　元の世界には帰れるのかな。そこまで考えて、私は頷いた。

　まず、ここで働かせてもらってお金を返そう。それから、元の世界に帰る方法を探そう。来られたんだから、きっと戻れもするはず。それに、ゴディさまたちはすごい魔法使いだ。協力してもらえたら、帰る方法も見つかるかもしれない。

　私はなんだか前向きな気持ちになってきた。顔を上げてゴディさまを真っ直ぐに見て、口を開く。

「その、じゃあ、が、頑張ります！」

「ありがとう！」

　ゴディさまはぱあっと少年のように頬を紅潮させて笑った。

「あの、ひとつ、お願いしてもいいですか？」

「なに？」

「言葉を知りたいのです。魔法で通じるようにしていただくのもいいのですが、いつまでもご負担《ふたん》

をかけるわけにはいきません。自分で喋《しゃべ》れるようになりたいです」

「わ、分かった。任せて！　俺が完璧《かんぺき》に教えてあげる！」

ゴディさまは気合十分に頷いてくれた。その後ボソッと「俺、教えるの下手ってよく言われるけど……」と呟かれたのには、うまく言葉を返せなかった。そ、そうなんですね？


壁一面《かべいちめん》に本棚が敷き詰められた部屋があった。窓際まで本棚で埋め尽くされたその部屋は暗く、その中にはほんのりと光る体を持つカゲロウのような精霊が灯《あか》りの役割を果たしていた。その中で、座り込んでひたすらに読書に勤しむ男が一人。柔らかな光に照らされた顔は精巧だ。短く整えられた銀の髪に白い肌、そしてメガネの奥の冷たい銀の瞳。総じて白一色を纏《まと》った男だった。

不意にガチャリと部屋の扉が開く。暗い部屋に光が差し込んで、そして男とは正反対に鮮やかな色を纏った男が足を踏み入れた。長く伸ばした鮮烈な赤い髪に、赤と緑の瞳。装いも華やかなその男は、白い男を見て目を細める。

「寝た？」

「……もう、朝か？」

「寝てないのね。朝は通り越してもう昼よ、一旦休みなさいな。というか、この前のあのマリーとの浄化、全然ちゃんとできてなかったでしょ。あの子は相当浄化効率良かったけれど、あんたはそもそも魔力量が多いんだから、一回だけで完全に浄化しきれるわけないもの。体調はどうなのよ」

「……耳鳴りがする」

「まずくない？」

白い男は緩慢《かんまん》に本を閉じた。赤い男がため息をつく。

「もう一度あの子に頼んで、しっかり浄化しきりなさいよ」

赤い男の言葉に、白い男は目を伏せる。まぶたを縁取るまつ毛は長く、繊細《せんさい》な銀糸《ぎんし》のようだ。しかし、その表情は苦渋《くじゅう》に満ちている。

「……あれは、好きじゃない。ギリギリまでしたくない」

「そうねえ、分からなくもないけど。でも、ギリギリまで我慢《がまん》しすぎて倒れるのはもうやめて。前みたいに意識のないあなたの世話を私たちでしながら浄化させるのはやりたくないし、あなたには契約精霊がいるのよ。その分もきちんと考えて。いつか取り返しがつかないことになるわよ」

「……ああ」

白い男は淡々と頷いた。と言っても、それは「考えておく」という意であって、今すぐに忠告を聞き入れて対応しようという返事ではない。赤い男もそれを察して、ため息をついた。

「というか、あの女の浄化効率は特殊なんじゃないのか？」

「まあね。なんらかの事情で教会から出てきた聖女《せいじょ》だったり、そういう可能性はあると私も思うわ。朝から教会を中心に依頼を出して調査中よ」

「そうか」

白い男は頷いて、また緩慢に本を開いた。カゲロウのような精霊が、ふわりとその翅を震わせて紙面《しめん》に降り立ち、また文字を照らす役割に戻る。赤い男が立ち去ると、部屋の扉は再び閉ざされた。

二章　屋敷の精霊は可愛いです

一月《ひとつき》ほどが経《た》った。私はすっかりこの屋敷での生活に慣れていた。もともと私は順応力が高い。けれどそれ以上に、私がこの屋敷に早く馴染《なじ》めたのは、ゴディさまとアビアラさまが私に親切だったからだ。なお、屋敷の主人である三人の魔法使いを私は「さま」付けで呼ぶことにした。ゴディさまだけ「さま」なのもちょっと違和感あるしね。メイドっぽくて気に入っている。

私の一日は、朝起きてアビアラさまの診察を受けるところから始まる。アビアラさまは毎朝、「気分は悪くないか」などの問いかけのあと、熱を測って健康状態のチェックをしてくれる。

それから、メイド服に着替えてお仕事開始だ。

ご飯は一日三食である。ここ最近、私の料理レパートリーは大分増えたと思う。そして朝ご飯のあとや昼ご飯のあとは、洗濯と掃除をする。と言っても、どちらも簡単だ。

洗濯は、水の小精霊に水の渦巻きを作ってもらい、そこに服をぽいぽいと投げ込むだけ。水の小精霊は好奇心旺盛《こうきしんおうせい》で、エビのような尻尾をぴこぴこさせながら洗ってくれる。それが終わったら庭に干す。雨の日は生活魔法で乾かしてもらうが、多分生活魔法で乾かすのとお日様の下に干すのは違うので、晴れの日は外に干すようにしている。

掃除は、最初はゴディさまの部屋だけだったが、私がメイドの真似事《まねごと》をやっていると知ったアビ

アラさまが「それなら別館の共同スペースも、毎日じゃなくていいから掃除してくれると嬉《うれ》しいわ」と言ってくださったので、日によっていろんな場所を掃除している。

二人とも、なぜか掃除している私を見るのが好きらしい。ゴディさまは掃除をしている私を見かけるたびに話しかけてくださるし、逆にアビアラさまは遠くから静かに眺《なが》めてくる。ゴディさま曰《いわ》く、「メイドの女の子がこの屋敷の掃除をしていると思うと嬉しいしかわいい」らしい。よく分からないが、「メイドの女の子」属性が喜ばれているらしいことは分かった。

この屋敷には三人のご主人さま以外には、本当に人間が誰一人としていない。本館と別館がある広い屋敷なのに、使用人を誰も雇っていないのだ。なにか分からないが、今まで雇えない事情があって、そんな中で私がそれっぽい真似事をしだしたから貴重がられているような気もした。私の仕事は、大体そんな感じだろうか。……ああ、あと大事な仕事が二つある。

「おかえりなさいませ、ゴディさま」

「ただいま、マリー」

別館の玄関で、私は帰宅したゴディさまに頭を下げ、ゴディさまが着ていた外套《がいとう》を受け取った。大事な仕事のひとつは、ご主人さまのお出迎えだ。ご主人さまたちは宮廷魔法使いであり、当然仕事へ出かける。アビアラさまは定期的に町に出て行くけれど、ゴディさまは突然呼ばれて出て行くことが多い。聞いたところ、アビアラさまは魔法薬の開発を行《おこな》っていて、材料の仕入れや報告、現物の提出をするために頻繁《ひんぱん》に外に出る必要があるらしい。対してゴディさまは、魔獣討伐が主な業務。町には警邏《けいら》隊がいるが、彼らでは討伐不可能な魔獣を中心に担当するため、魔獣が確認され次第連絡を受けて出かけるらしい。

ない。彼は、聞く限りずっと仕事場である本館にいる。彼は精霊の使役《しえき》魔法の使い手だが、精霊の使役はとても珍しい魔法らしい。だから、彼は主に精霊の研究を行うのが仕事なのだとか。

というか、グランドの魔法使いは基本的に研究職らしい。アビアラさまは魔法薬の研究をしているし、ゴディさまも討伐の傍《かたわ》らで呪文の研究を行っている。ゴディさまが討伐に出向くのは、グランドの魔法使いとしては珍しい類《たぐい》になるそうだ。まあそれはさておき。

「君たちのご主人さまって、結構ずっと仕事漬け？　君たちにはすごくお世話になってるのに、そのご主人さまにはほとんど会えてないんだよねぇ」

「シュー」

「それに、ゴディさまとアビアラさまは定期的に浄化に来るのに、ペコさまは大丈夫なのかな」

「クスッ」

「いや違うよ？　純粋な心配だからね？」

私の自己フォローに、白い綿毛のような精霊がクススとまた笑った。

そう、精霊である。この屋敷には、たくさんの精霊がいた。もれなく全員ペコさまの契約精霊らしい。彼らは基本好奇心が強いのか何なのか、好意的に私に寄ってきては、遊んでくれる。私も彼らを見つけると声をかけることが多い。だって可愛いし、可愛い。癒《いや》しなのである。

今日は、火の小精霊と、ふわりと白い綿毛を纏《まと》った丸っこい精霊と、私はお喋《しゃべ》りをしていた。

「――」

「ん？」

そこに、ほんのりと淡く光るものが飛び込んでくる。よく見れば、それは光る体を持つ小さな虫

だった。光に透ける翅《はね》が綺麗《きれい》だ。この子もこの屋敷の精霊だろうか？

「君も、精霊さん？」

「――」

光る虫は私の周囲をくるくると回り、器用に服の裾《すそ》を肢《あし》の先で摑《つか》んで引っ張った。何やら私に伝えようとしているように見える。

「ど、どうしたの？」

「――」

「えっと、ついていけばいいの？」

私の言葉に、その虫は服を持つのをやめ、ふわりと飛び立つ。おそらく正解なのだろう。追いかけてみることにした。ただし、すぐに足を止めることになる。その虫が向かったのは、ゴディさまたちの仕事場らしいベージュの屋根の本館だったからだ。私は入ったことのない場所だ。

「え、いや、そっちは私、入っちゃダメって言われてて……」

「――」

「ごめん、今、ご主人さまを呼んでくるから、」

「入りなよ」

「えっ」

ふと、声がした。当然、虫が喋ったわけではない。本館の扉が静かに開かれる。誰かが扉を開けている。私はその人物を見て、そして、困ってしまった。

会ったことのない、知らない男性だった。しかも顔も体型も何だか曖昧《あいまい》というか、そこにいるこ

とは確かなのにぼんやりとしているというか。ただ、幾重《いくえ》にも纏ったヴェールに肢体《したい》がうっすら透けているのと、幼い少年のような印象のみがあった。直感的に、人間ではないような気がする。一瞬目を離してから再びそちらを見ると、すでにそこには誰もいない。ただ開いた扉があるのみだ。

私は、少しだけ考えて、入ってみることにした。

本館は、構造はネイビーの別館とあまり変わらなそうだ。ただ、さすが仕事場というべきか、雑多に置かれた難しそうな資料や道具が目に付く。そして明かりがなく、あらゆる窓にカーテンが引かれているので全体的に薄暗い。そんな中を光を纏う虫は、やはり導くように飛んでいく。すると、ある一室に扉をすり抜けるようにふわりと入っていった。

「……えっと、」

なんの変哲《へんてつ》もない扉だ。しかし、虫が入っていったからにはこの部屋に何かがあるのだろう。

私は周囲を見回してから、おそるおそる取っ手に手をかけ、ゆっくりとその扉を開いた。中はどうやら、廊下以上に真っ暗だ。そんな中に、まるで発光しているんじゃないかというほど白い、何かが落ちていた。というか、それは多分人だった。

「えっ、……もしかして、ペコさま……？」

もしかしなくても、それはペコさまであった。初日にお会いしたのでさすがに姿は分かる。髪も肌も服も全部白い、そんなペコさまが真っ暗闇の部屋に倒れていたのだ。

「ど、どうしよ……」

一瞬だけ迷ったものの、私はすぐに顔を上げる。とりあえず私のするべきことは、ご主人さまに助けを求めることだ。私は特別なスキルなど持たない現代日本育ちである。倒れている人に遭遇《そうぐう》し

たところで、生死の判別はできないし、心肺蘇生《しんぱいそせい》も学校でちょろっとやった程度。実践など無理だ。私はすぐさまスカートを翻《ひるがえ》して別館へと走る。今ならゴディさまもアビアラさまも私室にいたはずだ。私はバンっと大きな音を立てて別館の玄関から転がり込み、叫ぶ。

「すみません、ペコさまが倒れておりました！　誰か助けてください！」

すぐに各部屋からバタバタと音がしてきた。

「なんですって⁉」

より早かったのはアビアラさまだ。長い髪をざっくりとバレッタでまとめ上げていて、ちょっと多めのほつれ毛がオフです！　って感じである。深めのVネックが色っぽくて大変よろしい。

「また？」

次に部屋から顔を出したのがゴディさま。彼はいつもと同じシンプルなシャツとパンツだが、何度見ても揺るぎなく美人である。直前まで寝ていたのか少し髪が跳ねているのもまたベリーグッド。

というか、「また」ってペコさま前科持ちなんですね。

「っていうか、どこにいたのよ？」

「す、すみません、私、本館に入ってしまいました。申し訳ありません」

私の言葉に二人が目を丸くした。その反応に青ざめるものの、アビアラさまがすぐに首を振る。

「まあ、確かに積極的に入ってほしい訳じゃないけど、別に良いわよ。今回は仕方ないわ」

「あ、ありがとうございます！」

どうやら許されたらしい。私はホッとした。精霊に案内されて入ったとはいえ、入ると決断したのは紛《まぎ》れもなく私だから。しかし、ゴディさまたちにはそのへんもお見通しだったようだ。

「それに、マリーはペコの精霊に導かれたんだろ？」

「は、はい。虫、と、人……？」

「寄り添いの仔《こ》と……マグ・メル、か？」

「じゃないかしら？」

ゴディさまとアビアラさまが顔を見合わせる。

光る虫が寄り添いの仔で、あの曖昧な少年がマグ・メルだろうか。不思議な名前だ。私はそんな呑気《のんき》なことを考えていたのだが、よく見たらゴディさまとアビアラさまは複雑な顔をしていた。

「……寄り添いの仔はいいとして、マグ・メルは珍しいわね」

「……？　マグ・メルさんが本館の扉を開けてくれました」

「ふぅん？　ちなみにあれ、マリーには何に見えてたの？」

「何に？　……男の子、です」

「あー、まあいいわ」

アビアラさまがひらひらと手を振る。もしかしてあの曖昧少年、見る人によって姿が違うのだろうか？　あまりに印象が曖昧で、何に見えたかと聞かれると困るけれども。

まあそれらはさておき、ペコさまの危機だ。私たちはすぐに本館に舞い戻った。

ペコさまは倒れたままで、そこにはやはりあのほんのり光を纏う虫、寄り添いの仔がふわふわと漂《ただよ》っていた。アビアラさまがすぐに駆け寄って、テキパキと首筋に手を当てたり、口に器具を突っ込んだりする。それを、私とゴディさまは横から見守った。どうも二人とも事情を把握していそうだったので、私はそっとゴディさまに聞いてみる。

「ペコさまは、病気なのですか？」

「病気というか、汚染率が上がりすぎたんだろ。俺みたいな杖《つえ》魔法使いは、魔力を使うのが杖を振るその瞬間単発なんだ。けど、使役魔法はもうちょっと複雑でな。ペコは特に、たくさんの精霊と契約している。契約を維持《いじ》して使役し続けるために、ペコは杖を振らない間だけでなく、寝ている間すら魔力を使い続けている。放っておいても汚染率が上がるんだよ」

それは、相当まずいのでは？　だって、それは倒れている今も魔力の汚染が進んでいるということなのだから。まもなく、ペコさまの様子を調べていたアビアラさまが、深いため息をつかれた。

「は――。だから言ったのに。案《あん》の定《じょう》汚染率七割六分よ。って何気に過去一まずいわね」

「瀕死《ひんし》じゃん。よくそこまで我慢したな。よっぽど体調悪かっただろうに」

アビーさまとゴディさまが口々に言う。というか、ペコさま命に関わるの？　それは早くなんとかしないといけないのでは？　私がオロオロしている間も話は続く。

「まったく……。私も、油断したわ。ここ最近納期に追われてばかりだったから……」

「そういえば、アビーはしばらく忙しそうだよな。そっち何かあったのか？」

「まあね。でも大したことじゃないわ」

「なら、いいけど」

そういえば、確かに近頃アビアラさまはずっと本館にこもり続けていて、たまに別館にやってきて浄化のために私を抱いていくという生活サイクルである。もちろん毎朝私の様子は見にきてくれるけど、すぐに本館に戻っていくから、相当忙しいのかと少し心配だったのだ。

アビアラさまは、珍しく憂鬱《ゆううつ》そうに頭《かぶり》を振った。

「はあー、もう、気絶してるペコと抵抗する女の子を無理やり補助してヤらせるの、気分悪いから嫌なんだけど……って、そうか、マリーならいけるのかしら？」

　二対の目を向けられて、私は思わずたじろぐ。なんだろう、嫌な予感がする。

「あなた、騎乗位《きじょうい》って知ってる？」

　いきなり何を聞くんだこの人は。知っているけども。躊躇《ためら》いながらも頷くと、アビアラさまは目を細めて笑った。赤いリップを引いた唇がゆったりと弧《こ》を描《えが》くのが実に妖艶《ようえん》である。

「あら、話が早いじゃない。ペコが今、魔力の汚染率が高すぎて倒れているのは聞いたでしょう。汚染率が高いなら浄化するしかないわ。で、それが今マリーにしかできないのは分かるわね？」

「は、はい」

　けれど、ペコさまは今意識がない。浄化のために性交しようにも、難しいのではなかろうか。私のその疑問は、先回りして解消された。

「だから、マリーに勝手に乗っかって浄化してほしいわけよ」

「のっかって、」

「精霊がマリーに助けを求めたのも、そういうことだろうしな」

　え、そうなの？　ゴディさまの言葉に、ぼぼぼっと顔が赤くなるのを感じる。せ、精霊にもそういう認識されてるの、私？　まあでも、そうか。そうか……。

「そういうわけだから、ゴディ」

「うん。……レポーンニグテリトア」

　ゴディさまがいつの間にかワンドを出していて、それを一振り。ふわりと光の線が私たちを囲む

ように円を描いて、次の瞬間、私たちは大きなベッドのある部屋にいた。見ると、ペコさまはその大きなベッドに横たわっていて、ゴディさまもアビアラさまも、寄り添いの仔もいる。あの場にいた全員が、魔法でここに移動したのだ。

「す、すごい！　空間移動の魔法ですか!?」

「マリーは本当に魔法が好きだな。まあ、これは確かに結構高度な魔法だけど」

「結構どころじゃないでしょ、あんたとギリエンデイさましか使えないんだから」

しかも、何やらすごい魔法らしい。へええ！　けれど、余韻《よいん》に浸《ひた》る時間はなかった。そりゃそうだ、命の危機である。アビアラさまが、こつりとヒールを鳴らした。

「じゃあマリー、早速始めるわよ」

「う、」

改めて言われると、緊張してしまう。もちろん仕事だし、その上緊急事態だ。騎乗位くらいやりましょうとも！　しかし、この屋敷に来てからは流されるように抱かれるだけだったので、自分が主導でやれと言われると、シチュエーションの違いにドギマギしてしまう。いや、やりますけどね。そんな私の様子に、何を勘違《かんちが》いしたのかアビアラさまがうっそりと微笑《ほほえ》んだ。

「なぁに、マリー。ペコの浄化は嫌？」

「ち、違います。嫌なわけではなく……き、騎乗位……あの、えっと、」

「ああ、不安なのね。大丈夫、私もゴディも見てるわ」

「えっ」

私はびゃっと肩を跳ねさせた。一人でできるかという不安はあったけど、見ていると言われると

それはそれで「えっ」って感じだ。

「あの……見る、んですか？」

「当然よ。片方意識ないのよ。信用してないわけじゃないけど、ペコが死ぬようなことがあったら困るし、逆にペコが無意識で抵抗してあなたが死ぬ可能性もあるわ」

え、なにそれ、こわ。

「何よその顔。十分ありえるわよ、私たちは全員魔法使いなんだから。呪文一つで人も殺せるの。意識がなければ加減もできないから、危険なのよ。私たちがいればその辺は守れるから、安心してちょうだい」

「は、い、」

アビアラさまのにっこり笑顔に、私は頷くことしかできない。幸いというべきか、ゴディさまはこの直後に連絡を受けて魔獣の討伐に出かけることとなる。よって、私はアビアラさまに見られながら気絶しているペコさまに騎乗位という、高度なプレイに挑《いど》むことになった。

ちなみにだが、私はこの一ヶ月間で相当エッチなことに関するスキルは上がったと思う。まだまだ躊躇いはあるものの、必要なんだから仕方ない。私もそれなりに経験を積んだのだ。

するりとメイド服を脱いでいく。フリルたっぷりのエプロンを取り去り、黒いなめらかな生地のワンピースのボタンを外す。下着も落とせば、一糸《いっし》纏わぬ女の子の出来上がり。

「手伝いましょうか？」

「い、いいえ」

アビアラさまの言葉に首を振った。手伝ってもらうって、エッチなことをされるってことでし

ょ？　お願いする方が抵抗がある。とはいえ、そうすると自分で興奮を高める必要があるのか……。私は羞恥《しゅうち》で顔を真っ赤にしながら、ゆっくりと秘部を解《ほぐ》した。時間をかけて頑張《がんば》って、十分に潤したら、次はペコさまだ。擦《こす》ったり舐《な》めたりすれば、本人に意識はなくても勃起はするはず。多分。ゴディさまにたまにお願いされることもあったので、咥《くわ》えることは一応できる。

　私はまずは優しく握って、上下に扱《しご》いた。その間に口の中に唾液をたくさん溜《た》めておいて、それから先端からゆっくりと口に含む。歯が当たらないようによくよく注意しながら、舐めたり吸ったり。いや、上手にできているかは分からないのだが、私は手も使ってモノを刺激した。

「ふぅん。私も今度やってもらおうかしら」

「ん、ふぁはひふぁふぇんふ……」

「咥えながら喋るの可愛いわね」

　アビアラさまがくすくすと笑った。まあお望みなら、やってもいいですけど。ちょっと大変だったものの、ある程度ペコさまが元気になったので、私は先端にキスをして終わりにした。さてと、ここからが本番である。

「跨《また》る、んです、よね？」

「ええ。あと、浄化ってあなたが気持ちよくなることが重要だから、厳しそうなら嘘偽《うそいつわ》りなく言ってちょうだい」

「か、かしこまりました」

　私はそっとペコさまのお腹《なか》を左右から挟むようにしてベッドに手をつき、跨った。ベッドは沈むし、ペコさまは大柄だから手をつく場所が遠いしで、結構不安定だ。ペコさまは相変わらず意識が

なくぐったりとしていて、罪悪感がある。けれどそんなことも言っていられないので、私はよく見ながら腰を落とし、私の秘部をペコさまの先端に当てがう。くちゅりと音がした。

「んっ……」

しばらく入り口を擦り付けるように腰を揺すって、それから、少しずつ腰を落としていく。

「あ、……はっ……」

ずりゅ、と少しずつ私の蜜壺がペコさまを飲み込んでいくのが見える。ナカが擦れるのが気持ちよくて、内ももとお尻がふるふると震えた。腰がペコさまと近づくにつれ、お腹の圧迫感が増してゆく。同時に、擦れるたびに痺《しび》れるような気持ちよさもある。

「ん、〜〜はっ、は、はぁ」

たっぷりと時間をかけて、私はペコさまのそれを深く咥え込むことに成功した。多分根本まで入っているけれど、まだ体重をかけて座り込んではおらず、少しだけ腰を浮かした状態になっている。ペコさまのモノも他の二人のモノも、かなり大きい。ぴったりと座ると、行き止まりを突き破るところまでいってしまうと思うのだ。私はその状態で一回止まり、はあはあと息を整えにかかった。

「あら、大丈夫？」

「だ、いじょぶ、……です、んんっ」

「ほら、頑張りなさいな」

アビアラさまがうっそりと目を細める。彼は長い足を組んで座り、そこに頬杖《ほおづえ》をついて、にやにやとこちらを見ていた。……この人、ちょっと楽しくなってるな。

私は少しイラッとしたが、とりあえず続きだ。おそるおそる腰を上げる。ずるり、と抜ける。そ

して再び腰を落とす。ぱちゅ、と控えめに肌がぶつかる音がする。そのたった二つの動作が、震えるほどに気持ちいい。

「ん……、ん……っ。ふぁ、あ、きもち……」

ぱちゅ、ぱちゅん。ゆっくりとしたペースで淫《みだ》らな音が鳴る。騎乗位だと私が動けるので、色々と調節が効く。とりあえず、これはある程度私が気持ちよくならないといけないので、このままでも十分だけど、もう少しだけ良いところに当たりやすいように角度を調節する。

「あ、あ、ひぁっ」

ずる、とくびれの部分が私の弱いところに引っかかって、刺激していくのがすごく気持ちいい。

「ふあ、ああ、きもち、んぁッ」

私はそこを重点的に擦り付けた。

「ぅ……」

どうしよう。気持ちいい。お腹が切なくてキュンキュンする。もうちょっとこっちを押し付けると、もっとイイ気がする。でも深すぎるのはまだ怖いから、このくらいにして。抜くときはこれくらいまでに……。イイところが擦り上げられてゾクゾクする。一回お尻を上下させるごとに、私はより気持ちいい動き方を学習していく。動いているのは自分だけなのに、快楽を教え込まれて調教されているような背徳感《はいとくかん》とほんのりした屈辱感《くつじょくかん》。私は夢中で気持ちよさを追いかけた。

……下のペコさまが、むずがるように身じろぎしたのには気づかずに。

「ひゃあっ、あ、んッ！　ああ……っ」

「ふふ、気持ちよさそうね」

「ふ、あ……？」

不意に、アビアラさまが私に言った。ぱちゅ、と可愛かった音は、いつしかじゅぽっと勢いのある音になっていた。とろとろと結合部に私の愛液が落ちているのだ。体が跳ねるたびに私の乳房もぷるんっと震えて、その振動すら気持ちいい。

けれどアビアラさまが何か言うから、とりあえず私は動くのを止めてゆっくりと顔を上げた。赤と緑の瞳が、熱を持って私をジッと視姦《しかん》しているのが目に入る。思わず、ぶるっと体が震えた。

「あなたは浄化を嫌がっているけれど、まあまあ悪くないんじゃない？」

「あびあら、さま……？」

「ねぇ、ペコ？」

ペコさまが、どうしたのだろうか。熱に浮かされた頭を、ゆるゆると傾げる。そのとき、何かがするりと私の太ももを撫《な》で上げて、腰を摑んだのが分かった。大きくてゴツゴツしていて、何より熱い。え、とそちらを見る。

ペコさまが、いつの間にか、銀の瞳をギラギラさせて、私を見上げていたのだ。

「ひ、」

「……もしかして、媚薬《びやく》に幻覚症状の出る薬でも入れているのか？」

「あら、もう何も飲ませてないわよ」

「どうだか」

とちゅっ。

そして、ペコさまの手が私の腰を触れるとほんの少しの力で、自身の方へ引き寄せた。それだけ

で私の体重を支えていた足からはあっさりと力が抜けて、ぺたりと地面に女の子座りをするように体重を落としてしまう。そうすると、自分の中の、奥。柔らかくて行き止まりになっている、多分子宮の入り口のところに、ペコさまの先端がとん、と優しく当たって、そしてずぶりと、さらに奥の入っちゃダメなところに――。

「え……？　っひ、ぁ、だめ、あああぁぁッ!?」

「あら、避《さ》けてたイイところに入っちゃったの？　かぁわいい」

「くっ……、これ、確かに浄化もすごいけど、それより、持ってかれそうだ」

ビクンと背中を仰《の》け反《ぞ》らせガクガクと体を震わせる私を置いて、二人が話しているのが聞こえる。

しかし私はそれどころではない。そろそろイく、というところまで高潮していた体が、断崖《だんがい》から快楽の海に突き落とされた。波に揉《も》まれるような激しい快感に身を焦がされる。蜜壺が私の意思とは関係なくぎゅうぎゅうとペコさまを締め付けて、それが同時に自分のイイところも勝手に刺激しているものだから、達したのにさらに高められていく。とにかく、私は多分目指していたところよりも二段階くらい深くイってしまったようだった。

「〜〜ぁ、はっ、はっ、はーっ」

「……ぐ……。落ち着いた、か？　じゃあ、動きたいんだが」

「――えっ」

私の返事を待たず、大きな手がガッシリと私の腰を掴んで持ち上げる。

「や、〜〜〜っ！」

ずろろろっと壁を擦りながらギリギリまで抜かれた。昂《たかぶ》った体にはそれだけで気持ちよくて、

でもそれじゃ終わらないのは明白だった。ちゅうとキスをするみたいに吸い付く私の入り口とペコさまの先端が、これからめちゃくちゃにされるんだということを嫌でも意識させてくる。

もし今ペコさまに手を離されたら、それだけで私は自分の体重でペコさまをずっぷりとダメなところまで受け入れてしまうだろう。期待と恐怖で、きゅうとお腹の奥が疼《うず》いた。それに腰を掴まれている以上、自分で手をついて体重を支えることすらできない。そして、腰は落とされた。

ずぱんっ。

「〜〜〜〜〜ッッ!!」

落とされたというか、それ以上に引き寄せられて打ち付けられた。当然のようにペコさまの先端は奥の奥に埋まっていて、私はまた深くイってしまう。でも、それじゃあ終わらない。

ぱんっ。ぱんっ。ぱんっ。ぱんっ。

「ひっ、あぅ、だ、めっ、だめぇっ！　そこ、つよ、つよすぎ、だ、からっ」

「く、締ま……」

「や、うそっ、ひやあぁぁぁぁっ！」

感じすぎて目がくるくるする。ぱんっと肉がぶつかるたびに私の中でばちばちと快楽が弾《はじ》けて跳ね回る。どこもかしこも気持ちよくて、おかしくなりそうだ。ペコさまはこのとき、多分ただ自身が気持ちよくなるように私のことを動かしていたけど、それでも暴力的に気持ちよくて、それがまた屈辱的で、ゾクゾクと興奮を煽《あお》られた。

「ああ、ひぐ、も、おか、おかしく、なっちゃ、ぁ、ペコさまぁっ！」

「……やはり、聖女じゃないのか？　ふ、聖女に浄化してもらったことはないが、浄化効率が良す

ぎる、気がする」

「今仕事の空いた時間に調べているところよ」

「……教会への、問い合わせは？」

「色々難航中なのよ」

　てかなんで冷静に喋ってるのこの人たち。私だけがよがってるみたいじゃん！　わ、私だってちょっと抵抗ある中で頑張ってるのに、せめて行為中は集中してくれないですかね!?

　ムカついたので、私は上体を倒してペコさまにキスをしてやった。揺さぶられながらだったので最初強めに歯が当たるキスになってしまったが、まあ口と口が当たればよろしい。

　ペコさまは、それまでガツガツ動いていたのが嘘みたいに固まった。これ幸いと、ペコさまの肩に手を置いて深く口付ける。

「ちゅ、んちゅ、……っは、」

　ひとしきり貪《むさぼ》って、口を離した。つッ…と唾液が糸を引くのが、なかなかエッチだ。見ると、ペコさまは目を開いて私を見上げている。目を縁取《ふちど》る銀色のまつ毛は冗談みたいに長くて綺麗で、その中に鎮座《ちんざ》した瞳は複雑に光を反射するダイヤモンドのようだ。銀の中にプリズムが散っている。抉《えぐ》り出して美術館に永久展示するくらいに綺麗、なんて猟奇的《りょうきてき》な考えが頭をよぎる。

　よぎるが、それはそれとして激しく出し挿《い》れしていたものがいきなり止まるのは、酷《ひど》い焦《じ》らしプレイだった。奥をもっとごんごん突いて欲しくて、お腹の奥が酷くうずうずしている。私はもどかしさのあまり腰を揺らし、彼の耳元に口を寄せた。

「ペコさま、ねえ、つづき……」

「ッッッ!!」

びゅるっ、とお腹の中にひどく熱い感覚。快感にふるると体を震わせるが、あれ、これ射精されたのでは？　見ると、ペコさまは可哀想《かわいそう》なくらい顔を真っ赤にしてぶるぶると震えている。白い肌は少しの紅潮《こうちょう》でも目立ってしまってなんだか可愛いけれど、いやそれはさておき。

あ、あれ、ペコさま、でちゃった？　後ろでアビアラさまが「魔性《ましょう》の女ねぇ」と頷いている。今こそ、今こそ助けてくださいアビアラさま。私の願い虚《むな》しく、アビアラさまはしれっと笑った。

「とりあえずペコも意識が戻ったし、大丈夫そうね」

「……すまない、迷惑をかけた。……俺はこのまま、いけるところまで浄化したいと思うんだが」

「いいんじゃない？　あんたいつも汚染率六割前後行ったり来たりしてるでしょ。たまには徹底的にやりなさい。ひっさびさに一割以下になってみると、頭痛も体の痛みも吐き気も気分の悪さもなくなって、調子良すぎて戻れなくなるわよ」

「……それは怖いな」

待ってほしい。嫌な予感がする。というか逆に待って？　いつも頭痛と体の痛みと吐き気と気分の悪さがあるような体調だったの？　もしかして今も？　それは、まずいのでは？　二重の意味でだらだらと冷や汗をかく私に、アビアラさまは晴々《はればれ》した笑顔を向けてくれた。

「じゃあ、マリー。ペコは歴代の魔法使いの中でも桁違《けたちが》いに魔力が多いの。その分溜め込むから、浄化は相当長くかかるわよ。頑張りなさい」

「え、え、長く……？」

「私のざっと三倍以上はあったわよね？　だから、単純計算して三倍ヤらないといけないわね」

「さ、三倍……？」

って、どれくらいだ？　アビアラさまも結構いつも長いよな？　抜かずに何連発とかしますよね？　それの三倍？　え、私今日死ぬのでは？

おそるおそるペコさまを見る。彼は、纏う色彩も影響してか、全体的に酷く冷たい印象を抱かせる人だった。しかし、今の銀の瞳は焼かれるほどに欲に濡《ぬ》れてギラギラしている。ぐいっと肩を引かれて、仕返しのように腰の砕《くだ》けそうなバリトンが耳に吹き込まれた。

「――そういうことだから、さっきので終わりだと思うなよ」

「ひぇ、」

とりあえず、その日は今までで一番長くて激しい夜だったと思います。

さて、それから、気絶するまで抱かれて、目覚めたらすでにペコさまはいなかった。私が気絶した後に本館に戻られたらしい。浄化は無事に済んだのか、体調は大丈夫なのか、知らされてもいないが、さすがにしばらく私の腰は死んでいた。というか、アビアラさまに「魔法薬で治癒《ちゆ》してもいいけど、マリーは働きすぎだからこれを機に休んだら？」と言われて治してもらえなかった。

で、数日は休んでいたのだが、いざメイドの仕事に復帰すると、変わっていることがあった。

精霊たちが、私を避けるのだ。呼んだら姿を現してくれるし、頼みごとは辛《かろ》うじて聞いてくれるが、近づいて来なくなった。当然、雑談はできない。そう、雑談ができなくなってしまったのだ。

私は思いの外《ほか》落ち込んだ。具体的に言うと、ゴディさまに「大丈夫か？　なんかしおしおしてるけど」と声をかけられ、アビアラさまにも朝の診察で「顔色悪いわよ、なにか心当たりは？」と聞かれるくらいには、落ち込んだ。アビアラさまは私の「精霊が……」の一言だけで察したらしい。

「んー。ペコが何か言ったんでしょうねぇ。精霊は何かさせるのは易《やす》いけど禁ずるのは難《かた》しっていうのに、こうもきっちり守らせるところがすごいというべきかしら……」

「ペコさまは、私のことが嫌いなのですか……？」

「まあ、嫌いというよりは怖いんでしょうね」

「？」

私が、怖い？　あんなに好き勝手翻弄《ほんろう》しておいて、怖いところとかある？　私は心当たりがなく首を傾げるばかりだ。アビアラさまはそんな私に困ったようにくすりと笑う。大人の色気と、近所の憧れのお姉さんのような親しみ。くっ、顔がいい。

しかし、その笑い方からは、アビアラさまはどちらかというとペコさまに同情しているような気がした。アビアラさまには、ペコさまの気持ちが分かるのかもしれない。私は「なぜ」と聞いた。

「なぜ。……簡単なようで難しい質問ね。まあきっかけは、あの浄化行為でしょうね」

というと、一晩中ペコさまに抱かれたアレか。

「思えば、ペコはまともな浄化はあまりしたことがないのよねぇ。大抵は、気絶するまで我慢してこっちで世話しながら無理やり浄化する感じだったかも」

「ペコさまは浄化が嫌いなのですか？」

「まあ嫌いでしょうね」

アビアラさまはあっさりと、しかししっかりと頷いた。

それは、魔法使いとしては由々《ゆゆ》しき事態では？　別に私も好きではないが、まあ私の好き嫌いはおいておいて、そもそも私には別に必要じゃないものでも、魔法使いには必要なもののはずだ。

それに、浄化が嫌いだからといって、私まで一緒に嫌いになって精霊からハブにされるのは迷惑である。もともとペコさまの精霊なんだからペコさまの好きにするのは道理であるというご意見もあろうが、しかし一緒の空間に生活しているのだ。そういうギスギスは極力なくすようにお互い努力するのが、大人のお付き合いというものではないだろうか？　それに、ペコさまが使う魔力はペコさまのものかもしれないけど、その浄化に一役買ってるんだから私だって精霊と戯《たわむ》れる権利はあるのでは？　そう、要するに私は、精霊と戯れたかった。

「浄化が嫌い。だから、私が怖い、ということですか？」

「まあ、そうねぇ」

アビアラさまが頷いた。改めてまとめると、注射が嫌いだから医者を怖がる子どもみたいだな。

――そうか、子どもなのか。すとんと何かが腑に落ちた。

そもそも、聞いているとペコさまが倒れるのは初めてではないみたいじゃないか。体調管理は大人の一番基本的な仕事の一つである。ゴディさまだってアビアラさまだって、きちんと汚染率も含めた体調管理は行っている。それに、汚染率の上昇って全く気づけないことはないんだろう。なんか、上がると体調悪くなるらしいし。であれば、ペコさまは具合が悪いのに浄化が嫌いだから我慢して、その結果倒れたのだ。子どもである。まったくもって子どもである。

「まあ、ペコはもともと人の少ないところに住んでいてね？　人自体に慣れていないというのもあると思うの。私の方からアプローチしてみるから、少し堪《こら》えてちょうだい」

「……はい」

アビアラさまのスマートな対応に、私はまあまあぶすくれた顔で頷いた。

とはいえ、精霊と遊べなくとも仕事は仕事である。私はいつも通りにご飯を作って、ご飯以外の時間は屋敷の掃除をした。これまでなら掃除をしているとどこからともなく誰かしら精霊が寄ってきてくれるのに、今は全く音沙汰《おとさた》なしだ。悲しい。

　まあしかし、それならそれで掃除に集中できちゃうのが私だ。いつもより丁寧《ていねい》に埃《ほこり》を取り、雑巾をぎゅっと絞って水拭きをしていると、不意にふわりと視界の端でヴェールが翻った。

「……？」

　私はふと手を止める。現在私がいるのは廊下である。縦に長い大きな窓が並び、そこから陽《ひ》の光が差し込んでいる。それぞれの窓には落ち着いた色のカーテンと白のレースカーテンがついているが、それらが翻るような風は今の廊下には吹いていない。窓を開けていないからな。だからつまり、ヴェールが翻るのはおかしいのだ。私は顔を上げて辺りを見回す。

　廊下には、いつの間にか人が立っていた。そこにいるはずなのにどうにも印象が漫然《まんぜん》として、見た目の特徴を伝えることが難しい。髪の色も瞳の色も肌の色も、顔立ちも実像を結ばない。ただ、強いて言うなら、幾重にも重なったヴェールを纏う少年のように捉《とら》えることができた。

　以前本館で出会った精霊だ。風もないのに、ふわりとまたヴェールが翻った。

「やあ、かわいい子」

「君は、えっと、マグ・メル……？」

「おやおや。ふふ、そうだよ。マグ・メルさ」

　少年のようなボーイソプラノで彼が喋る。そうか、顔も分からないのになぜか少年のような印象があったけど、声の印象だったのか。私は妙に納得した。しかし、なんで話しかけてきたのだろう。

「えっと、私に話しかけていいの？」

「ふふ、僕は悪い精霊だから。もちろん契約している以上我が主人の命令は絶対だけど、命令の網の目を潜《くぐ》って悪いこと、したくなっちゃうものだよね」

くすくすと彼が笑った。全体の印象は曖昧なくせに、ふわりと蠱惑的《こわくてき》な仕草《しぐさ》だと思う。

「で、かわいい子。何か困っていることがあるみたいだね？」

誘うように首を傾げてみせるマグ・メル。その言い方から、私はなんとなく彼の狙うところを理解した。なるほど、コイツ、あくまで私から頼ませることで共犯にするつもりだな。

そう、おそらく彼は主人であるペコさまの命令で、他の精霊と同様に私と交流することを禁じられている。しかし、精霊は向こうから寄ってこないが、大声で呼べば現れるし、私の頼み事は辛うじて聞いてくれるのだ。つまり、彼は私からなにかを頼ませようとしているのだろう。

よかろう。私も良い子ではない。ペコさまには悪いが、というかそもそもペコさまだって悪いので、私はこの胡散臭《うさんくさ》い曖昧少年に乗っかることにした。

「そう、困ってることがあるの。君は何か助けてくれる？」

「うーん、そうだな。我が主人には君に無闇に近づくなと言われている。ただし、どうしても必要なお手伝いならしてもいい、と。どうしても必要そうかい？」

「このままだと私、悲しくて仕事もできなくなっちゃうかもなー、どうしても必要だなー」

「ふふふ、なら、仕方ないね」

彼は満足そうに笑った。思惑《おもわく》通りにいったらしい。そして楽しそうに「なにを手伝ってほしいの？」と聞いてくる。あ、そこは私が考えなくちゃいけないのか。

私は少し考え込んだ。しばらくして、一つの疑問が頭をもたげたので、素直にそれを口にする。

「……ペコさまがなんで浄化嫌いなのか、分かる？」

突然だが、性行為とは、得てしてデリケートなものである。男性の魔法使いには必要な行為らしいとはいえ、だからといって必要と好きはイコールではない。デリケートなものは扱いを間違えればトラウマになりやすいし、そもそも好き嫌いが分かれるものだ。私は先ほどペコさまのことを子どもだと思ってしまったが、もし性行為にトラウマを抱えていたり苦手意識を持っていたり、そういった事情があるなら仕方ないとも思うのだ。

ただ、男性の魔法使いにとって浄化は必要なものらしい。それならば、対策を練らねばならない。代わりの手段で浄化するか、できるなら苦手を克服するか、そういった話だ。兎にも角にも、詳しい事情を知る必要がある。

マグ・メルはにんまりした。顔の印象は相変わらず曖昧だが、そんな雰囲気がしていた。

「人間の感情というものは複雑でね、泣いたからと言って一つのことが原因とは限らないし、笑ったからといってその理由を述べるのは本人にも難しいことがある。トラウマの類も同様だ。だから僕は、過去の『それらしい』出来事を述べるけれど、それでもいい？」

「回りくどい言い方をするね。いいよ、それで」

とりあえず、情報とっかかりが欲しいのだ。たとえ的外れだったとしても、そもそも私はペコさま自体をまだあまり存じ上げないので、なにか知ること自体が有益なのだ。本来なら本人に聞きに行くべきなんだけどな。私は本館へ入るのが推奨されていないし、ペコさまは本館に引きこもっているしで、なかなか難しいのである。マグ・メルはそんな私にやはり蠱惑的に笑った。

「分かったよ。と言っても、この話をするには、そもそも彼の幼少期の話から始めた方が早いかな。これは僕も聞きかじりの話だけれど、勘弁してね。彼はもともと、両親がいなかったらしいんだ」

マグ・メルが話してくれたペコさまの話は、悲しい話だった。

「おそらく容姿が原因なのかな。魔獣に食わせるためだったのか、気づいたら森にいたらしい」

「容姿？」

私は首を傾げた。なにか、容姿が関係あるのだろうか。あの美形だ、赤ちゃんの頃からそりゃもう美しかったに違いない。いや、さておき、なぜ容姿で捨てられるんだ。色とかか？　銀髪に銀の瞳なんて、確かに珍しい気がする。迫害対象とかなのだろうか。分からないけど。

「くっ、ふふふ、あはははは！　なるほどね。いやぁ、納得いったよ。そういうわけか」

マグ・メルは、私の言葉に堪えきれないというようにお腹を抱えて肩を震わせた。なんだなんだ。

「え、なに？」

「んっふ、いや失礼。面白そうだから、その辺の説明は避けようかな」

「はあ……？」

いや、絶対大事でしょ。そう思ったものの、おそらく彼にはすでに話す気がないだろう。聞いても無駄だと思われる。私はひとまず大人しく先を促した。

「うん、続けるよ。——普通なら、魔獣に食べられて終わりだっただろうね。でも、我が主人には幼い頃から才能があった。精霊に好かれるっていう才能が。精霊は、愛《いと》し子《ご》を見殺しにしたりはしないよ。彼は運が良かった」

曰く、赤ちゃんのペコさまはたくさんの精霊に助けられて、なんだかんだと生き残ったらしい。

そうして、ある人に拾われたのだそうだ。

「我が主人の育て親にあたる人だ。人里離れた集落の、さらに外れに一軒家を建てて住む老人に拾われた。精霊信仰を信じる人でね、精霊に好かれる彼のことを大切に育ててくれたよ」

「知ってるの？」

「まあね。僕はまあまあ昔に我が主人に拾われた精霊だよ。僕が我が主人と契約したとき、『そんな悪魔と契約するべきじゃない』と至極真っ当に我が主人を心配してくれた老人だ。得がたい人だね」

　私はふぅんと頷いた。マグ・メルは続ける。

「けれどね。老人は我が主人を愛してくれたけれど、他の人はそうはいかなかったんだ。老人は集落に所属している。その集落の住民は、彼のことが受け入れられなかった」

「なぜ？」

「やはり容姿だろうね。あとは、男の魔法使いだというのも理由の一つかな。浄化機構のしっかりしていない魔法使いなんて、汚染率が上がり続ける爆弾みたいなものだ」

「魔法使い？　そういえばペコさまは赤ちゃんの頃、精霊に助けられてたんだよね？　それって魔法だったってこと？」

「いい質問だね。どうやら曖昧だったようだよ。つまり、我が主人は浄化手段もないのに、生まれつき魔法に類するものを会得していたんだ。まあ馬鹿みたいに多い魔力のおかげで、汚染率の上昇が亀の歩みだったのが救いだね」

　ペコさまは同じグランドの宮廷魔法使いであるアビアラさまの三倍以上の魔力があるらしいし、

その分汚染率の上昇はゆっくりなのだろう。まあ、その分浄化も大変なんだけど。

「そう、だから我が主人は、あるときまでは老人のおかげで、普通よりもちょっと人が苦手で引っ込み思案《じあん》で、精霊と仲良しな、普通の人の子として育ったよ。ここまでが前提」

「あるときって何……？　なにかあったのね」

マグ・メルが「ご明察《めいさつ》！」と手を叩《たた》いた。いや、ご明察！　じゃないでしょ。それくらい語り口で分かる。マグ・メルは心なしかテンションが上がっている気がする。

「ある日、我が主人は倒れた。お察しの通り、魔力の汚染率の上昇でね。さて、対処法は君がやったのと同じだ。さあ、その時はどうしただろうね？」

「……老人に浄化は無理だろうし、まあ、集落の女の子に協力してもらうとか？」

聞かれるままに私は答えた。マグ・メルがにっこりと微笑む気配がする。

「うん、その通り。そして、ここで喋っていなかった前提を一つ足しておこう。この頃、ちょうど集落は大規模な不作《ふさく》に見舞われてね。あわや飢《う》え死《じ》にの危機だった。そこで、集落は我が主人を頼った。精霊の力を借りようとしたわけだ。我が主人は頼られたのが嬉しくてね。もしかしたら、これを機に仲良くなれるかもって可哀想なほど無邪気で、……いやぁ、見ていられなかったよ」

「……つまり？」

「集落は飢えをしのいだけど、代わりに集落からどうしても、我が主人の浄化のために女を差し出さなければならなかった」

マグ・メルがにたりとする。顔の印象がふわふわしているくせに、マグ・メルは感情表現が豊かだ。そしてとても悪魔っぽくて、柔らかな邪悪である。私にもさすがに展開が読めた。

「選ばれた少女は泣き叫んだよ。疎《うと》んでいた人間に、大事な貞操《ていそう》を捧《ささ》げなければならなくなってしまったからね。それに、その集落は恵まれていてさ、政略結婚は一般的じゃなかったから、少女たちは当然のように好きな人と結婚するって夢を見ていたんだ。そりゃもう悲痛な嘆《なげ》きようだったさ」

「……楽しそうに喋るね」

「僕は悪魔だからね。正確には悪魔じゃないけど。なんだっけ、こういうの。あ、人の不幸は蜜《みつ》の味？」

最悪である。主人のトラウマの話だというのに、イイ性格しているな、この精霊。マグ・メルはそんな私の内心を知ってか知らずか、歌うように喋った。

「さて、まあ情事の話は省《はぶ》くけど、大体もう予想がつくだろう？　最悪な初体験だ。しかも、その相手の少女は、その後程なくして、精神を病《や》んでしまったんだそうだ。かわいそうに」

「あー……」

私は遠い目をした。ペコさまほどの美人でも嫌がられるんだなぁ、という呑気な感想が頭をよぎる。というか、あまり深く言及しても意味ないだろうし、それくらいしか出てこなかったのだ。

……でも、まあ、いくら美人だからって、見知らぬ人にいきなり「エッチしないと死んでしまうので今からあなたを襲います」って言われて、オッケーウェルカムどんとこい！　ってなる女はあんまりいないか。そういえば私も、この役目で雇われると知ってかなり抵抗があったし。そこに、相手の顔の美醜はきっと関係ない。

「不幸な事故ってことね」

「うふふ、どうだろうね。起こるべくして起きた気もするよ。我が主人は神様みたいなものだから。

幼い頃から精霊に好かれて、教えずとも魔法が使える男の子。大抵の人間の望みは指先一つで実現できる。集落に恵みをもたらして、代わりに定期的に女を要求するのも、それっぽいし」

「生贄《いけにえ》だね」なんてマグ・メルは軽く言う。ていうか、「定期的に」ってなんだ。聞き捨てならない。

「まさか今の話、一回じゃないの？」

「もちろん。浄化が必要になるたびに、集落からは女が提供されたさ！　代わりのように住民たちから我が主人に対する要求も大きくなった。それを繰り返して……。ふふ、国から噂《うわさ》を聞いた宮廷魔法使いがやってきて我が主人を集落から連れ出すまで、そんな関係はずっと続いたとも」

「泥沼じゃん」

ペコさまみたいなキラーカードは、どうしてもという時以外は大事に取っておくのが定石《じょうせき》だろうに、なんで常用しちゃうかな。そんなに集落では不作がたびたび起きていたのだろうか。

「ある意味ギブアンドテイクでいい関係だったと、僕は思うよ。集落は我が主人に要求することで豊かな生活が保障されていたし、我が主人も優しい神様だからね。住民からの要求には丁寧に応えた。浄化のために差し出される女の子と我が主人が、その度につらい思いをしながら浄化を行うこと以外は、大体全てが円満だったもの」

マグ・メルはくすくすと笑った。それは随分と綱渡りな「円満」であると私は思う。ペコさまが嫌になったら？　女の子が全員逃げ出したら？　あっという間に消えてしまう平穏だ。

私が口を開こうとしたところで、しかし、不意にマグ・メルは顔を上げる。

「……と、あー。ごめん、僕は失礼するよ。個人的に彼はちょっと苦手でね」

「？」

「じゃ、続きは今度の機会に。またね？」

そう言ってふわりと溶けるようにマグ・メルは消えてしまった。そして、そう間をおかずにコツコツとヒールの音が聞こえる。私は振り返った。

「マリー？」

アビアラさまだ。まだ夕方くらいなのに彼が別館に来るのは珍しい。私はぺこりとお辞儀《じぎ》をした。

「アビアラさま、どうされましたか？」

「今、マグ・メルといたの？」

その問いに私が「はい」と頷くと、訝《いぶか》しげにガーネットとジェイドの瞳が細められる。なにか、気になることでもあるのだろうか。

「念のため聞くけど、あなたが呼んだわけではないのよね？」

「……いいえ。私が呼びました」

「……あら、そうなの？」

意外そうな顔をするアビアラさま。まあ正確にはマグ・メルが勝手に出てきたけれど、私も彼の思惑に乗って頼み事をしたし、大体そんな認識でいいだろう。アビアラさまはひとしきり私と見つめ合ったあと、ふぅと悩ましげにため息をついた。

「一応、来てみて正解だったのかしら。……マリー」

「はい」

「ちょっと、時間あるかしら。お話ししましょう？」

ふわりと、アビアラさまが微笑む。本日も丁寧に結い上げた赤毛が、艶々《つやつや》とシャンプーのＣＭに

出演できそうなほどの輝きを放った。私はドギマギと頷いた。

　アビアラさまとは、初日はちょっと微妙な感じになってしまったが、それ以降の彼はなんだかんだ私に親切にしてくれていた。

　彼はもとから世話焼きな性分なのだろう。私がこの屋敷に来る前まで、浄化を行う女性の差配と世話をしていたのは主に彼だったそうで、その流れで私の体調もよく気にかけてくれていた。毎朝診察してくれるのもその一環《いっかん》だ。ちなみに、避妊薬とかを調合してくれるのも彼だったりする。

　アビアラさまは私を私室に招き、話のお供にとハーブティーを淹《い》れてくださった。可愛らしい花柄のティーカップに、小さなお花が浮かべてあった。よっぽど私よりも女子力が高い。

「どうかしら。自分でブレンドしたのよ」

「美味《おい》しいです！　それに香りも見た目もとても素敵です！」

　私の言葉に嬉しそうに微笑むアビアラさまのなんと麗しいことか。

「お菓子もあるの。マリーは、お菓子は好きかしら？」

「好きです！　……わ、すっごく可愛い。クッキーですか？」

「宝石みたいです！　赤に、黄色に、紫に……」

「気に入ってくれたならよかったわ。そうよ。いろんな種類のジャムをのせて焼いたの」

　しばらくキャッキャとお茶会に興じたあと、アビアラさまはかちゃりとカップを置いた。本題に入るのだろう。

「で、マリー」

「はい」

「マグ・メルとは、……もしかして、いい感じなのかしら？」

「はい？」

思わずふわっと聞き返す。でも質問がふわっとしているんだから仕方ない。

いい感じ？　いい感じとは、どういう話だ？　アビアラさまが頬を膨《ふく》らませた。

「もうっ鈍《にぶ》いのね！　だから、マリーはマグ・メルに惚れちゃってるのかってことよ！」

「えっ」

まさかの恋バナだった。アビアラさまがわくわくと頬を紅潮させて私を見る。ガーネットとジェイドの瞳がキラキラしていた。

「マグ・メルはねぇ、ムカつくけれど美しいでしょう？」

「えっ」

「とぼけても無駄よ。知ってるんだから、仲良さげに話していたでしょう？」

「えっ」

「で、どうなの？　どこまでいっちゃったの？」

「えっ⁇」

美しいも何も、顔が曖昧で分からないし。仲良さげに話していたも何も、まともに話したのは今日が初めてだし。どこまでいっちゃったのも何も、マグ・メルとはどこにもいってないし、むしろ目の前の相手と最後までいっちゃってるんですけど。

アビアラさまはキャーッとはしゃいでいるが、どうしよう、あんまり面白い話題が提供できそうにない。私は焦った。と、とりあえず質問してお茶を濁《にご》そう。

「マグ・メルが美しい、ですか？」

「あら、マリーには美しく見えないの？」

「えっ、い、いいえ？」

逆に質問されて答えに窮《きゅう》する私。マグ・メルがイケメン？　いや、どうだろう。確かに、纏うヴェールをふわふわと翻して佇《たたず》む姿は神秘的で、ヴェール越しに薄《うす》らと透ける肢体はなんとなーくほっそりしていて、こう、天使っぽい雰囲気は感じさせる。でも、なにぶん顔が曖昧だ。

私はそっとアビアラさまを見上げた。むしろ、アビアラさまの方が「美」って感じである。「美」が形を持ったらこうなるのかと誰もを納得させて然《しか》るべき美貌だ。お美しい。

けれどそこまで考えて、私はいやいやと頭を振った。聞かれているのはアビアラさまのことではない。マグ・メルのことだ。

「私に見えるマグ・メルは、なんというか、ふわふわしていて、曖昧です」

「曖昧？　へえ、マリーにはそう見えるのね」

「そう見える、ですか？」

「そうよ。マグ・メルは天魔《てんま》といってね、悪魔って、人間に取り入って惑わすものなんだけれど、そのために人間から好意的な感情を向けられる見た目をしているものなの。だから同じマグ・メルを見ても、見る人によって見た目が違うのよ」

へえ、なるほど。マグ・メルは、やはり見る人によって姿が違うらしい。

なんで私にはぼんやりして見えるんだろう？　確かに雰囲気は悪くないし、むしろ顔や印象が曖昧なのは神秘的な感じを助長《じょちょう》している気もする。だから曖昧なのだろうか？　まあ、ご主人さま

たちがあまりに美形すぎて、もうどんな美人に来られても驚かないけどな！

「うーん、個人的には、マグ・メルは恋愛相手としてあんまりオススメできないんだけれど……なにせその先に破滅しかないし……」

　なんか今さらっと怖いこと言いましたね、アビアラさま。

「でもマリーがその気なら、応援しちゃうわよ？」

「いいえ。いいえ」

　綺麗な笑顔を向けてくれたアビアラさまに、首を振る。多分、私とマグ・メルが恋愛沙汰になることはないと思う。あれは悪友でいたいタイプだ。アビアラさまはちょっと残念そうな顔をした。

「……まあでも、そうね。天魔は嘘《うそ》はつかないけれど、誤解させる言い方をしたり、巧妙《こうみょう》に情報を隠したりするのは常套手段《じょうとうしゅだん》なの。何を話していたかは知らないけれど、彼の話はあまり信用しすぎない方がいいかもしれないわ」

　アビアラさまの忠告に私は頷く。そうだろうなとは思う。根拠はないけど、彼がわざと話さない情報はいくつもあるだろう。そしてそれは、親切心や心配で話さないのではなく、単純に面白いから話さないのだ。私はため息をつく。アビアラさまはそんな私にくすくすと笑った。

「で、結局マグ・メルと何を話していたのかは聞いていいのかしら？」

「ペコさまの過去の話です」

「ペコの？」

　きょとんとするアビアラさま。しかし、すぐにそんな話をしていたわけを理解したらしい。

「精霊の件ね」

アビアラさまは苦笑した。

「ごめんなさいね。ペコには今日一応話をしておいたんだけれど、どうもマリーも怖いし、精霊とマリーが仲良くするのも怖いみたいなの」

「なぜでしょう？」

「ペコはとても精霊を大切にしているの。それこそ家族のようにね」

それは分かる。マグ・メルから聞いた話でも、赤ちゃんの頃から助けられていたようだし、それこそずっと一緒に育ってきたのだろう。アビアラさまは言い聞かせるようにゆっくりと喋った。

「マリーは精霊に懐《なつ》かれているし、きっと取られちゃわないか心配なのよ。もうちょっと待っててあげて？」

「……はい」

私はもやもやとしたものは感じつつも、頷いた。ご主人さまがそうおっしゃるなら、否《いな》やはない。アビアラさまも宣言通りアプローチしてくれたみたいだし、あとは待つしかないのかもしれない。でも、腑《ふ》に落ちないなあ。なんで私はペコさまに怖がられているのだろう？

私は再びティーカップに口をつけた。ふわりと香るのは、ほのかな甘みのある花のような匂い。口に含めば、フルーティーですっきりとした飲み口。これがオリジナルブレンドとは恐れ入る。

「ふふ。そんなに気に入ってくれたなら、また淹れるわよ。マリーみたいな可愛らしい女の子が喜んでくれるなら嬉しいわ」

そして流れるようなリップサービス。誰にでも言っているのだろうか。何人の人類がこの人に性《せい》癖《へき》を歪《ゆが》められたのだろう、心配になってしまうな。

それにしても、嬉しい。私は最初、アビアラさまに警戒されていたと思う。しかしお茶会をしてくれたってことは、少し打ち解けてきたってことなんじゃないだろうか。辿々《たどたど》しくもそう言うと、アビアラさまは微笑んだ。

「マリーとは長い付き合いになるでしょうから」


さて、普段はメイド業に勤《いそ》しむ私であるが、ゴディさまに仕事がないときは、彼に言葉を教えてもらうことも多い。勉強会は大抵ゴディさまの部屋で行われる。今日もそうだった。

「今日はこれいってみよう。『私はりんごを切りました』。単語を組み替えればいろんな文章が作れて便利だよ」

ゴディさまが、くるりとペン回しのようにワンドを回した。おそらく特に意味はない。手慰《てなぐさ》みにワンドを弄《いじく》っているのだろう。

彼は、最初に自己申告してくれた通り、教えるのがちょっぴり下手だった。ゴディさまは基本的な説明はできる。ただ、伝える順番があまり整頓《せいとん》されておらず、そのせいで分かりにくいのだ。本人も教えるのが得意ではないことを自覚しているため、さっと大意を説明してから、言葉を実際に使わせて、それに具体的なアドバイスをするという形式をとっていた。

「はい、じゃあ意思疎通《そつう》の魔法を解くよ。まず俺が言うのを繰り返して」

そうしてゴディさまがワンドを振り、光の線が走る。私はゴディさまの口に注目した。

「××××、××××、××××」

「えーっと……××××、××××、××××……？　××××、××××、××××！」

一回目はゴディさまの発音を真似して、二回目には今まで練習した単語を組み合わせてちょっとアレンジしたものを言ってみる。何回か練習した後、ゴディさまが再び魔法をかけてくれた。

「言えてましたか？」

「まあ、通じないこともないかな？　最初に比べたら発音上手《うま》くなったよ。……ちなみに二回目はなんて言ったの？」

「ゴディさまは、マグ・メルを、切りました」

「マグ・メルの発音の方はもうちょっと練習した方がいいかも。……いや切らないけどな」

ゴディさまがアメシストの瞳でじとりと私を見る。「上位精霊とはいえ戦えば勝てるけど、ペコに殺されるからやらないし」と付け加えられた。ゴディさまって案外負けず嫌いである。

参考までにペコさまとゴディさまではどちらが強いのか聞いたところ、「正面から戦うなら負けないけど、なんでもありのゲリラ戦ではあんまり勝ち目がない」らしい。「ペコは精霊を使って兵《へい》站《たん》から攻めてくるから……」とのこと。なるほど、この屋敷のライフラインを賄《まかな》っているのはほぼペコさまの精霊である。それが提供されなくなるだけでなく、ライフラインの確保も妨害されるとしたら、確かにそれは勝ち目がない。

ちなみにアビアラさま相手だと、ペコさまと同様に正面からの戦闘なら圧勝だが、なんでもありだと毒薬で暗殺される危険性が高く、やや危ないらしい。私のご主人さまたち怖い。

ゴディさまはちょっと拗《す》ねたような表情をしながらワンドを軽く上に投げる。くるくると綺麗に縦回転しながらワンドは空中に上がってから落ちてきて、ゴディさまはそれをパシッとキャッチした。そして、彼はずいっと私に顔を近づけた。よく見ると、宵闇《よいやみ》の瞳には心配の色が宿《やど》っている。

「で、マグ・メルと何かあったのか？」

「えっと、」

「あんまり集中できてない。今日は仕事休みでもいいし、悩みがあるなら聞くけど」

ほら、とちょっと不器用に促すゴディさま。長めの前髪がかかった目元は、肌の色が濃いので分かりにくいが、少し赤みを孕《はら》んでいる気がする。そこには、心配と同時に「自分を頼ってほしい」というささやかな期待があった。ちょっとキュンとした。

「……えっと、私、この前マグ・メルにペコさまのことを聞いたのです。その、ペコさまに精霊と遊ぶのを禁止されてしまったので……」

「あー」

納得の声を上げるゴディさま。

「でも、アビアラさまが、マグ・メルはあんまり信用しない方がいいと……」

「うーん」

ゴディさまは私の話を聞き終えて唸《うな》った。首の傾きに合わせて、柔らかな黒髪が揺れた。

「ペコとマグ・メルは、らしいと言うか、分かる。でもアビーはなんでわざわざ……。あー、そうか。マリーが俺たちのことをカッコいいって思ってくれてるのを俺は理解しているからいいけど、知らないでマリーとマグ・メルが話してるのを見たら不安かもな。だから牽制《けんせい》したって感じか？」

「？」

「マグ・メルも、化け物しかいない中で姿を見せたら依存《いぞん》されると予想して、今までの浄化をしてくれる女の子には姿を見せなかったんだろうし」

「??」

なんの話だろう。首を傾げてみせると、ゴディさまは「んー、今じゃないかもなあ」と難しい顔をした。口をむにむにさせている。何に悩んでいらっしゃるのだろう？

やがて、彼は考えをまとめて切り上げたようだ。明後日《あさって》の方向に泳いでいたアメシストが、私のところに戻ってくる。

「つまりマリーは、マグ・メルとの接し方に少し不安を抱えている、って感じか？」

そうなのかもしれない。そもそもペコさまに禁止されているのに話しているわけだし、マグ・メル自身にどんな思惑があるのか分からない。アビアラさまにもペコさまの件に関しては待っててほしいと言われたし、それまではもう話さない方がいいのだろうとは思う。ゴディさまはふぅんと頷いた。

「んー。難しいな。あの精霊は、性質としては人を惑わし依存させ、そして破滅させるものだ。一般的には話に耳を傾けるべきじゃないと言われている」

「はい」

「ただ、あの個体だけで見れば、そうとも言い切れない。気ままなやつだけど、ペコに信用されていて、彼自身も本当にペコの不利益になることはしない印象を受ける」

「悪戯《いたずら》は結構するけど」とゴディさまは付け加えた。悪戯はするんだ。

「それに、ペコは精霊に関してはあれで結構シビアだぞ。精霊は気まぐれで、うまく付き合えれば強力な味方になるけど、反対にひどい災いも呼び込みもする。だから精霊の使役は難しいと言われている。取り返しのつかないトラブルを起こす魔法使いも多い。けど、ペコは一度も起こしたこと

がない」

へえ、やっぱりペコさまやり手なんだ。それはつまり、精霊をうまく制御しているということであり、同時に制御ができない精霊は手元に置いていないということだろう。マグ・メルは、ペコさまの制御命令にきちんと従う精霊だということだ。

「つまり、ペコの監督のもとでマグ・メルと交流するのは、なんの問題もない」

「むぐ」

その監督がないのだが。私の言いたいことを汲《く》み取ったのか、ゴディさまはにやりと笑った。

「まあ今の話を念頭に、マリーが好きにやったら？　フォローはするよ」

「でも、アビアラさまは、」

「アビーに明確にダメって言われたの？」

「……いいえ」

「だろうね。だってこれはペコとマグ・メルとマリーの問題だし。俺やアビーは外野でしかない。だったら、マリーがやりたいようにやったらいいと俺は思うけど。何かあったら、俺はマリーをフォローするからそのときはまた話を聞かせて」

「……！」

願ってもない話であった。ゴディさまは、実践主義だ。問題が起きたとき、まずは何かをやってみることが大事だと考えているのだろう。私も同じ考え方だ。

それに、私はこの件に関して、何もしないでいるのは嫌だった。そりゃあペコさまに「マグ・メルと話すのはダメ」「精霊と遊べなくても諦《あきら》めろ」と言われれば従うしかない。所詮《しょせん》使用人なので。

　でも、私は精霊と遊びたいし、できるならペコさまに普通に浄化ができるようになってほしい。気絶している人相手に騎乗位プレイはさすがに……いや、仕方ないですけど、それはそれとして体調が心配である。だから、ゴディさまが背中を押してくれたのは、私としてはとても嬉しいことだった。

「ありがとうございます」

「うん。あと、ペコと話してみるといいと思う」

「ペコさまと？」

「まあ多分、最初は拒絶されると思うけど。ペコはマリーのこと怖がっているから」

　それは、アビアラさまにも言われた。でも私はそれがいまいち理解できない。私はペコさまに、物理的にも精神的にも危害を加えられないと思うし、加えるつもりもない。少なくとも前者に関しては好き放題抱き潰したことで分かると思うんだけどな。怖がる要素なんてあるかな？

「まあ、マリーが諦めないで話しかければ大丈夫だと思う。多分」

「多分」

「ペコは本館から出てこないだろうし、もしよかったら行ってみるといい。本館には危ない魔法書や危険な素材もあるから、下手に触らないようにだけ気をつけて」

　なるほど？　ペコさまに直接会いに行くのはなんとなくまずいと思ってたけど、オッケーなんだ。

　……というか、ゴディさまが今オッケーしてくれたのか。

　それに気づいて、私はじわりと胸に温かいものが湧き上がるのを感じる。ゴディさまって、結構私のこと気にかけてくれているのかもしれない。相談に乗ってくれたこともそうだし、背中を押し

てくれたこともそうだ。私はにまにましそうなほっぺたに手を当てた。

嬉しいけれど、でもなぜなのだろう？　ちらっとゴディさまを見上げる。彼は「ん？」と首を傾げた。傾く首の角度に合わせて柔《やわ》く揺れる黒髪、その前髪の隙間《すきま》から紫の瞳が控えめに覗《のぞ》いている。まだ早めの時間帯の淡い光を受けて、その瞳は甘やかな色を内包していた。

私とゴディさまはしばらく見つめ合っていたが、彼はふと思いついたように部屋の棚から一冊のノートを取り出した。それが私に向けて差し出される。

「はいこれ、日記帳。前に、並行して読み書きの練習もしてみたいって話があっただろ？　教えるから、これに日記をつけてみないか？」

「日記、ですか？」

「うん。俺の部屋の、この引き出しにノートを置いておく。毎日少しでも、書くといい。やっぱり実践で覚えるのが一番だから」

「はい」

そうして、私の日課に日記を書くことが追加された。

私は次の日、早速ベージュの屋根の本館に向かった。もちろん、ペコさまに会うためだ。

せっかくゴディさまに背中を押してもらったのだ。善は急げ、あるいは思い立ったが吉日である。

一応、仕事の邪魔になってはいけないので、あらかじめゴディさまにペコさまの一日のスケジュールも聞いておいた。それによると、ペコさまは結構生活が不規則なようだ。大抵は本館に閉じこもって本を読み、あとは契約精霊の様子を見たり、報告書をまとめたり、たまに精霊の調査のため

に長期間留守にすることもあるらしい。もし屋敷にいるなら、寄り添いの仔がペコさまの居場所を知っているらしいので、呼び出して案内を頼むといいと教えてもらった。

私は最低限の家事をした上で、すたこらと本館に向かった。玄関の扉を開くと、ギィ……と音がする。普段は入らない場所なので、構造は別館と似たようなものなのに、少しドキドキした。以前入った時と変わらず、中は薄暗い。

「失礼いたします……」

申し訳程度につぶやいて、そっと足を踏み入れる。扉から手を離すとすっと閉まり、外から差し込んでいた光が途切れた。

「さて」

まず、寄り添いの仔を呼び出すところからである。精霊の呼び出し方は簡単だ。ただ声に出して呼べばいい。

どうも精霊って、魔力さえあれば魔法使いの初心者でも呼べちゃうくらい気軽なものらしい。ただ、「あれをやって」というお願いはよく聞いてくれても「これはやらないで」というお願いはほとんど聞いてくれないし、そしてお願い以上の余計なことをやってくるので、大抵の魔法使いは制御に失敗して大事故を起こすのだとか。そんなわけで普通の魔法使いは精霊を呼び出すのは禁止されている。

しかし、この屋敷内であれば、ペコさまが精霊除《よ》けを施《ほどこ》しており、彼の契約精霊しかいないため、いくらでも呼んでいいらしい。しかもペコさまの契約精霊なので魔力は全てペコさま持ち。それがどれくらいすごいことなのか、私には分からないが、とにかくすごいことなのだ。

私は小さく名前を口にした。

「寄り添いの仔」

途端、リィンと微《かす》かな鈴のような音が聞こえる。そして、薄暗い中にふわりと小さな光を纏う虫が現れた。繊細な細長い体はほのかな光を発していて、しかしパタパタと動く翅は透明でその光を透かしている。よく見るとお尻に糸のような長い尾を持っていた。カゲロウに近い虫なのだろう。

指を出すと、寄り添いの仔はそっと留まって翅を畳《たた》んだ。うーん、可愛い。

「ペコさまって今いる？」

「――」

私の質問に、寄り添いの仔はぽわっと放つ光を明滅させる。そしてふわりと飛び立った。案内してくれるらしい。以前のように、私は薄暗い屋敷の中で淡い光を追いかける。

やがて辿り着いたのは、以前の部屋とは違うが似たような扉の部屋だった。寄り添いの仔が、閉ざされたその扉の向こうへすり抜ける。私も追いかけるようにそっと扉を開いた。

以前のような、廊下よりも真っ暗い部屋だ。よく見れば、その壁はピッタリと本棚で埋まり、本棚にはもちろん本がビッチリと隙間なく埋められている。というか天井と床以外は全てが本だ。そんな中に、やはり発光しているんじゃないかというほど白い人影がひとつ。言うまでもなくペコさまである。

彼は本棚に肩を預《あず》けるようにして、立ちっぱなしで本を読んでいた。伏《ふ》し目《め》がちに本に目を落としているので、まつ毛の長さがよく分かる。メガネのレンズに当たりそうだ。銀糸のまつ毛は、瞬《まばた》きのたびに寄り添いの仔が放つ微かな光を弾いていた。眩《まぶ》しくないのか心配になる。

傍らにはスツールが置いてあり、その上にも大量の本が重ねて置かれている。寄り添いの仔は読んでいる本を照らすようにページの上に留まっていて、ページが捲られるたびに翅が開閉する。たった今部屋に入った寄り添いの仔は重なるようにそこに留まり、二匹はふわりと同化した。集中して本を読むペコさまの白い目元には、心なしかクマがあるような。

「……何しに来たんだ」

ふと、ペコさまがこちらを見ずに言う。扉を開いたのにまったく反応がないから気づいていないのかと思っていたが、気づかれていたらしい。私は扉の前に立ち、手を体の前で合わせて深く礼をした。メイドっぽいからと私が気に入っている仕草のひとつである。

「少しお時間をいただけますか？」

「必要ないだろ」

にべもないお返事。私はちょっとムッとした。ペコさまが忙しいとか、嫌だからとかで断るのならまだいい。しかし、私は時間が欲しいと言っただけで、事情も告げていないのに、なぜペコさまが必要性の有無を判断できるというのだろう。彼はやはりこちらも見ずに口を開く。

「お前はゴディルフェルの管轄《かんかつ》だろう、俺が何かすることはないはずだ」

なるほど？　自分の仕事じゃないから必要ないということか。けれど私は、ゴディさまではなくペコさまに話を聞いて欲しいのだ。ペコさまは私をチラリとも見ない。

「ペコさま、お話を、聞いていただけないでしょうか？」

「……ゴディルフェルを呼んでやる」

「ペコさま！」

ペコさまは私の声を無視して小さく手を振った。応えるように寄り添いの仔がほのかに明滅し、ふっと姿を消す。ゴディさまを呼びに行ったのかもしれない。あまりに取り付くしまもない。私は、なんだかカチンと来た。

——そもそも、ペコさまが精霊に私と遊ぶなって言ったのが発端じゃん！　それなのにこのような態度を取られては、私だって納得がいかない。確かに私はゴディさまに雇われている身ではあるが、ペコさまだって私で浄化したじゃないですか。それにせっかく一緒の場所で生活しているのだから、ちょっとくらい仲良くしてくれてもいいと思うのです！

私はずんと本で埋まった部屋に踏み込んだ。ペコさまがピクリと反応したが、やはり銀の瞳はこちらを向かない。

「ところで話が変わりますが、ペコさまはご飯食べられましたか？」

「……関係ないだろ」

「食べてない、ですね？」

「……」

ペコさまは答えない。ふぅん？　都合よく受け取りますよ！　食べてないですね！

私は粛々《しゅくしゅく》と頷くと、とりあえずその部屋から一時撤退した。何をするためかって？

「マリー、どうしたの？　今寄り添いの仔に呼ばれたんだけど、」

「ゴディさま！　本館のキッチンをお借りする許可をいただきたく存じます」

そう、料理である。おそらく、ペコさまは規則正しい生活を送っていない。ゴディさまにも聞いてみたところ、彼は食事の多くを携行食であるドラゴン卵のスープで済ませるそうだ。だから、私

が踏み込めるとしたらそこだ。というわけで、私は料理を作ってペコさまに食べていただくことにした。食べていただけないかもしれないけど、口実を作って突撃することが大事なのだ。

私はサンドイッチを作ることにした。ペコさまはずっと本を読んでいるし、片手で食べられるものがいいだろう。ついでに、最近お忙しそうなアビアラさまの分も作る。完成したら、私はそれを本館のリビングのテーブルに置いて、ペコさまのいた部屋へ向かう。時間もちょうどお昼だ。

また部屋に現れた私に、ペコさまはやっぱりこちらを見ない。ただ、ため息をつかれた。むう。

「……帰ったんじゃなかったのか」

「お食事をお作りしました。こちらのリビングに置いてあります。いかがでしょうか？」

「……いらない」

やっぱりね！　そんなの折り込み済みである。しかし、もう一押しだけしていこう。

私は部屋に踏み込み、ペコさまに近づく。ここで初めて、ペコさまは顕著《けんちょ》な反応を示した。ビクリとこちらを見て、大きく仰け反ったのだ。体が傍らのスツールに当たって、本の山が倒れそうになったので、私は慌てて駆け寄って本を押さえた。当然そうすればさらに近づくわけで、至近距離でペコさまと目が合う。

「ヒッ！」

ペコさまは私を見て、大きく目を見開いて、引《ひ》き攣《つ》ったような悲鳴を上げた。メガネ越しの銀の瞳には、明らかな怯《おび》えが宿っている。そんな目で見られるとは思っていなかったので、私はちょっとビクッとした。彼はすぐに助けを求めるように口を開く。

「クー・シー！」

「グルルル……」

ペコさまの呼びかけから、間髪入れずにクー・シーは現れた。優しい緑色の毛並みの、牛のように大きな犬だ。もちろんペコさまの契約精霊である。

クー・シーは私のメイド服の襟《えり》を甘《あま》噛《が》みして捕まえると、ぺいっと私を後ろへ放り投げた。私は急に空中に放り出されて目を白黒させたが、次の瞬間クー・シーの背中に乗っていた。モフモフに全身を埋めた私はすっかり心を奪われた。全身を包むモフモフだぞ。夢中になるのは仕方ない。私を乗せたクー・シーはサッと巨体を翻して部屋から退出した。実に鮮《あざ》やかな手際であった。

私はその後、別館の扉の前でクー・シーに下ろされた。クー・シーは体が大きいし、獣が敵を威《い》嚇《かく》する唸り声みたいな鳴き声を上げているが、律儀で優しい性格の精霊である。下ろした後に申し訳なさそうにすりすりと頭を擦り付けて、それから去っていった。私はポツンと一人残された。

「……はー」

ため息をつく。……いや、まあ、いいだろう。初回の成果としては上々だ。何はともあれ反応は得られたのだから。思ったより本格的に怖がられていそうで、ちょっとショックではあるけど。

考えていると、ふわりとヴェールが舞い降りた。

「やあ、かわいい子。君ってなかなか行動的だね」

現れたのはマグ・メルだ。マグ・メルはひらひらと手を振り、相変わらずぼんやりとした姿で微笑む。そしてどこから見ていたのか、偉そうに講評をしてくれた。

「アプローチとしては間違ってなかったんじゃない？　次は手を握って色《いろ》仕掛《じか》けでもしなよ」

「他人事《ひとごと》だと思って……」

近づいただけで悲鳴を上げられたのに、色仕掛けなんて無理でしょ。じとりと睨《にら》むと、彼はまあまあと肩をすくめる。

「怒らないでよ。別に適当言ったわけじゃないさ。我が主人は女の子に迫られた経験とかないからね、そこを活《い》かさない手はないでしょ」

「マグ・メルって実はペコさまに恨《うら》みある？」

女性に耐性がない人にいきなり色仕掛けとは、ただの恐怖なんじゃないだろうか。いや、でも私とペコさまはもうシたしな。そう考えると妥当なアプローチなのか？　うーん……。

「まあいいや。色仕掛けは検討する」

「検討するんだ」

「あとマグ・メル。ペコさまの好きな食べ物教えて」

「んっふ」

色仕掛けも一応検討するが、まずは、なんとしても料理を食べていただくことを目標としよう。そして胃袋から掴む！　母も言っていた。男を掴むにはまず胃袋を掴めと！　私はそこまで料理上手ではないが、練習すればどうにかなるだろう。

マグ・メルは笑いを堪えてひたすらぷるぷるしている。失礼な奴め。

私とペコさまの長い戦いは、こうして始まった。

三章　ペコさまと仲良くなりたいのです

さて、私とペコさまの攻防は、しばらく膠着《こうちゃく》状態が続いていた。

「またやってるの？　熱心ねえ」

料理をしていると、キッチンにアビアラさまが顔を出す。今日の料理はナンのようなパンを焼いて、具を包んだサンドイッチである。ミートソースとチーズをたっぷりと具に絡めているところだった。彼は私とキッチンを一通り見回して、軽く眉をひそめる。

「もう、火傷《やけど》しているじゃない、どうしたの？」

「パンを焼くときに火の小精霊にお願いしたのですが……焼いている間にたくさん話しかけちゃったら、ちょっとパニックになっちゃったみたいです」

「ふぅん。まあ火の小精霊はあなたに懐《なつ》いていたものねえ。最低限の力は貸してよいけどそれ以上は交流するなという命令を守ろうとすると、混乱してしまうのでしょう。はい、この魔法薬を飲みなさい。すぐ治るわ」

「ありがとうございます。……媚薬《びやく》じゃないですよね？」

「あらあら？　もしかして盛ってほしいのかしら？」

「遠慮します！」

アビアラさまはちょっとSっ気があると思う。揶揄《からか》うようにクスクスと笑う顔は魅惑的だが、プレイが三人の中で一番ねちっこくて支配的だ。道具を使って焦《じ》らされに焦らされて、この前だって縛《しば》られたし……いや、この話はいいのである。

「私はマリーの可愛《かわい》い姿が見られるのは大歓迎よ？　とはいえ、最初のときは強引にして申し訳なかったわ。何かあったら私に言いなさい。いつでも助けになる準備はあるのよ」

「ありがとうございます」

確かに、一番私の体調を気にかけてくれるのはアビアラさまだ。私がちょっと熱っぽかったりすると、すぐに気づいて休ませてくれる。私は渡された魔法薬に口をつけた。飲み終わった頃には、ヒリヒリしていた火傷の痛みはほとんど引いていた。あまりに即効性が高いのは、魔法の薬だからだろうか。不思議なものだ。アビアラさまはにこりと微笑《ほほえ》んだ。

「今日の料理も楽しみにしているわね」

「はい！」

そうしてアビアラさまは仕事に戻っていった。

あれから、私は昼時に本館に押しかけては昼ご飯を作り、ペコさまを食事に誘うことを続けている。続けているのだが、クー・シーにつまみ出されるまでがお決まりの流れであった。一応毎回手を替え品を替え、色々作ってみてはいるのだが、どうにも手応《てごた》えがない。

ちなみに、料理は次の日片付けに行くと、二人分とも毎回綺麗になくなっている。アビアラさまからは毎朝の診察で「昨日の料理も美味《おい》しかったわ。ありがとう」と言われるので、アビアラさまが全部食べてくださっているかもしれない。優しい。

ともあれ、すでに初めての突撃から一ヶ月が経過している。私は行き詰まりを感じていた。

「あっははは！　かわいい子、君、最高！　傑作！」

「マグ・メルぅ……」

私は本日、またしてもクー・シーに追い出され、マグ・メルに笑い物にされている。

彼は何が面白いのか、私が追い出された後に毎回やってきては、ペコさまの反応の解説と、アドバイスをしてくれる。ただ、彼のアドバイスが実を結んだことは、今のところない。もしかして私、マグ・メルに遊ばれているのだろうか？　マグ・メルはひーひーと笑っている。

「見たぁ？　我が主人の顔！　あれ本気で怖がってたよ、初めて女の子抱いた時みたいだった！」

「はぁ!?　女の子に泣き叫ばれたって言ってた、あの!?」

なんで!?　好意全開なのに！　というか、マグ・メルやっぱりペコさまのこと嫌いでしょ。彼は一通り笑い転げた後、浮かんだ涙を指で拭うような仕草をした。涙が出るほど面白かったってか。

「いいと思う、どんどん怖がらせにいきなよ」

「嫌がらせになってない？」

「いやいや、我が主人はねえ、なんかもう最近感性が精霊寄りになってきてたからさ、人間らしい感情を抱かせることが大事なんだよ。ほんとほんと、マジマジ」

「信用ならない」

というか、感性が精霊寄りってどういうことだ。私はため息をついた。

「やるって決めたのは私だけど、どうなんだろう。こんなに怖がられてるとは思わなかった」

ずーんと落ち込む。そうなのだ。私は、どうやら本当にペコさまに怖がられているようなのだ。

理由は分からないが、一ヶ月突撃を繰り返して、それだけは分かった。散々アビアラさまにもゴディさまにも言われていたことだが、本当に怖がられていたらしい。へこむ。

マグ・メルはそんな私にクスクスと笑った。

「平気でしょ。ご主人さまが一人ならその人の機嫌損ねたらダメだけど、君には三人のご主人さまがいるじゃん。一人くらい機嫌損ねても平気だよ」

「そういう問題じゃない」

「大丈夫。主人に嫌われても攻撃はされないし、仮にされても謎の子に守ってもらいなよ」

「謎の子って、ゴディさま？」

「ふふ、なぜだか謎の子はすごく君のこと気に入ってるし、守ってくれると思うよ？」

「いや、そういう問題じゃないし……」

本当にそういう問題ではない。解決策が見当たらないから途方に暮れているのだ。私は関係を悪化させたいわけではない。現状を打破してみんな仲良くなりたいのである。

「まあねえ、折角だからそろそろイベントが欲しいところだよねえ」

「マグ・メルもしかして面白がってる？」

「もちろん！」

私はひくりと頬《ほお》を引き攣《っ》らせた。このやろう、いつか目にモノ見せてやりたい。けれど、成果はないとはいえ、マグ・メルの言うことは結構指針にはなるのだ。

「どうしようかな……あ、そうだ、ドリュアスのところに行ってみなよ」

「ドリュアス？」

「庭の管理をしている精霊さ。ちょっと離れたところに温室がある。野菜とかを育てているんだけどね、ドリュアスはそこにいるよ」

会ったことのない精霊の名だった。マグ・メルが何を企《たくら》んでいるかは分からないが、行ってみろと言うなら何かあるのだろう。あと、純粋に会ったことのない精霊には興味がある。

言われた通り行ってみれば、そこには確かに温室があった。かなり大きい。ドーム型のガラス張りで中が見えるのだが、どうも真ん中に一本大きな木があって、その周りに野菜などが植わっているようである。なんで今まで温室の存在に気づかなかったんだろう。

「失礼、いたします……」

そっと扉を開けて、中を覗《のぞ》いてみる。ドリュアスはどこにいるのだろう？　パッと見た感じは何もいなそうである。私はとりあえず入って、中を歩くことにした。ドリュアスの件がなくとも、ここは綺麗《きれい》なので見て回ってみたい。木がざわめいたような気がした。

温室では、区画ごとに色々な野菜が育てられているようだ。私もよく食べるトマト、レタス、カボチャといった野菜が彩り豊かになっている。ちなみに、私が知らない野菜もある。というか、私の知っている野菜に見えるものだって同じかどうかは実は不明だ。味が似ているものもあれば、違うものもあるのだ。まあ美味しいので問題ないだろう。

野菜以外にも、花や薬草っぽいものも温室にはたくさん植わっていた。アビアラさまが薬を作るから、その材料だろうか？　温室には陽《ひ》の光が柔らかく入ってきていて、さらに温室全体に枝葉を巡らせる大きな木から光が漏れている。区画によって、光の当たり具合が最適に調整されているような印象を受けた。ここでお昼寝したら気持ちいいんだろうな。

一通り回って、最後に真ん中の大きな木の根元に行った。近づいてみると、なんと木ではなかった。たくさんの蔦《つた》が複雑に絡まり合って、それが温室の天井まで張り巡らされていて、それで木に見えていたのだ。さらに近づいてみて、私は他にもなにかあることに気づいた。

「ア……」

木の幹に当たる部分になだらかに膨らんだところがあって、その中はくぼんでいるのだが、そこから一人の少女が生えていた。ぽっちゃりとした少女だ。長い茶色の髪はそのまま流れて蔦のように幹の一部になっていて、その隙間から顔を覗かせていた。この子が、ドリュアスだろう。

「こんにちは、」

「コナイデ」

しかし、近づこうとしたものの、初手で怯《おび》えたようにそう言われ、私は固まった。

「メイドノコ、チカヅクノ、キンシ。コナイデ、コナイデ」

「えっ、そ、それは、申し訳ありません」

「コナイデ、コナイデ」

ドリュアスの目にはじわりと涙が溜《た》まっていく。どうしよう、泣かせてしまう！

私は慌てた。その間にも、ドリュアスはボロボロと涙をこぼし始める。勢いは見る見る強くなって、びえーっと泣き声を上げるまではすぐだった。た、立ち去るべき？　立ち去るべきだよね!?

「ぺ、ペコさま……」

ようやく決心がついて私がくるりと踵《きびす》を返したとき、温室の扉が開いた。

「おい、これはどういうことだ」

ひやりとした声。温室の扉の向こうにはペコさまが立っていた。

彼は私とドリュアスを見比べて、それからただ目を細める。メガネの奥の銀の瞳は、氷のように冷たい色をして、私を睨《にら》んでいた。私はヒュッと喉《のど》の奥が締まるのが分かった。

「お前、ドリュアスに何をしたんだ」

「あ、」

「そもそも、なぜこの温室に近づいた？」

「それ、は、」

咄嗟《とっさ》に言葉が出てこない。もはや、パニックである。なにか、なにか言わなければならない。私は言葉を探してまごついた。そんな私を見て、ペコさまはますます険しい雰囲気になる。しまいには、失望したと言わんばかりに深いため息をつかれてしまった。なにか言わなければ！

「あ、あのっ、」

「――どうしたっていうのさ、我が主人よ」

そこに、ふわりとヴェールが舞い降りた。ペコさまが横目で見て「マグ・メルか」と呟《つぶや》く。

「ふふ、随分とおかんむりのようだね。その子は何もしてないよ。強《し》いて言うなら近づいたくらいだけど……。何をそんなに怒っているのかな？」

「……お前、」

マグ・メルの言葉に、ペコさまは責めるように語気を強めて――そして、ハッとしたように私を振り返った。冷たかった瞳に、見る見る温度が戻っていく。よ、よし、ここだ！

「申し訳ありません！　泣かせるつもりはなかったのです。でも無神経に近づいてしまいました」

バッと頭を下げて謝罪する。何もしてはいないが、泣かせたのは事実だ。それによく考えてみれば、ペコさまの精霊は私に無闇《むやみ》に近づくなと命令されていた。それを知っていたのに会いにいくなんて、無神経ではあったと思う。

ペコさまは呆《ほう》けたように私を見て、ゆっくりと顔の向きを変えてマグ・メルを見て、そしてサッと顔色を変えた。もともと白い顔が、心配になるくらい青くなっていく。ぺ、ペコさま？

「い、や、その、分かったなら、よく、て……。……お、俺も、その…………っく、あ――――!!」

突然叫ばれて、私はビックリした。ペコさまは、ガシガシと頭を掻《か》きむしっている。い、いきなりどうしたんですか!?

そのままペコさまは、私にくるりと背を向け、叫びながら走って温室を出て、どこかへ行ってしまった。温室には、私とマグ・メルと、ひぐひぐと泣いているドリュアスが残された。なんで!?

「マ、マグ・メル――!!」

私は怒った。もちろん、行動したのは私だ。マグ・メルは提案しただけなので、今回の件は全てが彼のせいではない。ないのだが、おそらくわざとやったのだ。怒る権利はあると思う。

「ごめん。正直ドリュアスは動けないし臆病《おくびょう》な子だから、こうなるだろうなと思ってけしかけた」

「遊ぶな！」

「えー、大事なことなんだけどなー？」

マグ・メルはそう言ってヘラヘラと笑う。どこが大事なのか、きっちり説明してもらおうか！

「だってだよ？　我が主人って、滅多《めった》に怒らないんだ」

「それで？」

「精霊に関することだと我が主人は沸点が低くなる。でも、それでも精霊が理不尽な虐待をされていたら怒るけど、ちょっと自分の精霊がケンカをした、とかじゃ怒らないんだよ。我が主人の精霊はみんなある程度強いし、ドリュアスだってああいう性格なのを我が主人は把握してるんだ。やらないだろうけど、あの謎の子がドリュアスを泣かせても我が主人は怒ったりしないさ」

「……うん？」

私は首を傾《かし》げた。それって、私だけ怒られたってこと？　それは納得がいかないような気がする。

しかしマグ・メルは「それが大事なんだよ！」と力説した。

「我が主人は、君だったから怒ったんだよ、かわいい子」

「……？」

「要するに、君にめちゃめちゃ感情を揺さぶられているのさ！　ふふふ、君に期待する気持ちとそれを認めたくない気持ちの間で揺れ動いてるんだろうな〜、今回だってドリュアスが泣いた気配を感じて、勝手に裏切られたみたいな気持ちになって勇んでやってきたけど、よく考えれば君が精霊を傷つけたいわけじゃないって気づいてめっちゃ自己嫌悪してるんだぜ！　かなり頭は君でいっぱいだと思う！　盛り上がってきてるよこれは！」

「それ、本当に大丈夫？　嫌われていってないのかな」

「そこは大丈夫さ！　……そもそも我が主人だって、僕たち精霊がかわいい子に好意的なのは、かわいい子が我が主人に好意的だからだって、本当は気づいているだろうにさぁ……」

「どういうこと？」

「我が主人は精霊使いとして優秀だけど、人間相手だとお子様でヘタレってことさ」

マグ・メルはたまに話し方が抽象的になる。結局、その後は泣くドリュアスを宥《なだ》めて、私たちは温室を後にした。

しかし、確かにドリュアスの件があってから、ペコさまの態度は多少変わったように思う。それ以前は、ペコさまは私には頑《かたく》なに視線を向けずにあしらって、最終的にはクー・シーを呼び出して追い出していたのだが、なんと目が合うようになったのだ。

「ペコさま！　お昼ご飯ができました！」

「い、いらない。帰ってくれ」

「ペコさま、本日はカツのサンドイッチですよ！」

「いらないからな」

「ペコさまは揚げ物が好きですよね？」

「マグ・メルぅ!!」

最近のペコさまは、私が近くに寄るとたじたじになる。触れなくて、しかし邪険《じゃけん》にもしきれない生き物が戯《たわむ》れてきて、ひたすら困惑しつつどうしていいか途方に暮れながらも、何とか追い払おうと頑張っている感じだ。近づいたのか遠のいたのか、判断に苦しむところだが、まあ以前よりも私に感情を見せてくれるようになったことを思えば前進である。

余談だが、体格のいいクールビューティが私の一挙一動に振り回されてワタワタするので、私の中の何かが目覚めそうになったりならなかったりしている。こう、逃げられると意地悪したくてうずうずする感じだ。まあ、近づきすぎると相変わらず本気で怖がられるから注意は必要だけど。

「私、揚げ物づくりを頑張ったんですよ」

「うっ……！」

「ペコさまはやっぱりいらない、ですか……？」

「ううう……！」

ペコさまがぎゅっと目を瞑《つむ》ってプルプル震え出した。罪悪感と戦っているようだ。うーん、あと一押しくらいできれば食べてくれそうなんだけどな。その一押しが難しい。

ちなみに、ペコさまの好物が揚げ物というのは、お察しの通りマグ・メル情報である。集落にはそういう料理がなく、揚げ物は集落を出てから初めて食べたのだとか。そして、その時にあまりの美味しさに衝撃を受けて、大好物になったそうだ。ペコさまって子どもっぽいところあるよね。

さておき、今日もそろそろ追い出されてしまいそうだ。クー・シーはすでに部屋の外に待機して、こちらを心配そうに眺めている。クー・シーってペコさまの精霊の中で苦労人枠なんだろうなあ。

そうして、ペコさまが「クー・シー！」と呼んで、クー・シーがいつものですねとばかりに立ち上がったとき。扉の外でひょこっと黒髪が揺れた。

「ペコ、ちょっと来てもらえるか？」

「……ゴディルフェル」

ゴディさまである。彼は私も一緒にいるのを見て、ニッと笑った。私もグッと親指を立てる。私とゴディさまはペコさま攻略同盟なのだ。ペコさまとマグ・メルへの対応に悩んで背中を押してもらって以来、勉強会や食事のたびに進捗を報告している。それにしても、どうされたのだろう？

「今、本部から連絡があって、ペコにだ」

「……俺に？」

ペコさまが怪訝《けげん》な顔をした。本部ということは、お仕事の連絡だろう。どんな内容なのだろうか。ちょっと興味がある。私がソワソワしていると、ゴディさまが笑った。

「マリーも来る？」

「なんでだ、いらないだろ」

「そりゃあいらないけど、いちゃダメなわけでもないだろ」

「……はあ」

ため息一つでペコさまは諦めたようだ。スタスタと部屋を出て行く。私はゴディさまと一緒にペコさまについて行った。

「ペコさまはどちらへ？」

「仕事部屋だろ。多分そこに補助具がある。あー、遠隔で人と話す魔法があるんだ。便利だけど、結構高度な魔法だから、グランドと一部のアドバンスドしか使えないんだけど」

なるほど、電話のようなものだろう。ゴディさまも時々連絡を受けているやつだ。

「補助具さえ持っていればいつでもどこでも話せるのが利点の魔法なのに、ペコは書庫に絶対そういうのを持ち込まないんだ。意味ないよな」

「……業務時間中はちゃんと手元に置いている。それに、下手に連絡がつきやすいから、お前はやたらと働かされるんだ。討伐《とうばつ》なんてアドバンスド以下にやらせればいい」

「安全策のためにグランドから一人討伐要員を出すのは、本部の会議で決まってることだろ」

一番若い俺の出番が多くなるのは妥当《だとう》だと思うけど、とゴディさまが言った。

へえ、グランドの魔法使いの中ではゴディさまが一番若いのか。ゴディさまもそうだけど、この屋敷にいる三人はみんな結構若いと思う。何歳から働いているのだろう？

「ゴディさまは、いつから宮廷魔法使いなのですか？」

「……ゴディルフェルは歴代最年少で宮廷魔法使いに採用された魔法使いだ。確か、九歳か？」

「あー、まあ」

ペコさまの解説に、ゴディさまが少し照れたように目を細めた。

九歳！　九歳ってまだ小学三、四年生くらいか！　それは、天才少年というやつなのでは？

「ゴディさま、すごいです！」

「いや、あれは俺だけの力じゃなかったし……でも、ありがとう」

ゴディさまは嬉しそうに微笑《ほほえ》んだ。

補助具というのは、チェーンのブレスレットのようなものだった。ゴディさまやアビアラさまが似たようなものを手首につけているのを見たことがある。どうやって使うのかと思ったが、ペコさまがトントンと指で叩《たた》くと、それがひとりでに動いて、空中に円を描いた。

「……はい、交信部所属、ペコ。……はい。はい」

私には何も聞こえないが、ペコさまはその円に向かって何やら返事をしている。ゴディさまをチラッと見ると、「あー、マリーは魔力が共有されてないから聞こえないのか」と困ったような顔をした。誰でも聞こえるわけじゃないのか！　もしかしてスマホよりも防犯がしっかりしてる……!?

私が衝撃を受けている間に、ペコさまは会話を終えていた。

「……隣国で、上位精霊の暴走だ。よく分からないが、怒らせたらしい。何をやったんだか」

深いため息を落とすペコさま。あー、とゴディさまも納得の声をあげた。

聞くに、隣国は魔法の技術がまだまだ発展途上で、よくやらかすらしい。そもそもこの国と隣国とは長年対立していたらしいのだが、十年ほど前に色々あって和解し、今は協力関係を築いているのだとか。だから、隣国で国内の魔法使いに対処不可能なことが起きたら、この国の魔法使いにお鉢が回ってくるのだそうだ。

「へえ、上位精霊ってことは、ペコにしか対処できないわけだ」

「しかってことはないが。……ゴディルフェル、送ってくれるか」

「もちろん」

それから詳しい場所を確認して、ゴディさまがワンドを握った。

「補助具持った？　連絡くれないと片道になるけど」

「ああ、問題ない」

「うん。じゃあ、レポーンニグテリトア」

ワンドの先から光の線がペコさまを囲って円を描き、次の瞬間ペコさまの姿が消える。転移したようだ。見るのは二回目だが、すごい魔法だな。ゴディさまはふうと息をついて、ワンドをしまった。そして私を見下ろす。

「マリー、最近ペコとはどう？」

「ふふん、なんと目が合うようになりました」

「お、前進したな。そういえばさっきもペコが詳しく答えてたし、結構いい感じだな」

ゴディさまが歴代最年少の宮廷魔法使いって話か。確かにあれは、ペコさまから私にしてくれた

解説だ。そう考えると、ちょっと近づいてきたのかもしれない。私はニマニマしてしまった。

「でもよかった。それなら安心だな」

「？」

「精霊の使役《しえき》って、すごく魔力を使うんだ。契約精霊だとすごく少ない量で済むんだけど、契約してない精霊相手だと桁《けた》が違う。上位精霊なんかは、通常の魔法使いだと、何人も何十人も集まらないと魔力が足りない。ペコの魔力量だから一人で使役できるんだ。……何が言いたいかというと、さすがのペコでも帰ってきたら浄化が必要だと思うよ」

「！」

実は、ペコさまとは倒れた時のアレ以降、浄化を行っていない。普段の消費量であれば、ペコさまは相当長い期間浄化なしでもやっていけるのだろう。マグ・メルの話でも、生まれた頃からしばらく浄化なしで精霊使役していたらしいし。

しかし、そうか。帰ってきたら浄化が必要か。私はぼぼっと顔が赤くなるのを感じた。ゴディさまはそんな私に、「ペコが帰ってくるまでに、準備しないとな？」と意地悪く笑った。

ペコさまが帰ってきたのは、丸一日後のことだった。相当消耗《しょうもう》したようで、ゴディさまの転移魔法で部屋に現れてから、ペコさまはすぐに近くの椅子にドサッと腰掛けた。服が少しヨレていて、メガネも少しズレているのがちょっと色っぽい。疲れてる美人って、色気があるよな。

彼は深くため息をついて、頭を後ろに倒した。さらりと揺れる銀髪、晒《さら》された喉仏《のどぼとけ》が目の毒だ。

「最悪……」

「お疲れ様、ペコ。そんなにまずかったのか？」

「……火の上位精霊だった。しかも二体。カリンカとは相性が悪くて、その時点で被害もかなり大きくて、直接使役した」

「あー。それは、なんというか、マリーに浄化しといてもらってて良かったな。汚染率六割でそこに行ってたら、さすがに死んでたんじゃないか？」

「……まあ俺の汚染率が高かったら、最初からお前に派遣命令が出ていただろうな」

「うーん、勝てるだろうけど、上位精霊二体だと周囲の被害とか構ってられないから……」

ゴディさまとペコさまが、そんな感じで会話を始めて、細々と業務連絡のようなものをする。

私はそれを後ろに控えて眺めた。全力ですました顔をしているが、これでも緊張しているのである。そう、おそらくこのあと確実にあるからな、ご奉仕が。別にこの屋敷に来てから幾度となくやっているが、何度やってもドキドキするのだ。そうしている間にも話は進む。

「……というわけで、必要な処理はこんなところだな。あとはこっちでやっておく」

「助かる、ゴディルフェル」

「ああ。それじゃあ、ペコは一番大事な浄化業務に移ってくれ。マリー」

「はい。……ペコさま」

「……ッ!?」

ペコさまがビシッと固まった。それまでのお仕事モードが一瞬で消えて、ギギギ…と油の切れたブリキのオモチャのような動きで私を見る。しかも、私に顔を向けるまではひどく時間をかけたくせに、目が合った瞬間バババっと俊敏な動きで目を逸《そ》らされた。そ、その態度はちょっとショックだ。

ペコさまは挙動不審に目をキョロキョロさせて、しまいには絞り出すようにこう言った。

「……い、いらない」

おい、ご主人さまぁ？

「だ、だって……飯はいらないのに浄化だけとか、……その、都合よく使っている、みたいだ」

「……はい？」

思わず間抜けな声が出る。ペコさまは自分の言ったことにハッとして、次に私を見て、見る見るうちに顔を真っ赤に染め上げた。白皙《はくせき》の美貌が赤く色づいていくのは何というか唆《そそ》られるものがあるが、うーん？　一体なんなのですかね、その反応は。

「い、いらない！　とにかくいらない!!」

「ご主人さま！」

とうとうガターンッと椅子を蹴倒して立ち上がったペコさまに、私は勢いこんで近づく。さっきから聞いてりゃ子どもみたいに！　命に関わるんでしょ、いらないじゃないんですよ！

私はペコさまの手を掴《つか》み、ぐいぐいと引っ張る。ニマニマとするゴディさまに見送られ、途中で「あらマリー、積極的ね」とからかうアビアラさまをスルーして、向かうのはベッドのある部屋だ。鍵をかけて、明かりを落として、これでよし！

「マママママリー……！」

「ペコさま、私とするのはどうしても嫌なんですか？」

「そん、なわけ、ないが……！」

「なら良かったです。お疲れでしょうから、ペコさまは寝ているだけでいいですからね」

「なななななな……！」

ペコさまをベッドに押し倒して、お腹《なか》のあたりに跨《またが》って、私は見せつけるようにメイド服に手をかけた。ストリップもどきだ。恥ずかしいし、大層なことはできないが、少しでも彼の気分が上がらないかと思う所存である。ペコさま、両手で顔を覆っているけど、顔が真っ赤なのも指の隙間からバッチリ見てるのも分かってるんだからな！　ついでにちょっと勃《た》ってるのも！

　というわけで、私はしゅるりと白いエプロンの紐《ひも》を解《ほど》く。一気に脱いだりはせずに、勿体《もったい》ぶるようにエプロンの上の部分だけはらりと落とす。そして、黒いワンピースのボタンを外し始めた。

　衣《きぬ》ずれの音が妙に大きく聞こえる。興奮したようなペコさまの荒い息遣いも。ワンピースの小さいボタンを一つ一つ、お腹のところまでをゆっくりと焦らすように外したら、次は下着だ。私だって胸はないわけじゃない。というか、同年代の中じゃちょっとだけ大きい方である！　肌着とブラをゆっくりと上に捲《めく》っていく。少しずつ、少しずつ。下乳が見えるが、先端はギリギリ見えないというところまでずり上げて、ペコさまを見下ろして目を細めた。

「ペコさま。触らないんですか？」

「ッッ!!」

　挑発的に笑ってみせると、彼はひどく情けない顔をする。くしゃっと眉を寄せて、うるうると涙目で、そして真っ赤だ。ペコさまって意外とタレ目なんだなと、私は新しく発見してしまった。

　彼はもう手で顔を覆うだけじゃなく、両腕で顔を隠そうと頑張っていて、メガネはとうに引っ掛かるだけになっている。そうまでしているのに、潤んだダイヤモンドの瞳はやはり私に釘付《くぎづ》けなのも丸わかりだ。これはいけない。私の中の何かが目覚めてしまう。

私は気を取り直して、スカートをサイドから捲り上げる。片方の足に沿うようにスルスルと黒いワンピースとエプロンを捲り上げ、腰のあたりまで持ち上げる。

ゴディさまに「準備しないとな？」などと言われたので、今の私は紐パンを着用している。スカートを片側から捲りあげれば、紐パンの結び目が見える。そのまま片手で紐をじりじりと引っ張り、解いて手を離した。肝心のところは見えないが、なんの布地も纏っていない腰だというだけで想像を掻《か》き立てるには十分だろう。ペコさまがごくりと喉を鳴らす音が聞こえた。そして、片方が解けた紐パンなど最早放っておいてもそのまま脱げる。つまり、最低限の脱衣は完了した。

私はそっとペコさまの股に手を這《は》わせた。すでにそこはガチガチに勃っていて、ピンとテントを張っている。優しく撫《な》でるようにしながら、私はズボンからそれを取り出した。

私の方は準備をしてあるので、このまま挿入しても問題はない。しかし、どこまで脱いでから挿《い》れるのが一番興奮するだろう？　少しの間考えていると、ペコさまがひどく苦しそうな声を上げた。

「ツマ、リー……！　もう、いい加減にしてくれ……！」

「え？」

そして、足を掴まれて乱暴に引き倒される。ぐるりと視界が回って、ドサリとベッドに受け止められた。次に目を開くと、私はペコさまに片方の足を掴まれた状態で押し倒されていた。足が掴み上げられているのでスカートは太ももギリギリまで捲れ上がっており、その根元に紐パンがパンツの役割を終えて引っかかっているのが見える。あられもない格好をしている私の足の間に、ペコさまは覆い被《かぶ》さってきた。

ペコさまは私を睨みながらフーッフーッと荒い息を吐いていた。どうやら、私が無意識にペコさ

まのペコさまを撫で続けていたらしい。それは、生殺しというやつだ。申し訳ないことをした。彼はそれでもなお理性を保とうとしてか、長ーく息を吐いた。そしてむいっとほっぺを摘《つま》まれる。

「……マリー」

「ひゃい」

「……言っておくけど、お前が誘ってきたんだからな」

「ひゃい」

「…………いいか、マリー。嫌とか、やだとか、やめてとか、言うのは禁止だ」

「？　かひこまりまひた」

「……たとえ言ったとしても、お前が、誘ってきたんだからな」

「ひゃい」

どうしたんだろう、ペコさま。めちゃめちゃ予防線張るな。疑問には思ったが、私は頷《うなず》いた。元より拒絶する気はない。ペコさまのおっしゃる通り私から誘っているのだから。私のその頷きだけを確認して、ペコさまの理性は切れたようだった。

ずぷぅっ。

「ひゃ、ああぁっ！」

いきなり奥までペコさまが入ってくる。ペコさまは私の片方の足を肩に担ぎ、ガツガツと腰を打ちつけ始めた。私の体も十分に高められていたため痛くはなく、すぐに気持ちよくなる。

「あぁ、ん、ふぁああッ」

じゅぶっ、じゅぶっと水分量の多い音を纏って、抽送される。とんとんと奥まで突かれれば、快

楽の奔流が体を貫いていく。ペコさまは、前回の時とは違って、思ったよりも余裕を持って私と体を重ねているらしかった。だって、なんだか私のいいところを探しながら動いている感じがする。

そして、とうとうペコさまが私の弱くて柔らかいところをグリっと抉《えぐ》った。

「〜〜〜ッッ！」

「……ふっ、確か、ここ、前のとき、自分で擦《こす》り付けてた、よな？」

「ッッ！　あっ、んんんんんっ、」

「……あと、ここの奥、ハメるとすごくうねって、気持ちよさそうだったところ」

「ぁ〜〜〜ッ！　ぁっ、きもち、すき、すきぃっ！」

「！」

好き、と言ったところで、ペコさまが体を震わせた気がした。

しかし、私がそれを認識する前にペコさまは動きを再開して、私の気持ちいいところに硬くなったそれを突き込む作業に戻ったので、私はそれに気づくことなく快楽の海に流されたのである。

そうして散々抱かれて気絶し、私はまた数日休ませてもらうこととなった。


仕事復帰日、私はいつも通りに朝起きてアビアラさまの診察を受け、メイド服に着替えてネイビーの別館で仕事をし、そして昼時になってからベージュの本館へと向かった。ペコさまに会うためだ。きっといつものように書庫で本を読んでいるのだろう。そう踏んで意気揚々と書庫に踏み込んだ私だったが、その予想は裏切られることになる。

「いない、だと……!?」

いなかった。本館のどの書庫にも、あの真っ白い姿はなかった。私は困ってしまう。ペコさまって、書庫以外だとどこにいるの？　探すあてが一気に消えてしまった。

「よ、寄り添いの仔《こ》ー！」

困った時の寄り添いの仔である。リィンと翅《はね》を震わせて現れた寄り添いの仔に、私は泣きついた。

「ペコさまってどこにいるか、分かる？」

「――」

寄り添いの仔は力強く明滅し、導くようにふわりと飛び上がった。た、頼もしい。そうしてふわふわと飛んでいく寄り添いの仔に導かれて、私は屋敷の中を歩く。寄り添いの仔は並びに並んだ書庫を通り過ぎ、階段を登っていった。二階は、それぞれの仕事部屋などがある階だ。

仕事部屋に関しては、基本的に私は危険だからと入れてもらえない。当然だと思う。しかし寄り添いの仔は、ペコさまの仕事部屋の扉の向こうへ、ふわりと消えていった。

私は、思わずおずおずと足を止めてしまう。もしかして、お仕事中なのか。だったらお邪魔はできない。けれど、踵《きびす》を返そうとしたその瞬間に、扉からぴょーんっと寄り添いの仔が戻ってきて、私の胸に飛び込んでくる。それから、ぐいぐいとエプロンの端を引っ張るものだから、私は首を傾げつつもそっと扉に手をかけてしまった。

「……失礼いたします……」

小さく声をかけて、中を覗く。果たしてそこには、確かにペコさまの姿があった。

部屋の窓が大きく開いて、白いカーテンが大きく風に舞っている。今は昼時だから外は清々《すがすが》しいほどの青空で、薄暗い廊下から陽光に照らし出された部屋の中を見るのは眩《まぶ》しいくらいだった。

よく見れば、部屋の日陰の部分には白い綿毛の精霊がぷうぷうと昼寝をしていたし、水の小精霊と火の小精霊が尻尾《しっぽ》を絡め合って寝ているし、クー・シーもその巨体を伏せて横になっていた。クー・シーに関しては、私が扉を開けたときに耳がパタっと動いたので、意識はありそうだが。そして、ペコさまもその精霊たちの間に横になって、穏《おだ》やかな寝息を立てている。

私は静かに息を呑《の》んだ。音を立てないように注意して扉を閉め、そっと近づいてみる。クー・シーがパチリと目を開いたが、私と目が合ってそのまま目を閉じたので、どうやら近づいても良いらしい。妙にドキドキしながら、上半身をかがめてペコさまの顔を覗き込んだ。

私のご主人さまは、寝ていても絵になる。顔の輪郭《りんかく》や通った鼻筋は芸術的なまでに整っていて、彫刻のよう。肌は太陽の光を透かし、陶器のような白さでいて透明感もある。伏せられたまぶた、そのラインを縁取る銀細工のようなまつ毛は静かに光を散らしていた。加えて、彼はクー・シーのお腹を枕にして、他の精霊たちにも囲まれるようにして眠っている。ペコさまは体格の良い男性なのだが、絵面がこう、ファンシーだった。

私はひとしきり観察し、満足した。誠に眼福だ。昼の白い光とペコさまの白さの相性が良すぎて、不意に溶けたりしないかなんてバカみたいな心配すら抱かせる美しさ。うんうんと頷いていると、ふっとペコさまのまぶたが震えた。そしてゆっくりと、その瞳があらわになる。ダイヤモンドがチカチカと瞬いて、私の顔を映しとった。

「……ん、マリー、か……？」

「はい、ペコさま」

寝起きのかすれた声が大変セクシーである。それはさておき、起こしてしまったか。どうしよう

かな、いつも通り特別な用事があったわけではないし、謝ってさっさと退散するのが賢い選択だろう。私はそう考えて口を開いた。

　けれどそこから音を紡ぐ前に、私は腕を引かれて、ペコさまのお腹の上に引き倒されてしまった。ドサリと厚い胸板に受け止められ、そして逞《たくま》しい腕に優しく抱きすくめられる。顔を上げると、彼は私を見てて、ひどく優しい表情で微笑んでいた。……お、おっと？

「ペ、ペコさま？」

「……マリー。お前は、なんの精霊なんだ？」

「……えっ？」

　私は首を傾げた。抱き込まれたときからそんな気はしていたけど、ペコさまもしかしなくても寝ぼけてますか？

　思えば、ペコさまに微笑みかけられたことって、今までなかったかもしれない。私はそんな呑気なことを考えた。仕方ないのだ、動けないので、今私にできることは現実逃避くらいしかない。

　ペコさまがふわふわと優しく笑んでいる。普段はキツめに見える瞳は今、私に向けてひどく愛《いと》しいものを見るように細められていて、常に顰《ひそ》められている眉も今はその形の良さを存分に発揮して穏やかな曲線を描いている。それは「あれ、私実はペコさまの恋人だっけ？」と勘違いしそうになるほどの甘い視線なのだ。初めて見るペコさまの顔に、私はたじたじであった。

「マリー？　教えてくれないのか？」

「えぇっと……」

　落ち着きのある甘いバリトンで囁《ささや》かれ、とりあえず時間稼ぎに考える素振りを見せてみる私。ペ

コさま、私は人間です。いやでも、どうしよう、どう答えるのが正解なのだろうか。私が混乱している間にも、ペコさまはにこにこふわふわと私の髪をいじる。

「……なんだろうな。自然に宿る精霊のような気もするし、悪戯《いたずら》精霊のような気もする。でも、まあ、悪戯精霊だな。俺のことを惑わして楽しんでいるんだろ」

言っている内容は責めるようなものなのに、ペコさまは何がおかしいのかクックッと笑った。か、顔とのギャップで攻撃力が高い。すでにこの時点で美形の出し惜しみなしの猛攻に私は死にそうだ。

というか、悪戯精霊ってマグ・メルの同類か？　マグ・メルと一緒にされるのはちょっと嫌だ。

「……ペコさま、私に、触ってます」

私は抗議するように口を開こうとして、それからやっと気づいた。

「ダメか？」

「……ッ」

ダメではない。ダメではないが、ちょっと待って、どうなっているんだ！　ペコさま、普段は私に近づかれるだけでオドオドしまくってたじゃないか！　いきなり抱きつくなんて、ペコさまの中でなにが起こったんだ！　別にダメじゃないですが!!

「……ペコさま、私が、怖いんじゃ？」

「……ん、精霊なら、怖くない」

私はピクリと反応した。では、いつも私を怖がるのは、人間だからということ？

ペコさまの大きな手が、大切な壊物を扱うように優しく優しく私の頭を撫でる。お昼寝日和な心地よさも相まって、ものすごく気持ちいい。このまま撫でられ続けたら、とぷんと眠りに落ちてい

い夢が見れそうだ。……この扱いをされるなら、精霊も悪くないかもな……。

ペコさまはやはり真綿で包むように柔らかく私を撫でて、そして慈《いつく》しむように額にキスをしてきた。唇の感触とほのかな体温、そしてあとから追ってくる甘やかすようなくすぐったい視線。

「……ッ」

きょ、供給が過剰《かじょう》すぎる。甘々だ。ペコさま、一気にデレすぎでは!? いや、寝ぼけているからこそなんだろうけど。

「……ああ、精霊なら怖くない。柔らかくて、温かい。……かわいい」

そう言って、ペコさまはふにゃりと笑み崩れた。その破壊力と言ったら！ 私の美形許容量はとっくに限界を訴えていた。

しかし、ペコさまはとうとうそこで意識が途切れたらしい。ダイヤモンドのパキッとした輝きがとろんと蕩《とろ》けて、まぶたの奥に隠された。そして、穏やかな寝息が聞こえてくる。

私はそうなってからやっと、ドクっドクっと忙《せわ》しなく動く心臓と、真っ赤に発熱する自分の顔に気づいた。そりゃあ、あれだけのデレの集中砲火を食らえばこうもなる。しかも、意外に強く抱きすくめられていて私はペコさまの腕から脱出できそうになかった。……これ、起きたときに今の記憶はなくなってて叫ばれるパターンだろうか？

「はー……」

とりあえず、私は落ち着くために長く息を吐いた。もう、とにかく体が熱い。胸がドキドキしていて、その鼓動《こどう》でペコさまが起きてしまうんじゃないかとすら思う。は、早く落ち着かなければ。

カッカと火照る顔に手のひらを当てて熱の分散を図っていると、ふと、視線を感じた。

「グルル……」

見ると、クー・シーの緑の瞳がこちらを見下ろしている。それだけじゃなく、火の小精霊も水の小精霊も、あの白い綿毛の精霊も、いつの間にか目を開いてこちらを眺めている。私はカアっと再び頬が熱くなるのを感じた。

い、いつから？　わりと全てを目撃されていた気がする。別にやましいことをしていたわけではないが、そこはかとなく気恥ずかしい。私がオタオタしていると、白い綿毛の精霊が笑った。

「クススッ」

「い、や、なんというかこう、わざとじゃないというか不可抗力というか……。ち、違うんですよ！　悪かったとは思うけど、あれは私のせいではなくてですね」

「クススッ」

「き、君たちも止めた方が良かったんじゃないの？　ご主人さま、完全に何か勘違いしてたよ？」

「クススッ」

私が何を言っても、白い綿毛の精霊は楽しそうに笑うだけだ。その様子を見ていると、焦ることでもないような気がしてくる。私はだんだん落ち着いてきた。

「はー……」

再びため息をつく。やっと肩の力が抜けた。脱力して、体をペコさまに預ける。トクトクとペコさまの心臓の音が聞こえた。落ち着いた心臓の音って、なんだか安心する。風が吹いて白いカーテンが翻《ひるがえ》った。涼しげな風が頬を柔らかく撫でるのが気持ちよく、日差しがぽかぽかと眠気を誘う。

……まあ、脱出はできないし、私もこのままお昼寝するかあ。私はそうして意識を落とした。ふ

わふわと気持ちよく眠れたどころか爆睡してしまって起きたら夜だった。私は気づいたら自分のベッドに寝かされていて、ペコさまが運んでくれたのかなと思うとちょっとくすぐったい気持ちになった。また機会があったら、あのお昼寝に参加させていただきたい。

しかしその翌日、事件は起こった。ペコさまに、本気で避けられるようになったのだ。それに気づいたのはすぐだった。寄り添いの仔にペコさまの居場所を聞いても、困ったような反応をされる。そんなの、私には教えるなと言われているか、寄り添いの仔にも場所が分からないかのどっちかだろう。まず自力で本館を一通り探してみてから、私はすぐにゴディさまとアビアラさまに相談した。

「ペコが？」

「あら」

二人の反応はバラバラだった。

「はい、ペコさまが、いないです」

「まあ……とうとう、って感じかしらね」

「そうか？　なにかあったんじゃないのか？」

ゴディさまの言葉に、アビアラさまは肩をすくめる。何かをご存知のようだ。

「あんたは屋敷で初めてペコに出会ったから知らないでしょうけど、私はその前に会ってて、それなりに苦労したのよ」

「そうなのか」

「ペコは事務的なやりとりには応じるんだけど、それ以上に踏み込もうとするとすごい勢いで逃げ

るの。話があっても精霊の代理を立てて、絶対に姿は見せなくて。なんなら、精霊に頼んで姿を認識されないようにして本を読んでいたりするから、こっちが必死で探している横にしれっといたこともあったわね。ムカつくったら」

「もしかして、昔、一時期鬼気迫る勢いで部屋に籠《こも》ってたのって、」

「おかげで、不可視見《ふかしみ》の薬や精霊除《よ》けの薬、精霊の蜜酒を作る腕がメキメキ上がったのよ？」

「最後の一つに悪意を感じるな……」

ゴディさまが苦笑する。聞くに、精霊の蜜酒というのは精霊のみに効く劇薬らしい。今は禁忌指定されてグランドの魔法使い以外は扱うのも禁じられている薬で、特にマグ・メルのような天魔《てんま》にとっては盛られたくない類《たぐい》のものなのだそう。察するに、アビアラさまはそれらの薬を使ってペコさまの精霊の無力化を図ったのだろう。アビアラさまってやっぱり過激？

「寄り沿いの仔の様子からして今ペコは屋敷にはいるから、マグ・メルが協力しているんでしょうね。私の時もそうだったわ」

マグ・メル貴様ぁ！　私を焚《た》き付けておいて、その邪魔をするとはどういう了見だ！　喧嘩《けんか》を売っているとしか思えない。私は激怒した。そして、なんとなくアビアラさまも同じようにイラッとしてマグ・メルに精霊の蜜酒を盛ったことを察した。予想でしかないが、マグ・メルがいつだったかアビアラさまのことを苦手と言っていたのも、そういうことなのではないだろうか。

「話を戻すと、私からすればマリーがペコに避けられたって話は、いずれそうなるとは思っていたのよ。むしろ遅いくらいだわ」

「うーん、そうか？　ペコはマリーと打ち解けようと頑張っていたと思うけど。最初みたいな拒絶

もなくなって、最近は会話もしていたし……拒絶するために避けているわけじゃないと思うな」

アビアラさまとは反対に、ゴディさまは腑《ふ》に落ちないようだ。顎に手を当てて唸《うな》っている。

「マリー、やっぱり直前に何かなかったか？」

「えっと……抱きしめられ、ました」

「「えっ」」

ゴディさまとアビアラさまが興味津々に振り返って顔を輝かせた。本当にワクワクした顔をしている。この人たち、野次馬根性というかデバガメ根性というか、意外とそういうのあるよな。

期待の視線を向けられて、私はおずおずと話し始めた。

「昨日、私はペコさまを探していました。ペコさまは仕事部屋でお昼寝をしていました」

「ああ、ペコはたまにしてるよな、昼寝。契約精霊のケアにいいらしい」

「精霊は人間が好きで協力してくれているから、魔力だけじゃなくて遊んだりご褒美をあげたり、交流が大事なんですって」

ゴディさまとアビアラさまの言葉に私は頷く。確かに、昨日はクー・シーに水の小精霊に火の小精霊、あとは白い綿毛の精霊など、たくさんの精霊が一緒に寝ていたな。

「ペコさまは寝ぼけているようでした。そして、その、私になんの精霊だ？　とおっしゃいました」

「「ほう？」」

二人が身を乗り出した。本当に楽しそうだな。

「その、抱きしめられて、精霊なら怖くない、と。……柔らかい、温かい、か、かわいい、と」

「おおーっ！」

「きゃーっ！」

二人が歓声をあげた。ゴディさまは「よくやった！」みたいな感じで拳を握っていて、アビアラさまは恋バナで盛り上がる女子高生のように頬を染めている。

今更だけどこの人たち、なんでこんなに盛り上がってるんだろう？　いや、分かるような分からないような感じではあるんだけど、別にあなたたちその顔ならちょっと女の子と良い雰囲気になることくらい百《ひゃく》戦《せん》錬《れん》磨《ま》なんじゃないの？　そんなに美人でもやっぱり他人の恋バナは美味しいものなの？　……私も他人の話だったら絶対美味しく聞いていたとは思うけれども。

「これは、パーティー案件なんじゃないか？」

「春ね。ペコに春が来てるわ。これは憎からず想《おも》ってるってやつよ！」

「そう考えると今避けているのは照れてるのか？」

「戸惑ってるんじゃない？　ペコって、というか私たち全員、恋とかする機会今までなかったし」

「あー……。そう、かもな？」

完全に私を置いてけぼりにしてわちゃわちゃ話す二人。

……これ、私はどう反応したら良いんだろうなぁ。昨日は確かにまあ良い雰囲気ではあったけど、ペコさまは寝ぼけていただけのような気もするし、しかしマリーと名前を呼ばれたので勘違いではないような気もするし。そもそも怖がられているという話はどこへ？　そんな私を置いて、二人の間で話はまとまったらしい。

「まあ何にしても、ペコの出方次第ね」とのことだ。

え、それで終わり？　ペコさまのアクションを待つばかりでは、なんか違う気がするし……。困

った時はすぐに相談するに限る。私は口を開いた。

「えっと、私は、どうすればよろしいのでしょうか……」

曖昧な言い方ではあったが、意図は伝わったらしい。二人は笑顔で言った。

「マリーはマリーのやりたいことをすればいいと思う」

「そうね。マリーの好きなようにするといいわ。精霊の蜜酒だったら残っている分が確か仕事部屋にあるし、他の薬も作れるけれど、いる？」

「……いいえ。自分で探してみます」

私は首を振る。薬を作ってもらう手はなくはないけど、私がペコさまを探すために精霊に薬を使うのはちょっと違う気がする。アビアラさまもお忙しい人だし、お手数をおかけするのはやめておきたい。まあ、見つからない日々があまりにも続いたら検討するけれど、まずは私が探すことが大事だ。それに私が大っぴらに探していれば、多少はペコさまのプレッシャーになるだろう。

好きにしていいというなら、好きにしようじゃないか。今まで通りに突撃してみるのみだ。私がふんっと気合を入れていると、アビアラさまがふと気づいたように首を傾げた。

「そうだ、最後に意地悪なことを聞くけれど、いいかしら？」

「はい？」

「マリーは精霊に避けられるからペコに話をしに行っていたのよね？　もうそれは解決したんじゃないの？」

私はぱちくりと瞬《まばた》きをする。思い返してみれば確かにそうなのだ。今日、私は朝からいつも通り仕事に取り組んでいたが、その間、精霊たちは最初の頃のように私に構ってくれた。水の小精霊は

洗濯が終わっても私に戯れてきたし、火の小精霊と綿毛の精霊は雑談に付き合ってくれた。クー・シーだってもふもふさせてくれた。マグ・メルには会っていないけれど、精霊たちの反応を見る限り、ペコさまからの接触禁止令は解かれていると思っていいのだろう。最初の目的は達したと言える。けれど、私は首を横に振った。

「精霊がいればペコさまがいなくていい、というわけではないです」

しかも、最初の目的は実はもう一つあるのだ。――「私は精霊と遊びたいし、できるならペコさまに普通に浄化ができるようになってほしい」。後者の目的はまだ完全に果たしていない。このまま避けられ続けた挙げ句、うっかりまた気絶しているペコさまに騎乗位プレイとかは、困る。

アビアラさまはそれを聞いてにっこりと笑った。

「マリーは本当に真《ま》っ直《す》ぐな子なのね。ふふ、心配になっちゃうくらいだわ」

私はそうして、二人に見送られて、ペコさま探索のために本館に向かったのである。


結局、私がペコさまに再会できたのは、ペコさまに本格的に避けられるようになってから一週間後のことだった。

私の日課は基本的に変わらない。午前中は別館で朝ご飯を作って、洗濯と掃除。それが終わったら本館を訪ね、お昼ご飯を作ってから、ペコさまを探して部屋という部屋を歩き回る。夕方くらいで諦めて、別館に戻って晩ご飯を作る。

その日は、本館でお昼ご飯を作って、いつものようにまず書庫を片っ端から見回っていた。そして、最後のひとつの書庫の扉をパタリと閉めて廊下を引き返そうとしたところで、ヴェールが翻る

のが見えたのだ。

「やっほぉ、かわいい子」

「マグ・メル、久しぶり。いいところに来たじゃん、歯を食いしばれ」

「ちょっ、えっなになに？」

顔を合わせてすぐに拳を握り込む私に、戸惑ったように私から飛《と》び退《の》くマグ・メル。私はふわふわと宙を漂うヴェールにじりじりと近寄った。

「おんまえ人を焚き付けておいて邪魔するとは何事？　私を弄んだ罪は重いんですけど」

「あー我が主人の逃亡援助の件？　それはごめぇん。でも僕も我が主人の命令の方が大事でさ」

「分かってるけどそれも含めて遊ばれてそうでムカつくから殴らせろ」

「あっはは」

マグ・メルは笑った。否定しないのは、私の言った側面も含んでいるからだろう。有罪である。

「そうだねぇ、君が僕を殴れるかどうかは我が主人次第かな」

「ペコさまには悪いけど怒られるのは覚悟の上で殴るのは決定事項なんですよ歯を食いしばれ」

「ふふ、そういうことじゃないんだよ、かわいい子」

妙な言い方である。私は拳を緩めて訝《いぶか》しんだ。

「君に恨みはないけれどね、我が主人ときたらもう君のことでず――っとぐずぐずしているものだから、とりあえず君には眠ってもらうことにするよ」

「……は？」

「いやさ、僕も君と我が主人が仲良くなったら嬉しいからさ、そろそろ荒療治も必要じゃない？

てわけで、もし起きれたら甘んじて殴られてあげるよ。じゃあ、おやすみなさい」

マグ・メルがそう言って私に手のひらを向ける。そして、上から下に何かを落とすようにすとんと翻した。手自体は相変わらず色も形も分からない。けれどその美しい仕草だけは妙に明瞭だ。それを眺めていると、突然ぐわりと体の芯から凍るような寒気が私を襲った。

「え、」

瞬きした次の瞬間には、視界から光が奪われて全てが黒く塗り潰される。当然真っ黒い空間では前後左右上下の感覚も、そして遠近の感覚もない。自分が立っているのか倒れているのか、そもそも自分の体と空間の境界がどこなのかも分からない。

――怖い。

黒い、怖い、怖い、私の体が、私があるのかどうかも分からない、なにこれ。

反射的に自分を抱きしめるように腕を動かしたのだが、体があるはずの部分をスカッと空ぶった瞬間、私は恐慌状態に陥《おちい》った。

「――ッッ」

「マリーッ!!」

声にもならない私の悲鳴に被さるように、私を呼ぶ声が聞こえる。この暗闇から逃れたくて、助けを求めるように声に向かってがむしゃらに手を伸ばした。すぐに応えるようにガシッと手が掴まれて、粘度の高い黒い液体の中から引き上げられるような感覚。幾本もの糸を引いて執拗《しつよう》に絡みついてくる黒い粘液を、白い大きな手が丁寧に拭い取ってくれているようだった。

「つぁ」

そうして気がついたら、私は誰かにすっぽりと抱きしめられていた。いまだに目が開かないし体の感覚もないけれど、厚い胸板とトクトクと音を立てる心臓の音をじんわりと感じることができる。このすっぽり抱きすくめられる感覚には覚えがある。ペコさまだ。

ドッと安心して、同時に一週間ぶりだなこの野郎と思った。けれど私の体は冷たくて、声も出ないし目も見えない。大きな手が、宥めるように私に触れた。

するりと輪郭《りんかく》をなぞるように、私の体を撫でる。最初は背中、それから肩、腕、指先を一本一本丁寧になぞっていく。すると、感覚のなかった体がじんわりと体温を取り戻して、動かせるようになっていった。腰から両足へ、それから優しく頭を撫でて、髪をすかれる。ほっぺたに手を当てられて、そしてまぶたを軽く撫でられると、やっと目に感覚が戻った。

寝起きのようにゆっくりと目を開き、ぱちぱちと瞬きをする。そこは、本館の薄暗い廊下だった。さっきまで私がいた場所だ。いつもは薄暗いと思うのに、今はまぶたの裏に残る暗闇との対比で妙に明るく感じる。私はそこでペコさまに抱きしめられていた。

「意識はあるな？」

「は、い」

「五感は？　四肢の感覚は？　全部動くか？」

「……目は、見えます。でも……足、が、まだ」

「寒気は？」

「……あります」

ペコさまの言葉に従って確認すると、足の感覚だけが麻痺《まひ》したように動かせない。ペコさまは低

く舌打ちをしてマグ・メルを呼ぶ。

「マグ・メル」

「はぁい我が主人よ。ギリギリだったね」

「はー。……常闇《とこやみ》が追いかけてきている」

「そうだね。一度入りかけた奴は取り込もうとするからね、あれ。多分足のエーテル体は千切《ちぎ》られて持ってかれようとしてるんじゃない？　五感も、嗅覚と触覚が少しずつ欠けてるかな」

「……全部拾ってこい」

「仰せのままに」

うやうやしく頭を下げてふっと消えるマグ・メル。え、私は何をされたの？　めっちゃ怖かったんですが。しかも足と嗅覚と触覚が欠けたの？　追いかけてきてるって何が？　怖すぎ。

ペコさまは、しばらく私の頭を撫でてくれた。状況的に、彼が私を助けてくれたのだろう。私はもぞもぞと動いて彼を見上げた。

「……ありがとう、ございます」

「いや、礼を言うことはない。……そもそも、俺が私情を優先してマグ・メルの制御を怠ったのが原因だ。もちろん五体満足に戻れるようにするし、あとで埋め合わせはする」

「……それでも、ありがとうございます」

力強い言葉に安心する。私はポスンと頭を彼の胸に預けた。撫でられるのが気持ちよくて、すりすりと頭を手に押し付ける。今はとにかく人の体温が欲しかった。

けれど、頭を押し付けた瞬間に、なぜかピタリと手が止まってしまう。

「……ペコさま？」

「……お前、なんなんだ」

なんだか戸惑ったようなペコさまの声がする。私は顔を上げようとしたが、ぎゅむっと大きな手で抱き締めるように頭を押さえつけられた。これでは顔が見えない。

「今のは、怒るところだぞ。罪人でもないのにあそこに落とされかけるのは、許されない理不尽だ」

ペコさまはひどく硬い声で言った。対して私は、困ったように笑ってしまう。

私は別に怒る必要もないと思っている。ちゃんと五体満足に戻れるらしいし、埋め合わせもしてくれるらしい。なによりペコさまはなんかすごい気に病んでくれているし、それならば私が怒る必要性は感じない。まあマグ・メルはあとで殴るけど。

「怒らないですよ」

「…………意味が分からない」

ペコさまは絞り出すように言った。心なしかその声は苦しそうに聞こえた。

「……お前、お前、なんなんだ。意味が分からない。今だって、お前、なんでそんなに従順なんだ」

「従順……？」

「……俺に抱きしめられるのは、怖くないのか？」

「……？」

私は従順ではないし、抱きしめられるのは怖くない。従順だったらそもそも本館に毎日押しかけるなどしていないだろう。抱きしめられるのも、私は今やたらと寒くて、だから暖かいものが特に欲しいのだ。ペコさまは冷たそうな見た目に反してあったかくて、とりあえずペコさまさえ良けれ

ばもうちょっと抱きしめていてほしい。私が首を横に振ると、彼が息を呑んだような気配がした。

「……お前、変だ。おかしい」

失礼な。

「怖がらずに触れてくるし、き、キスとかしてくるし、そもそも引きこもらずに動き回ってるし、それどころか話しかけてくるし。……そんな、そんな人間はいなかった。俺に近づいてくる人間には、そんな笑ってくる人間なんか、いなかったんだ」

「……」

「……なんなんだ、お前。意味が分からない」

そう言ってペコさまは項垂《うなだ》れた。それでも彼はまだ私を抱きしめてくれていて、触れ合う胸からはトクトクと心臓の優しい音がする。私はそれをただ黙って聞いていた。

なんとなく、ペコさまのことが分かった気がする。

私は最初、彼は浄化が嫌いだから私のことも怖いのかと思ったが、多分違う。浄化が嫌いとかトラウマとか、そういうのは直接的には関係ない。もちろん要因としては絡んでくるだろうけど。ただ、ペコさまにとって、私という存在が未知なのかもしれない。私は結構どこにでもいる人間なのだが、ペコさまは境遇が特殊っぽいからな。マグ・メル曰《いわ》く、彼は神様みたいなものらしい。神様からしたら、人間は未知で、ぐいぐい来る人間はもっと未知なのだろう。いきなり謎の生き物が自分の家にやってきた！　みたいな気持ちだったのかもしれない。

分かる。いきなり自分の家にエイリアンとかが来たら、怖いよな。そりゃあ自室に引きこもるし、家族がその得体の知れないエイリアンと仲良さげに会話してたら「ちょ、待て、やめてくれ！」っ

てなる。そのエイリアンが自分に絡んできたら、もう怖すぎる。分かる、分かりますとも。

しかし、私はエイリアンではない。私は一応、メイドであるが、同居人である。だから、ペコさまには私をエイリアンではなく同居人、いや、百歩譲って「屋敷にいる奴」くらいでいいから、「得体の知れない奴」じゃない位置に置いてもらわなければ、困るのだ。

私はすうーっと息を吸った。体は動くが、それでもなんだか全体的に怠《だる》かった。本当になんなんだ、あの暗闇。色々吸い取られた気がするんだけど。それはさておき、私は今あらん限りの力をかき集めて、お腹から声を出した。

「私を、見てください！」

「ッ!!」

失礼であるが、頭が押さえつけられたままだったのでその手をバシッと払い除《の》けて、胸ぐらを掴んで引き寄せ、目を合わせる。銀の瞳が驚いたように私を見た。

「私は、えっと、マリー。十九歳です！」

「……は？　えっと？」

「趣味は、えっと、掃除？　あ、精霊とお話しするのが好きです！」

「いや、いきなりなんの、」

「ご飯が好きです！　作ることも食べることも両方好きです！　揚げ物も好きですよ！　ペコさまと一緒に食べたいです！」

「……ッ」

勢いで喋《しゃべ》ったので自分でも途中から何を言っているのか分からなくなってきたが、捲し立てる。

こういうのは勢いが大事だ。途中で止めたら有耶無耶《うやむや》になる可能性が高い。ペコさまは押しに弱いところがあるし、私はぐっと顔を近づけて強い態度で話した。

「未知なるものが怖いのは分かります！　よく分かります！　ペコさまの態度は当然だと、思います！　でもですね、ずっと怖いと思い続けるのはとても損だと思います！　知ってください！」

「な、」

「ペコさまに、私を知ってほしいです。そして、私もペコさまを知りたい、です」

メガネ越しのダイヤモンドの瞳を見てはっきりと言い切ると、気圧《けお》されたようにペコさまの瞳が揺れる。いつも宿している冷たげな光が弱くなる。でも決して嫌な弱り方ではない。ダイヤモンドのパキッとした、ともすれば万華鏡のような光が細かく柔らかくなって、雪解けのように馴染《なじ》んでいく。銀だと思っていた彼の瞳は、よく見ると淡い色が複雑に絡んでまるで薄明の空のようだ。

知らず見惚《みと》れていると、絞り出すようにペコさまはか細い声を出した。

「……お、お前は、俺のことが知りたいのか？」

「はい、興味あります」

「な、なんで……」

なんで？　難しいこと聞くな、ペコさま。好きなものや興味のあるものに特に理由などないだろう。そこにあるのはその人個人の趣味《しゅみ》嗜好《しこう》とエピソードだ。例えば好きな食べ物について「なんで好きなの？」と聞かれたとして、どこが好きとか好きになったきっかけとかは言えるけど、理由って「好きだから」以外に何かある？　興味も似た感じだと思う。……でも、まあ、強いて言うなら。

「仲良くなりたいから、でしょうか？」

「……ッ！」

ペコさまが体を震わせた。抱き合っていたので、それは私にもよく分かった。それを誤魔化《ごまか》すように彼はぎゅうと私の体を強く抱きしめて、額を擦り寄せてくる。体は大きいのに子どものような仕草をする人だ。私は応えるように額を合わせた。

「そう、なのか」

「はい。もしペコさまに興味がなかったら、私はペコさまに会いに行かないですよ」

額がじわりと体温を分かち合って、体が温まっていく。

「……分かる。分かるよ。……俺も昔、追い返されると明らかでも集落に行ってたんだ」

ペコさまはそう言って、懐かしむように唇を震わせて微笑んだ。


その後、私は長期休養を言い渡された。寒気は治まらないし、両足はマグ・メルが何かしてくれて動くようになったが、まだ全身が怠い。よって、私はあの大きなベッドに寝たきりになっていたわけだが、その間はペコさまがすごく甲斐《かい》甲斐《がい》しくお世話をしてくださった。精霊たちも私に構ってくれて、私はもふもふパラダイスを堪能した。何より嬉しいのは、ペコさまが私の目を見て、私の言葉に相槌《あいづち》を打ってくれるようになったことだ。あの私を避けていたはずのペコさまが！

「今度、また一緒に昼寝をしようか。この前は仕事部屋だったが、温室もいいぞ。ドリュアスはあそこから動けないから、昼寝はむしろあそこですることの方が多い」

「温室でお昼寝したいです！　素敵です！」

「そういえばマリーは入ったことがあるのだったな」

頷く。マグ・メルに言われて入ったらドリュアスを泣かせて、ペコさまに怒られたあのときのことだ。あれは今思い出してもヒヤッとするな。

「あそこ、よく入れたな。……ああ、マグ・メルが入れたのか。温室はアビアラが人除けの薬を仕込んでいて、普通は気づけないようになっている。まあ知っていれば認識できるんだが、意識しないで近づいたら全くその存在を悟らせない厄介な薬なんだ。それまで気づかなかっただろ？」

再び頷く。確かに温室は結構大きな建物なのに、それまで全く気づかなかったんだよな。人除けをしているということは、もしかして薬に使う結構危険な植物もあったりするのかな？　私がそんなことを考えていると、ふわりとヴェールを纏ってマグ・メルが目の前に現れた。

「やあ、かわいい子、回復は順調そうだね」

「マグ・メル、」

「僕はとんでもなく律儀《りちぎ》さんな精霊だからね、約束を果たしに来たよ」

約束というのは言うまでもない。常闇に落とされる直前のアレだ。

「あはっ、生還おめでとう。どうぞお好きに殴っていいよ」

よし、言質《げんち》は取った！　そうと決まれば、私はちょいちょいとペコさまに声をかける。

「ペコさま、ゴディさまを呼んでほしいのですが、よろしいでしょうか？」

「構わないが……」

「……ん？　え、待って、なんで？」

ペコさまとマグ・メルが怪訝な顔をするのに、私はドヤ顔で胸を張った。

「誰が殴るとは言っておりません」

「………まじ？」

察しのいいマグ・メルはそれだけで見当がついたようだ。

そう、私は非力な女の子である。殴るといっても、大したダメージを与えることはできないだろう。別に、私も最初はそれでいいと思っていた。そこまで悪いこともしてないしな。が、しかし、あの常闇に落とされるってやつ、あれはちょっと許せない。本当に怖かったんだ。

というわけで、私はゴディさまを呼んで代わりに殴ってもらうことにした。そう、私は「殴らせろ」とは言ったが「私が殴る」なんて一言も言っていないのだ。そして、三人のご主人さまの中で、本人曰く正面からの戦いなら一番強いのがゴディさまである。マグ・メルは珍しく慌てた。

「ちょっつっつっと待ってよかわいい子。あの、あのね、さすがに謎の子に本気で殴られたら僕といえど消し飛ぶ可能性がある！」

「私も目覚めない可能性があったらしいじゃない」

「それはそれじゃないか。結果的に無事だったしさ！　ね？　僕は脅威が今目の前に！」

「……まあ、呼んでくる」

「我が主人!!!!」

席を立ったペコさまに、マグ・メルはとうとう悲鳴をあげる。ゴディさまは、すぐに来てくれた。

「マリー？　どうかしたのか？」

「ゴディさま、マグ・メルを殴ってください」

「マリーの頼みならやぶさかでもないけど、状況が読めないから説明してもらってもいい？」

「マグ・メルに、常闇に落とされたのです」

「あー、それはちょっと許せないな」

そしてさすがゴディさまは話が早い。すぐにワンドを取り出してアップを始めてくれた。マグ・メルはとうとう泣き崩れた。ペコさまはそれに苦笑すると、ゴディさまに向き直る。

「……ところで、ゴディルフェル、お前は常闇を知っているのか？　あれは、悪用されたら相当まずいからグランドでも精霊に通じるものしか知らないはずなんだが」

「まあ、昔ちょっと色々あって。大丈夫、俺が知ってることはギリエンデイさまもご存知だ」

「なら、いいが」

なにか大事そうな話が交わされていたが、すぐに終わったらしい。ゴディさまが肩をすくめた。

「にしても、マリーが常闇に、ねえ。しかもマグ・メルの暴走？　ペコが精霊の制御ミスるの初めて見た。取り返しがつくところで収める手腕はさすがだけど」

「……今回に関してはほぼ俺の自業自得だ。次はない」

「それはもちろん。ペコのことは信用してる」

そうしてマグ・メルはゴディさまに殴られた。漫画みたいな綺麗な吹き飛び方をしていて、精霊も殴られたら飛ぶんだなと思った。

「それにしても良かった。ペコとマリーはちゃんと話せるようになったんだな」

マグ・メルが宙を舞いお星さまになったあと、ゴディさまは爽やかな笑顔でそう言った。

本当にその通りである。思い返してみると、ペコさまの私の避けっぷりはすごかった。最初一ヶ月くらいは顔も合わせなかったし、倒れてご奉仕したあとは精霊にまで接触禁止令を出され、決意を固めて突撃してもクー・シーに追い出される日々。私もよく心が折れなかったものだ。それもこ

れも、ゴディさまの応援と、マグ・メルが茶化しつつもなんだかんだ協力してくれたおかげである。

ゴディさまはそんな私をにこにこと眺めて、それからペコさまを振り返った。

「そうだ、ペコはマリーと何がしたいとかあるの？」

「え、俺は、その。……花を贈り合ったり、手を繋《つな》いだり……？　というか、話すだけでも……」

「わあ、初心《うぶ》だなあ。初恋の男の子みたいじゃない」

「……うるさい」

照れながら話すペコさまと微笑ましげに目を細めるゴディさま。ペコさまはムッと顔を赤くした。

それにしてもこの二人、意外と仲が良い。主にゴディさまがペコさまを揶揄《からか》っているが、ペコさまもゴディさまには気安い雰囲気で、小突きあったりなんかしている。クラスの仲の良い男子同士みたいだ。ゴディさまが、次はこちらを振り返った。

「じゃあ、マリーは？　ペコとやりたいことはなにかある？」

笑ってそう聞いてくるゴディさま。いきなりの質問に私は一瞬まごついた。けれど、ふと思い立ってしゅばっと手を挙げる。

「えっと……そういえば、私が治ったら、ペコさまに料理を食べていただきたいです！」

そう、私はずっと本館に通ってお昼ご飯を作り続けてきたわけだが、結局一回もペコさまに食べてもらっていない。私が勝手にやりだしたことではあるのだが、やっぱり少し悲しいので、もしペコさまが良かったら一緒にご飯が食べたい。

私の言葉に、ペコさまはちょっと気まずそうにした。そして口を開こうとしたところで、死んでいたマグ・メルがパッと顔を上げた。派手に飛んだわりに復活が早い。

「ああ、あの料理ね、あれはなんだかんだ言いつつ我が主人は食べていたよ」

「ちが、あれは！　いや、なんというかだな……、申し訳ないが、本当に食べるつもりはなかった。でも、精霊たちが口に突っ込んでくるから……」

しどろもどろに言い訳をするペコさま。「その、美味しかった」と感想を言ってくれるペコさまも周囲でドヤっている精霊たちも可愛いが、へえ、そうなんだ。私はぽかんと口を開ける。

「アビアラさまが二人分食べてくださっていたわけではないのですね」

「え、アビーが食べたって？」

私の言葉に、今度はゴディさまがぎょっと振り向いた。ぱちぱちと宵闇の瞳を丸くして、何かを確認するようにペコさまを見る。ペコさまも少々驚いた顔をしつつ首を振った。

「分からない。確かにマリーは俺の分ともう一食作っていたが、マリーが食べているのかと」

「……でも、この様子だとマリーは食べてない。ということは、本当に……？」

二人してあり得ないものを確認するように顔を見合わせている。なんなのだろう？　説明を求める私の視線に気づいて、ゴディさまが答えてくれた。

「アビーは、基本的に人が作ったものは食べないんだ。昔色々あったらしくて、……毒が盛られたんだっけ？　さておき、食べるものは全部自分で厳重に管理するんだ」

「え？　そ、そうだったんですか？」

でも、それはおかしくないか？　だって、彼は毎朝私に料理が美味しかったと言ってくれる。それは、食べたからこそ言ってくれているのではないのか？　料理がいらないなら、アビアラさまがいらないと言わない理由が分からない。

「……アビアラさまは、美味しかったと」

「食べては、ないと思うけどなぁ。だってアビー、人の手が加わった料理は反射的に戻すもん。たとえ、それが俺たちのだとしても」

私は、なんとも言えずに黙り込んだ。ひょっとして、アビアラさまってこの屋敷にいる誰のことも信用していないのでは？　浮かんだ疑惑はそのまま私の胸に落ちて、とぐろを巻いた。


「……予想しうる限り、上位に入る面倒くささになってきたわね」

艶《つや》のある長い赤毛を無造作にかき上げて、男は言った。カーテンの隙間から別館のある方向を見《み》遣《や》り、ため息をついてカーテンを閉める。長い指は苛立《いらだ》たしげにテーブルをコツコツと叩いた。

「ゴディはなぜかはじめから気に入っているようだし、ペコも落ちたわね。はーあ、二人とも嫌な浄化士の世話はこっち任せのくせに、都合のいい時は構うんだから、嫌になっちゃうわ」

左右で色の違う目を細めて、男は悪態をつく。そこにはいつもの穏やかな色はない。ただ苛立ちがあるのみだ。男は目を閉じた。次に目を開いたとき、先程の苛立ちは綺麗に消え失《う》せていた。

「ま、いいわ。いつものことよ」

そうして、彼は今日もリビングにメイドが作り置いていた料理をひとつまみ、口に放り込んだ。

「……パスは繋がらない、か」

そして、ごくんとそれを嚥下《えんか》した。その後、屋敷では何事もなく半年が過ぎることになる。

四章　半年経ちました

それから、ペコさまはプライベートスペースであるネイビーの屋根の別館にも来るようになった。大体リビングか私室で本を読まれている。私が通りかかると精霊と一緒に構ってくれるのが嬉《うれ》しい。

ペコさまは博識《はくしき》で教えるのが上手《うま》い。言葉の勉強会は、途中から先生役がゴディさまからペコさまに取って代わられた。だって、ペコさまの方が教えるのが上手いのだ。それに伴《ともな》って、ゴディさまがちょっと拗《す》ねるという事件があった。

また、大きく変化があったのは食事である。私は、朝夜はゴディさまと一緒にご飯を食べていたのだが、そこに時々ペコさまが加わるようになった。三人の食卓は賑《にぎ》やかだ。というか、ペコさまが加わると、自動的に精霊たちもついてくる。そりゃあ一気に賑やかにもなるというものだ。

精霊たちは基本的に食事を摂《と》らない。しかし摂れないわけではないらしい。ペコさまも精霊が力を貸してくれたお礼に、お菓子なんかを与えることもあるようだ。彼らは気分によって食事を共にする時もあれば、場を賑やかしているだけの時もあった。

――さて、そんなこんなと過ごしているうちに、ペコさまとの一件から、半年くらいが経過した。私が異世界に来てからの期間を換算《かんさん》すると、もう十ヶ月くらいになる。

また、この屋敷《やしき》に来たのが大体春から初夏《しょか》くらいの暖《あたた》かな陽気《ようき》だったのに対して、今は真冬だ。

広いお屋敷や庭園《ていえん》には、しんしんと雪が積もっている。美しいハーフティンバーの屋敷に真っ白な雪はよく映《は》えた。

　あと、冬になって変わったことといえば、食器洗いや洗濯などの水仕事が少し辛《つら》くなったことか。でも些細《ささい》なことだ。些細なことなのだが、目敏《めざと》く私の手荒れに気づいたアビアラさまが、手荒れに効くハンドクリームみたいなものを作ってくれた。おかげで私の手は冷たい水に晒《さら》してもささくれひとつない。効果がすごい。私の冬の生活はそんな感じである。

　さて、半年前に食事の件でアビアラさまと色々あった件についてお話ししたい。アビアラさまについては、結論から言うならこの半年間特に何もなかった。もちろん細々としたことならそれなりにあったけれど、それだけだ。

　あのあと、私は直接本人に料理について尋ねてみた。人の手が入った料理が食べられないのが本当だとしたら、毎日勝手に昼食など作ってしまって申し訳ないことをした。「いや無理なら言えよ」と思う自分もいるが、不愉快《ふゆかい》な気持ちにさせてしまったなら謝《あやま》るべきだ。対するアビアラさまは困ったように笑って、「私が断らなかったんだから気にしなくても良いのに。でも、じゃあ次からは私の分は抜きにして、ゴディとペコの分だけ作ってあげて？」とおっしゃった。そう言われたら、それ以上掘り下げるのも野暮《やぼ》ってものだ。私はそれからアビアラさまの分を作るのをやめた。

　そうして今に至る。現状、特に何もなし!!

「う〜ん、まあ、大丈夫ならいいんだけど」

　私は屋敷の掃除を終え、掃除用具を片付けに向かった。問題なく片付けを終えると、バスルームの方から音がすることに気づく。誰かが使っているのだろう。

いつもならそれで終わるのだが、その時はなんだか苦しげなうめき声が聞こえて、私はギョッとした。もしかして体調が悪くて倒れている？　慌てて私はバスルームに踏み込んだ。

「だ、大丈夫ですか!?」

扉を開けて、中を見る。そこで見たのは、赤い長髪が流れる逞《たくま》しい背中であった。アビアラさまのようだ。鍛えられた背中に濡《ぬ》れた髪がぺたりと張り付くのがどこか扇情的《せんじょうてき》である。

「マリー……？」

気だるげに声をかけられ、私はハッとした。見惚《みと》れている場合ではない。もしも体調が悪いなら休んでもらいたいところだ。私は勝手にバスルームに突入《とつにゅう》してしまったことを詫《わ》びて、話しかける。

「アビアラさま、大丈夫ですか？　先ほど苦しそうな声が聞こえて、あの、休まれた方が」

「ああ、平気よ……たまに痛むけど、それが大事なの。……いつまで見ているつもりかしら。マリーのすけべ」

「すけっ……ちが、そもそも、アビアラさまだって私の体を隅《すみ》から隅まで見てるじゃないですか!!」

「あら冗談なのに。マリーの体ならともかく、私の体を見て興奮する人間はいないわよ」

そ、それは男性だからって油断しすぎでは？　アビアラさまは雑誌の表紙だって飾れそうなほどの背中だ。興奮する女性だって存在すると思う。少なくとも確実に需要がある。ただ私は混乱して、なんだか言い方を間違ってしまった。

「し、しますけど!?」

「あら、じゃあ出ていってちょうだい？」

私はぽーいっとバスルームの外につまみ出された。自分が、男性の入浴を覗《のぞ》く痴女《ちじょ》になってしまったことに、私はガーンとショックを受ける。だから私は、せっかくいつもと違うアビアラさまが見られたのに、しばらく異変に気づくことができなかった。

ぽかぽかと冬のお日様が陽《ひ》だまりを作る。柔らかな草の匂いが鼻をかすめて、微《かす》かに目を開けば、木漏《こも》れ日が淡《あわ》い葉の色と滲《にじ》むように瞬《またた》いていた。不規則《ふきそく》にチラチラと光が踊るのが、微睡《まどろ》みに馴染《なじ》んで心地《ここち》いい。私が少しだけ身じろぎすると、私を覆《おお》っていた大きな腕もピクリと動いた。規則正しかった呼吸がわずかに乱れて、それから深いバリトンの声が落ちてくる。

「……ん。……マリー、起きたのか？」

「ペコさま。はい、少しだけ……」

私はうつらと顔を上げた。木漏れ日の光を弾《はじ》いて眠たげに揺《ゆ》れる銀の瞳《ひとみ》と目が合う。その瞳が、私を見て甘く蕩《とろ》けた。

ここは温室。ドリュアスのいるところだ。私はそこで、ペコさまと精霊たちとお昼寝をしていた。

ペコさまの契約精霊は、全部で七人いる。寄《よ》り添《そ》いの仔《こ》、水の小精霊、火の小精霊、クー・シー、ドリュアス、カリンカ、そしてマグ・メルだ。ちなみにカリンカだけ私は会ったことないのでは？と思っていたが、実は屋敷でよく会うのに全然役割の分からなかった白い綿毛の精霊がカリンカだった。氷の最上位精霊で、ペコさまの契約精霊の中だと、純粋な戦闘《せんとう》では一番強いらしい。普段は力を抑えた姿をしているが、本来は山を跨《また》ぐほど大きいのだそう。知った時はとてもびっくりした。

今日のお昼寝には、ペコさまの契約精霊が全員揃《そろ》っている。ドリュアスの木の根元に集まって寝

ている感じだ。冬とはいえ温室の中は暖かく、お日様が照《て》っているのもあって、気持ちいい。私は、そんな精霊たちに囲まれて、ペコさまに抱きしめられて眠っていた。

「……まだ時間はある。もう一眠り、しよう」

「はい」

ペコさまがもぞもぞと私を抱《かか》え直して、目を閉じる。私は彼に後ろから抱きしめられていた。大きな腕が私の両腕ごと包むように胴体《どうたい》に回されて、足も控えめに絡められて、体勢的にはやや窮《きゅう》屈《くつ》だ。でも、その腕の重さも触れ合う体温も悪くない。

「ペコさま、なんでいつも抱きしめて寝るんですか？」

「…………俺だけ、二人に比べて浄化の機会が少ないし、ちょっとくっ付きたい。それに、マリーは抱き心地がいい」

私の問いかけに、眠たげながらも少し拗ねたような声が降ってきた。私はゆっくりと首を傾《かし》げる。確かにペコさまは他の二人に比べて浄化の頻度《ひんど》は少ない。それは魔力量が多いゆえだろう。でも、したいなら別に……。私はふわふわしたままそれを伝えた。

「浄化じゃなくとも、したい時にすればいいと思いますが……」

すると、背後《はいご》からぴーんと急に張《は》り詰《つ》めた気配《けはい》がする。私を抱きかかえている腕がビシッと固まって、それから少しうろうろした後、そっと頬をつままれる。痛くはないが、これは起きろってことかな。顔を上げると、ペコさまが真っ赤な顔をしていた。

「…………マリー、軽率《けいそつ》な発言は今後控《ひか》えてくれ。際限《さいげん》がなくなる」

「あと、じゃあ、今から、いいか？」とぼそぼそとペコさまは口の中で言った。

なお、私はアビアラさまからいただいた避妊薬を定期的に服用しているため、妊娠の心配はない。

かしこまりましたと頷《うなず》くと、ペコさまはむずむずと嬉しそうな恥ずかしそうな顔をして、ゆっくりと私を抱えたまま起き上がる。私は彼の膝《ひざ》の上に座っている形になった。

そのまま、後ろからやわやわと胸《むね》を揉《も》まれる。覚醒《かくせい》と微睡《まどろみ》の間でふわふわしていた意識に、気持ちよさが差し込んでくる。淡《あわ》い快感にふるっと体を震わせると、少し意識がはっきりしてきた。

「脱ぎますか？」と聞くと「いや、いい」と返ってきたのでそのまま身を任せる。上半身を覆《おお》うエプロンを落とされ、ぷちぷちとワンピースの前ボタンが外されていく。すぐに器用《きよう》に胸だけが露《ろ》出《しゅつ》した形になった。最初はふにふにと形が変わるのを楽しむように胸全体を揉まれて、それから先端をくりくりといじられる。じぃんと快感が胸からお腹《なか》に伝わった。

「んっ……」

「……マリーはここが気持ちいいのか？」

「まあ……性感帯《せいかんたい》なので……」

「ふぅん。時間がある時はずっとここだけ弄《いじ》るのもいいかもな」

それは、なんかちょっと変態《へんたい》チックです、ペコさま。

ペコさまは私の反応が気に入ったようで、しばらく胸の先端をカリカリ引っ掻《か》かれたり、人差し指の腹で転がされたりした。弄られていれば当然体は高まっていって、私はビクビクと反応を大きくしていく。だから、ざわりと温室の木が騒いだことに気づかなかった。

「……んっ、ふぅ、んん……ッ」

「テツダウ？」

「!?」

急に声が聞こえて、私は感じ入っていたところから一転して体を強張《こわば》らせる。

見ると、いつの間にかドリュアスが起きてこちらを覗き込んでいた。ペコさまは気にしていないようだが、私は羞恥《しゅうち》で顔を赤くする。というか、そうだ。ここには精霊がいるじゃん。

「じゃあ、頼む」

「!?」

けれどペコさまが何も気にせずそんなことを言うので、私はギョッとした。戸惑っていると、どこからかシュルシュルと蔦《つた》が這《は》い出てくる。それが、私の足に絡み付いた。嫌な予感に違《たが》わず、蔦は私の足を開かせるように引っ張っていく。

「ペコさま、っこれ、やっ……」

「嫌か？　マリーは精霊に見られるの、嫌がるよな。なんでだ？」

「だって、恥ずかしい……ぁんっ」

あっという間に私の足は蔦によってＭ字開脚《かいきゃく》の形に固定されてしまった。当然スカートは捲《めく》れ上がって下着は丸見えだし、その下着にペコさまの手が差し込まれる。くちゅりと音が鳴った。すでに濡れているのだ。

「精霊は人間の交尾《こうび》を特に恥ずかしいものだとは認識していないぞ。強《し》いて言うなら、マグ・メルは理解しているだろうし、カリンカも知識としては知っているくらいか」

そう言う間もペコさまは、下着の中でくちゅくちゅと手を動かした。親指で花芯をいじめ、人差し指と中指はずっぽりと蜜壺《みつつぼ》にはめて擦《こす》り上げられる。気持ちよくてカクカクと腰が震えた。

でも、でも、精霊たちがこの場にいる。起きるかもしれないし、というかよく見たら何人かは起きてこちらを見ている。私は今、足をガバッと開いていて恥ずかしい部分が全部見えている。精霊たちに見られている。そう思うと羞恥でつい体が抵抗してしまう。

「はいはーい、お望みとあらば席を外しますけどぉ？」

ふと、マグ・メルの声が聞こえた。私は咄嗟《とっさ》にバッと周囲を見回すが、姿は見えない。けれど声は確かに聞こえた。やはりこの場にいるのだ。かぁっと顔に血が昇《のぼ》った。

「ぁっ、待って、や、見な、～～ッ！」

「マリーも嫌がってるし、そうしてくれ。一応カリンカも。悪いな、別の日に昼寝の機会を作る」

「お気になさらず～」

「クスクスッ」

温室の扉がひとりでに開く。そこへ、カリンカがコロコロ転がって行った。最後にふわりと一瞬だけ扉の向こうでヴェールがひらめいて、それで扉は閉まる。マグ・メルとカリンカが温室を出て行ったのが分かった。

けれど、まだこの場には精霊がいる。にもかかわらず、ペコさまの止まっていた指の動きが再開された。愛液《あいえき》をたっぷりと絡めて、指がじゅぽじゅぽと出し入れされる。

「あっ、あっ、ペコさま、まだ、ひんっ」

「悪い、マリー。俺ももうあまり我慢《がまん》が効かない」

「そんっぁ、ふあぁぁぁっ！」

きゅうと胸の先端を摘《つま》まれて、同時にナカの弱いところを的確《てきかく》に指で押し込まれ、私は呆気《あっけ》なく

絶頂《ぜっちょう》した。体が浮き上がるような快感と多幸感《たこうかん》。ゆっくりとそこから降りてきて、くたりと体をペコさまに預ける。息を整えていると、蔦の拘束《こうそく》が少しだけ緩《ゆる》むのが分かった。あれ、でもまだペコさまに挿入《そうにゅう》されてない……？

「ありがとうドリュアス。蔦だけで体重を持ち上げるのは、マリーの体に負担が大きいからな」

「ウン！」

「ッ⁉」

大きな手が腰を掴《つか》んで、私の体が持ち上げられる。蔦が緩んだ分、地面から拘束されていた形の私の体を動かす余裕ができた。そこをペコさまが持ち上げたのだろう。

でもそれって恥ずかしい格好のまま持ち上げられているってことだ。まだ下着は辛《かろ》うじて穿《は》いているが、とっくにずらされて大事な部分は丸見えになっているし、とにかく恥ずかしい。ここがのどかな温室の中だというのも羞恥心を煽《あお》った。蔦の拘束はいつの間にか両手にも及んでいて、私は思わず抵抗しようと体を捩《よじ》ってしまう。すると後ろから少し悲しそうな声がした。

「蔦はマリーにも切れるくらい柔らかいが、切れたらドリュアスが痛がるな……」

「ッ‼」

私の抵抗を一瞬で封《ふう》じる一言である。ペコさまってそういうとこあるよな、無自覚《むじかく》だろうけど‼

私は震えながら抵抗していた手足から、力を抜いた。すぐに耳元で「ありがとう」と腰の砕《くだ》けそうな甘いバリトンが響《ひび》く。それからぬるぬると私の秘部にペコさまの先端が押し付けられて、それで。

ぬぷんっ。

「いっ～～～～ッ！」

「挿《い》れただけでイったのか？　マリー」

ペコさまのおっしゃる通り、私は挿れられただけで達《たっ》してしまった。ぎう、と中が搾《しぼ》り取るようにうねって、同時に私は身悶《みもだ》えるような快楽を打ち込まれた。な、なんで？　いつもはそこまでじゃないのに……！

「ふぅん、意外と恥ずかしいのも好きなのか……」

待って待って待って変なこと覚えないでくださいペコさま！　咄嗟に振り返ってぶんぶんと首を振ったが、ふりふりと揺れる髪を見てペコさまは「マリー、髪伸びたよな」とおっしゃった。今!?　確かに十ヶ月切ってないからそりゃ伸びたけど、今言うこと!?　ペコさま天然!!

ペコさまは「可愛《かわい》いな」と髪を一房《ひとふさ》手に取って口付けてから、動き始めた。ぱちゅんっ、ぱちゅんっと肉がぶつかる音が木漏れ日の揺れる温室に響く。同時に私の押し殺したような喘《あえ》ぎ声も。のどかな温室で行為にふけるのは、どこか背徳感《はいとくかん》があった。というか温室はガラス張りだし、きっと外から様子が見えてしまう。そしてここにはまだ寝ているけれど小精霊たちや、おそらく起きているクー・シーもいる。あまりの羞恥心に頭が沸騰《ふっとう》しそうだ。

「ひぐっ、んッ！　ペコしゃま、ペコしゃまイッちゃ、」

「イッちゃうというか、さっきから結構甘イキしてないか？　惜しいけど、今日は一回にしとくか」

一回にしとくか、とか言っていることは気遣ってくれているが、その間も容赦《ようしゃ》なく責め立てられている。奥のハマるところをちゅぽちゅぽと小刻みに擦られて、私は連続でイった。ペコさまもその後何回か出し入れして、それから絶頂を迎えていた。イったあとも動かれるのは結構しんどくて、

私は気持ちよさでぴーんと全身を強張らせた後、ぺしゃりと力尽きて前に倒れ込む。はふはふと必死で酸素を補給《ほきゅう》した。

「……マリーは、本当に浄化効率がいいな。俺たちを相手にして効率がいいのは、珍しい」

「は、はぅ、そ、そうなの、ですか？」

だるい体を押して顔だけペコさまの方を向くと、「絶景《ぜっけい》……」と唾《つば》を飲み込まれる。足と腕が拘束された状態で突っ伏してて顔だけ後ろを振り返る、この間抜けな感じが？　というかこれ、髪が顔にかかって邪魔なんだよな。そんなことを考えていたとき、急に冗談《じょうだん》みたいな爆発音がした。

ドカ――――ンッ!!

「ッ!?」

大きな爆発音だ。しかも結構近い。私は何事かと身を起こして周囲を見回した。襲撃《しゅうげき》ですか!?

「ペコさま、音が！」

「……マリー、落ち着け。おそらく大丈夫だ」

「だ、大丈夫なんですか？」

ペコさまを見ると、彼は私とは反対に落ち着いたものだった。もしかして、よくあることなのだろうか？　この屋敷で半年以上過ごしてて、こんな音は初めて聞いたのだが。ペコさまは困ったように口を開く。

「……アビアラは年に何回かくらい、魔法薬の調合で派手に失敗するんだ。おそらくそれだと思う。……もしくはマグ・メルの悪戯《いたずら》か、ゴディルフェルの呪文の試し撃ちか……」

「ええ……」

それはなんというか、結構候補ありますね？

身なりを整えて温室を出ると、爆発音は本館からしたようだということが分かった。なにせそちらからもくもくと煙が出ている。本館はご主人さまたちのそれぞれの仕事部屋があるところだ。ということは、やはりアビアラさまの魔法薬の調合失敗で爆発したのだろうか？　ペコさまが念のためクー・シーに先行する指示を出し、私に向かって安心させるようにはにかんでくれた。

「まあ、マグ・メルは今、ここまで派手な悪戯をする余裕がないし、ゴディルフェルは試し撃ちの前に告知をする。おそらくアビアラだろう」

「アビアラさまも失敗するんですね」

ちょっと意外である。いつも優雅な印象のある彼が、こんなアメリカンコメディみたいな派手な爆発を起こすとは想像しにくい。ペコさまは私の言葉に小さく肩をすくめた。

「……アビアラの主な業務の一つが魔法薬の開発なんだが、失敗ばかりらしいぞ。失敗を分析して、狙った効果を出せるように修正していくから、九割以上は当然のように失敗なんだと。『まあ私たちの業界では原因の分析できる失敗は大成功だから実質全部成功よ』と言っていたが」

ペコさま、アビアラさまの真似《まね》下手ですね。

さておき、様子を見に行った方がいいだろう。私とペコさまは本館に向かった。近づくと爆発跡が大変なことになっていた。なにせ本館に隕石《いんせき》でも墜落《ついらく》したみたいに壁が抉《えぐ》れている。これ、アビアラさま生きてるよな？　私は不安になったが、「倒壊《とうかい》していないだけ今回はマシだな」とのペコさまの呟《つぶや》きにより、安心と戦慄《せんりつ》に襲われた。え、いつももっとすごいの？

「アビアラさまって結構危険な魔法薬も作られるんですね……」

「……アビアラは、杖魔法を使えないからな。その分魔法薬で戦うしかないんだろう」

「杖魔法を使えない、のですか？」

「ああ、体の魔力回路に不具合が残っているとか」

ふと、先日バスルームで見たアビアラさまを思い出した。苦しんでいたアレは、もしかして。

「ペコさま、アビアラさまのその不具合というのは、」

「グルル……」

ちょうどその時、先行して様子を見てきたクー・シーが戻ってきたので、ペコさまは私を片手で抱きかかえて、クー・シーの上に飛び乗った。クー・シーは私たちを乗せて空を走るようにジャンプして、崩れかけた本館の二階の部屋へ降り立つ。まだもうもうと立ち込める煙を、いつの間にやら近くにいたカリンカがふぅーっと吹き散らした。惨憺《さんたん》たる有り様な部屋の中には、すでに駆《か》けつけていたゴディさまと、もう一人。

「あ、ペコとマリー、来てくれたんだ。なんか今回派手にやったみたいだよ」

「……見れば分かる」

ペコさまは抱えていた私を降ろして、ため息をついた。ゴディさまも苦笑いしてもう一人を見下ろしている。私は、彼らの陰にいてよく見えていなかったもう一人をひょいっと覗き見た。おそらくアビアラさまだろうけれど、そのシルエットがやけに小さくて心配だったのだ。

「……あ、あれっ？」

けれどその人影を見て、私は目を疑う。そこにいたのは、赤毛の美少女だった。思わず指を通したくなるようなさらさらと柔らかそうな赤い髪、もちもちのきめ細やかな白い肌、驚いてこちらを

ぱちくりと見上げる綺麗《きれい》な月はあまりにも愛らしい。小鹿《こじか》みたいに細い足、すらりとした肢体《したい》は、幼い少女が持つ特有の危《あや》うさと無垢《むく》さを孕《はら》んでいる。そして、一人で町を歩いたら誘拐《ゆうかい》されるんじゃないかと心配になるほどの妖精《ようせい》のような可憐《かれん》さ。

　少女は私を見上げて、その花びらのような唇を微かに震わせた。うるりとその赤と緑の瞳が涙を滲《にじ》ませる。キュートだ。けれど、その鮮やかな色彩は見間違いようもない。

「……えっ、アビアラさま？」

　私の素《す》っ頓狂《とんきょう》な声に、赤毛の美少女がつーんとそっぽを向いた。え、か、可愛い……！

「なんか、見て分かるだろうけどアビーが実験で失敗して若返ったみたい」

　赤毛の美少女は、やはりアビアラさまらしい。ゴディさまが「アビーえらく身長縮《ちぢ》んだね」と言うのにチビアラさまが蹴《け》りを入れ、それに対してゴディさまが「バーリア」などと本当に魔法でバリアを張っている。小学生男子か！　しかし幼いアビアラさまは天使の如《ごと》く可愛らしいな。

「……若返りというのは？」

「なんかね、これは単純に体が小さくなるというよりも、幼少期に戻っている状態みたいなんだ。まさにこれが幾《いく》年前のアビーの姿ってこと。ああ、とはいえ精神は無事みたい。でも喉《のど》が潰《つぶ》れてるんだね。アビー、部屋戻していい？」

「……」

「はいはい。テティムリィンワイド」

　ゴディさまがふわっとワンドを振った。途端《とたん》にワンドの先から光の線が走っていく。その光の線は壊れた部屋を隅々までなぞるように走り、その後には壊れた道具や壁たちがひとりでに時間を巻

き戻すようにもとの姿へと戻っていった。ゴディさまが、ピッと曲を終える指揮者《しきしゃ》のように、ワンドを持つ手と反対の手を握って閉じる。部屋を一周した光の線がその手に吸い込まれて消えた。そうして、あっという間に、大穴の開いていた部屋は元通りに修復されてしまった。

「……相変わらず見事なものだな」

「ふふん。もっと褒《ほ》めてくれてもいいんだけど？」

自信満々に宵闇《よいやみ》の瞳を細めるゴディさまは自信家可愛い。

さておき、チビアラさまは部屋が直ったと見るや否や、ととと…っとたくさんの道具が保管されている棚の列に近づき、その下で何かを取りたそうにぴょんぴょんと跳《と》んだ。な、なにこの可愛い生き物。見かねたペコさまが近づいて棚から取り出す。チビアラさまは手を目一杯伸ばしてそれを受け取ると、蓋《ふた》を開けて中身を出し、ぱくんと飲み込んだ。薬のようだ。

「……ぁ、あー……。聞こえる？」

「聞こえるよ、アビー」

鈴の鳴るような愛らしい声が鼓膜《こまく》を揺らす。私たちの返事に、チビアラさまはホッとラズベリーの色のふわふわな髪を揺らして息を吐いた。本当にどこもお菓子でできているみたいに可愛いな。

「はー……。失礼したわね。久々に酷《ひど》い目に遭《あ》ったわ」

髪をかき上げてため息をつくチビアラさま。いつもなら女性的な外見に男らしい仕草《しぐさ》がチラ見えしてドキドキするところだが、今の美少女姿でされると微笑《ほほえ》ましさが際立《きわだ》つ。私はニヤけないように口の端を引き締めるので大変だった。そんな私に構わず、ゴディさまが首を傾げる。

「今回は何に失敗したの？」

「薬自体は大したものじゃないわ。魔法の効果の増幅《ぞうふく》薬よ。掛け合わせたのがサイアクだっただけ」

チビアラさまは珍しく不機嫌そうだった。腕を組んで、とんとんと指が忙《せわ》しなく腕を叩《たた》いている。

「はー。おそらく明日には効果が切れるって見当がついてるのが唯一《ゆいいつ》の救いね。これじゃあ今日はもう仕事にならないでしょうけど……」

チビアラさまは、そう言って悲しげに自分の体を見下ろした。確かに、その体は私よりも小さくなってしまっている。おそらく十歳くらいだろう。細く頼りなく、いつもの彼のように動くのは難しいと思われる。それに、体が縮んだだけで服はもとのアビアラさまの服のままなのだが、早く着替えた方がいいと思う。

というか、今のチビアラさまが可愛いので非常に勿体《もったい》ないのだが、ゴディさまの魔法で戻せないものなのだろうか。私はゴディさまを見上げた。

「ゴディさま、さっきの魔法でアビアラさまはもとに戻せないんですか？」

「ああ、あの魔法は生き物にはかけられないんだ。だからアビーは別の方法で薬の効果が切れるようにする必要があるし、この部屋にもし生き物がいたら、申し訳ないけどもう……」

そう言ってゴディさまは眉尻《まゆじり》を下げる。死者の蘇生《そせい》は杖魔法とは別の分野で、高度な儀式を必要とするらしい。というか、死者の蘇生ってできるの？　すごいな異世界。

チビアラさまが「ふん」と髪を払う仕草をした。

「必要なとき以外はこの部屋に生き物を置いてないから大丈夫よ。とりあえず、今の調合のレポートを書いて、それから効果が切れたらすぐ続きができるように材料の準備を……」

チビアラさまはそう言って、レポートを書くために奥の机に向かう。しかし、椅子《いす》が高い。チビ

アラさまは頬を引き攣《つ》らせて、それでもよじよじと登った。そして座ったのはいいが、座ったら座ったで今度は机が高い。まともにレポートが書ける姿勢ではない。ゴディさまが苦笑いをした。

「危なっかしいな。マリー、今日はアビーについていてあげなよ」

「はい」

「えっ」

ちょっとワクテカしながら頷く私と、嫌そうに顔を歪《ゆが》めるチビアラさま。

「いや、さすがにそれは、マリーに悪いわよ……」

「アビー、普段は背が高いから高いところにものを置きがちだし、今は魔法も使えないだろ？　その姿じゃ食事もままならないんじゃないか？　なにせ身長が普段の半分くらいだし……」

「うっ……お、終わったら一日寝てるから大丈夫よ」

「いや、そんなこと言って、アビーは放っておくと働き出すワーカホリックなんだから、最初から補助《ほじょ》がついていた方がいいと思う」

「失礼ね、いらないわ！」

叫んでから、チビアラさまはハッと口に手を当てた。もしかして、幼い体になったことで感情のコントロールが難しくなっているのだろうか？　普段は穏やかなのに、こんなアビアラさまは新鮮である。ゴディさまは落ち着いた態度でチビアラさまを宥《なだ》めた。

「まあ、じゃあ百歩譲《ゆず》ってアビーに補助がいらないとしてもね？　マリーがさっきから、アビーのことをキラキラした目で見てるんだ」

「はあ？」

アビアラさまが怪訝な声をあげて私を振り返った。ここで私を引き合いに出すのか。しかし、キラキラした目で見ていたことは否定できない。だってものすごく可愛い。チビアラさまはこちらを見て、露骨《ろこつ》に頬を引き攣らせた。ゴディさまが笑う。

「じゃあマリー、任せたよ」

チビアラさまはしばらく不機嫌そうだった。

そりゃあそうだろうなと思う。いつも大抵のことは自分でやる人だ。面倒見が良く、私のこともよくお世話してくれた人なだけに、逆に自分では何をやるにもままならず私に世話をされるのは複《ふく》雑《ざつ》だと思う。ツンツンぷーいな対応をされても、私は広い心で受け止めた。

それはそれとして、赤毛の美少女がツンツンしているのは、とても可愛い。そういえばゴディさまが、今のチビアラさまの姿は体が小さくなったわけではなく幼少期に戻った感じと言っていた。こんなに可愛らしいのなら、さぞ愛されるお嬢様《じょうさま》だったのだろう。うん、チビアラさまが男性だとは分かっているが、見た目が美少女すぎて絶対ドレスが似合うんだよな！　というか、アビアラさま、幼少期からそんな男の娘《こ》だったの？　この情報だけでご飯三杯はいけそう。

私の内心の荒ぶり具合はさておき、ゴディさまはあのあと仕事があるようで屋敷を出ていった。ペコさまは、いつの間にかお昼寝の時間が終わっていて、業務の時間になっていたらしい。「仕事部屋にいるから、何かあったら遠慮《えんりょ》なく呼んでくれ」と言われた。

そうして、私とチビアラさまは二人っきりで残されたわけである。彼は深いため息をついた。

「……マリー、とりあえず私は着替えてくるわ。マリーは外で待っていてちょうだい」

「しかし、お手伝いなどは、」

「いらないわ！　外で！　待っていて！　ちょうだい！」

「かしこまりました」

チビアラさまは強い口調《くちょう》で私を部屋から追い出すと、バタンッと勢いよく扉を閉める。追い出されてしまった。恥ずかしいのだろうか？　まあそうか。考えてみたら、体が幼少期に退行《たいこう》して、なおかつ年下の女の子に面倒を見てもらうなんて恥ずかしいか。

大人しく待っているのも手持ち無沙汰《ぶさた》なので、私は彼が着替えている間、別館のリビングまで走ってあるものを取ってきた。戻ってきたとき、チビアラさまはちょうど着替え終わったタイミングだったらしい。

着替えたチビアラさまは、意外にもお坊《ぼっ》ちゃま風の服装をしていた。ワイシャツのボタンを首までしっかり留め、サスペンダー付きのズボンを穿いている。足もタイツを穿いていて、小鹿のような足が強調されていてなかなかいい。そして髪はまとめてポニーテールにしていた。

は〜いつもユニセックスというか、女性的な服を違和感《いわかん》なく着こなす感じなのに、ここでカッチリした少年風のスタイルにしてくるんだ〜〜。良いな〜〜。私はニヤけそうな顔を引き締めつつ、チビアラさまに「お似合いですよ」と言った。対するチビアラさまはピクリと眉を動かし、「そう」と素っ気ない。彼はため息をついて、仕事部屋の扉を大きく開け放った。

「とりあえず、今日一日は入ることを許可するわ。世話といってもあまりすることはないでしょうけど、入れないと不便でしょう。……ただし、この部屋にあるものは、どんなものでも、絶対に、触らないで。一見無害《むがい》そうでも、触ったら危ないものもあるわ。特に今の私じゃ、何かあったときに治したり助けたりができない。肝《きも》に銘《めい》じてちょうだい」

「かしこまりました」

素直に頷く。私は今まで、アビアラさまの仕事部屋に入ることを禁止されていたが、それは危険なものが多いからだ。さっきは爆発のどさくさで入ってしまったが、当然の警告だと思う。

チビアラさまは疑わしげな目で私を見上げて、くるりと部屋に入った。私も続いてお邪魔する。

アビアラさまの仕事部屋は、改めて見ると本当に魔女の実験室のような感じだった。広い部屋には吊《つ》るされた大釜《おおがま》、吊るされた薬草《やくそう》類、並んだホルマリン漬《づ》けっぽい瓶《びん》、床にも所狭《ところせま》しと色々なものが置かれている。部屋の半分は棚の列がずらりと並んでいて、中にはびっしりとなにやらよく分からない素材の類が入っている。さすがに作業台と思われる大きなテーブルは綺麗に片付いていたが、それ以外がゴミ部屋と紙一重くらいに雑多《ざった》だ。

別館にあるモデルルームのような私室と違い、生活感があるなと思った。小さな机にビーカーのような容器が置かれ、そこに明らかに飲みかけのコーヒーっぽいものが入っているのを見て、私は笑いそうになってしまう。アビアラさまってビーカーで飲み物飲む人なんだ。意外とズボラ？

チビアラさまは、宣言通りレポートが書きたいのだろう。真《ま》っ直《す》ぐに部屋の端にある机に向かう。

私は彼を追いかけて、あるものを差し出した。

「アビアラさま、こちらを」

「……なによ、そのクッション」

「はい、これは底上げクッションです」

私が差し出したのは、分厚いクッションだ。椅子に置いて、その上に座ることで、机との高さを調節できるすぐれものである。

今更だが、ゴディさまが私を世話役に推薦したのは、何も私がチビアラさまにメロメロだったから、だけではない。私は実は、この屋敷での背が低い者としての立ち回りを熟知《じゅくち》している。

そう、私はこの屋敷でダントツに背が低い。この屋敷は大きくて、アビアラさまもペコさまも背が高いので、必然的に家具や道具は高い場所にありがちだ。最初の頃、キッチンで取りたいものと格闘《かくとう》していた私を見かねたゴディさまが、色々作ってくれたのだ。おかげで、私は高い場所のものを取るための踏み台を獲得し、テーブルと高さが合わない椅子でも不自由なく座れるクッションを入手した。

ちなみに、ゴディさまは他の二人と比較すると背が低めだが、それは比較すればというだけで普通に高い方だ。スタイルが良くて羨ましい限り。

「ゴディさまが、屋敷を出る前に私のものを複製《ふくせい》してくださったようです。いくつか差し上げますので、本日はこちらをお使いください」

「……受け取っておくわ」

チビアラさまは頷いて、クッションを受け取った。そして、椅子に置いて、その上によじよじと登って座る。机との高さを確認して顔を顰《しか》めると、椅子から降りてもうひとつクッションを重ねて置き、また座る。数回それを繰り返し、チビアラさまはやっとちょうどいい高さを見つけたらしい。満足そうに頷いて、紙を引っ張り出し、ガリガリと何やら書きつけ始めた。レポートを書かれているのだろう。

さて、困ったのは私だ。アビアラさまは、幼児退行されたとは言っても中身は退行していないので、意外とお世話することがない。考えた末、私はとりあえずまた別館に行って踏み台を持ってき

てから、あとは何かお呼びがあるまでチビアラさまを観察していることにした。今日一日しか拝めない姿だし、目に焼き付けておかないとな！

　しばらくは穏やかな時間だった。私は美少女観察に勤《いそ》しみ、チビアラさまはガリガリとレポートを書き綴《つづ》る。

　途中でチビアラさまは、「ただ待っているのも退屈でしょう」とコーヒーを淹《い》れてくださった。うっかり「私が淹れましょうか」と言ったのは笑顔で黙殺された。そうだった、アビアラさまは他人が作ったのはダメなんでしたね。

　小さな体に似合わぬ手慣れた様子で二人分をビーカーに用意してくださるのをじっと見ていると、チビアラさまは何を勘違いしたのか「何よ、ちゃんと飲む用と調合用は分けているから大丈夫よ」と言った。すみません、衛生面《えいせいめん》を気にしたわけではなく、ただ可愛かったから見ていただけです。

　そんなわけでチビアラさまがとぽとぽとコーヒーをドリップしているのを眺めていると、不意に彼の肩が跳ねた。遅れて、コツンと何かが落ちる音がする。

「きゃあっ」

「どうされましたか!?」

　火傷《やけど》だろうか？　すぐに冷やさなければ。バッと立ち上がって近寄ってみると、チビアラさまは片方の目を押さえていた。悲鳴を上げたものの意外と落ち着いているようで、彼はとりあえずポットを置き、何かを拾おうとしゃがみ込む。

　見れば、ころんと丸っぽいものが床に落ちていた。なんだろう？　白くて、緑の模様があしらわれている？　小さな手に拾われたそれを、私はまじまじと見て……そして、悲鳴を上げた。

「うぉおっ!?」

ギョッとする。それは、おそらく目玉であった。半球型の眼球だ。美しい翡翠《ひすい》の眼球は、察するにチビアラさまの眼窩《がんか》にはまっていたものだろう。

慌ててチビアラさまの肩を掴んで、顔を確認する。アビアラさまは赤と緑のヘテロクロミアだが、押さえているのは確かにアビアラさまの緑の瞳があった方に間違いない。えっ、目って取れるの!?

「あ、あら、ごめんなさい、目が落ちちゃった……。なんかゴロゴロするなと思ったら、体が縮んで大きさが合わなくなっていたのね」

チビアラさまの残った赤い目が、驚いたようにパチパチと瞬《まばた》きしている。いや、反応軽いな!?というか、もしかして義眼《ぎがん》？　私はおそるおそる口を開いた。

「あ、アビアラさま、目が……？」

「あら、言ってなかったかしら。私ね、片方は義眼なの。昔に潰しちゃって」

「……それも、魔法薬の失敗ですか？」

「マリー」

チビアラさまがそっと微笑む。うっそりと目を細めて、その片方だけの目は私を見ているようで、しかしぼんやりとどこか遠くを見ているようでもあった。アビアラさまが、たまにする表情だ。

「失敗なんてないのよ。どんなことも全部糧《かて》になる。もしも失敗があるとしたら、それは失敗してそこからなんにも学びを得ないこと、もしくは要因《よういん》も分からないまま成功し続けることだわ。――たとえどんな目に遭っても、最後に笑えば成功なのよ」

私は押し黙る。どこか凄みのある台詞《せりふ》であった。そして、まるで自分に言い聞かせるみたいな言

葉であった。黙り込んだ私に何を思ったのか、チビアラさまはパッと柔らかく笑う。

「ちょっと眼帯《がんたい》をしてくるわね」

部屋を出ていくチビアラさまを見ながら、私はふと思い出していた。ゴディさまの言葉だ。

――『なんかね、これは単純に体が小さくなるというよりも、幼少期に戻っている状態みたいなんだ。まさにこれが幾年前のアビーの姿ってこと』

つまりアビアラさまは、十歳くらいの頃にはすでに片方の目を失っていたのだろう。そして、今の姿では魔法が使えないということは、同時にその頃のアビアラさまは魔法が使えたわけではないと予想できる。

ふぅん？　じゃあその目って、何が原因で潰れたんですかね？　まだ材料は足りないのでなんとも言えないが、そっとほの暗い予想が私の中で頭をもたげた。

思えば、チビアラさまの格好はほぼ肌が見えない鉄壁の服装である。いつもは結構深いVネックとか、下手すると肩がチラッと見えるゆるーい女性っぽい感じの服を着こなしているのに、なぜか今は首元までピッチリとボタンが留められている。……もしかして、体に何かある？

邪推《じゃすい》かもしれない。というか邪推であってほしいが……なんとも言えない。

そういえば、退行した直後は声が出せなくて、しかも「喉が潰れている」とか言われてなかったか？　喉が潰れる出来事とは？　考え始めてしまえば悪い想像はどんどん膨らんでいき、人の手が入った食べ物が食べられないこと、そして以前バスルームで苦しげに呻《うめ》いていた姿を連想するのもすぐだった。しかも魔力回路の不具合で杖魔法が使えないという話までなかったか？　子どもと原因不明の洒落《しゃれ》にならない大怪我《おおけが》と言ったら、連想できるものは大体ひとつだ。すなわち、虐待《ぎゃくたい》。

私は背筋がゾッとするのを感じた。だって、もしも本当に虐待があったとしたら相当に過激だと思う。ここまで分かっているだけで、喉と目が潰されて、さらに食べ物に何か仕込まれた経験をしていらっしゃる。どれかひとつでも幼少期にあったら大事件だ。

——まあ、もちろん全部私の勝手な想像なんですけどね？

私がそんなことを考えている間に、チビアラさまはとたとたと戻ってきた。ぴょんっと赤いポニーテールを跳ねさせ、眼帯をしたいとけない美貌《びぼう》がこちらを覗く。

「眼帯してきたわよ」

私が「お似合いです」と褒めると、チビアラさまはポニーテールを手で払う仕草をして笑った。

それから、彼は再びコーヒーの作業に戻って、淹れたコーヒーの片方を私の前に置いてくれた。

香ばしい香りが鼻をくすぐる。飲んでみれば、最初にきゅっと酸味《さんみ》が口内を刺激して、後からじわっと苦味が口の中に広がった。目覚まし用のコーヒーなのかもしれない。結構口に残る味だ。アビアラさまいつもこんなの飲んでるんだ。大人ー。

「さて、そろそろレポートも上がるわ。そうしたら明日の材料の仕込みをして、……そうだ、納期《のうき》までまだ余裕があるけど、ポーションの注文が入っているのよ。それの材料の仕込みもできるところまでやっちゃおうかしら」

「お、お休みにならないのですか？」

「時間は有限《ゆうげん》よ。やれるときにやれることをやるべきだわ」

「しかし、そのお体では効率が悪いのでは？　効率が良いときに作業し、悪いときは目いっぱい休んだ方が良いのではと存《ぞん》じます。でないと、そのお体で一日かけて行った作業を、もとに戻って行

ったら一時間で終えることができた、みたいな虚《むな》しいことになりかねないと存じますが……」

私の言葉にチビアラさまが渋い顔をした。彼は私を振り返って、ジト目で私を見やる。しかし、私は間違ったことを言ったつもりはない。ただ見返すと、彼は「はーーっ」と長くため息をついた。

「あなた、意外と辛辣《しんらつ》よね。いいわ。休むけど……。じゃあマリー、折角《せっかく》私の世話係になってくれたんだし、なにか暇《ひま》つぶしに面白い話をしてちょうだい？」

「え」

「そうね、あなたの生い立ちの話で満足してあげるわよ？」

お茶目《ちゃめ》に小首を傾げて笑ってみせるチビアラさま。ええ、ハードル高いなー……。

チビアラさまは、それからすぐにレポートを終わらせて、私と向かい合うように席を用意した。コーヒーを淹れるのに使った小さな机をガーッと片付けて、そこに簡単にお菓子を並べる。片付け方が全ての物を適当に床に置くというズボラを極《きわ》めた感じなのに、机の上に並べられたのが可愛らしいフルーツタルトで、そのギャップに私は少し笑ってしまった。

しかし私の生い立ちかぁ。なにか面白いことあるかな。

「では、僭越《せんえつ》ながら」

まあ話すことは決まっているのだ。私は一礼して話し始めた。

「私は、学者の母と商人の父の間に生まれました」

要は、大学教員の母と営業職のサラリーマンの父の間に生まれた。結構裕福な家庭だったと思う。何かに不自由した記憶はないし、一年に一回くらいは学会発表に行く母について海外に旅行したりもした。習い事をやりたいと言って反対されたことはないし、……いや、学習塾だけは「は？　私

が教えるのに？」と母にすごまれたけど。

「父は昔から世界を飛び回っていて、あまり家には帰ってきません。私は母に育てられました」

「それは、大変だったのね」

「いいえ。母も父も立派な人です。私は愛されて育ちました。何も不自由はありませんでした」

私は自分で言って、そして頷いた。本当に愛されて育ったものだと思う。母は私に色々なことを教えてくれたし、父も帰るたびにたくさんのお土産《みやげ》を持ってきてくれた。私は二人の愛を疑ったことはないし、私も家族を愛している。

あーあ、両親は今頃何をしているんだろうなあ。というか今更ではあるが、そもそも私はどうして異世界に？　あまりちゃんと覚えていないのである。チビアラさまがくすっと笑った。

「へえ、素敵なご両親だったのね。でも、それならなぜ身一つだけでこの国に？」

「分かりません」

私は首を振る。チビアラさまに怪訝《けげん》な顔をされたが、しかし分からないものは分からないのだ。

「私は気づいたら森にいました。そこで奴隷商人に捕まりそうになったところをゴディさまに一億ゴルドで買って助けていただいた次第です」

「ふぅん……」

さくりとタルトを頬張りながら、目を細めるチビアラさま。

「ゴディは確かに私たちと違ってお人好《ひとよ》しの気があるけど、初対面のマリーにポンっと一億ゴルドも出すのは、なんというかちょっと違和感を覚えるわね」

確かに、それは私も考えたことはある。初めて会った私に、ゴディさまはなんであんなに親切に

してくれたのだろう。それとも、誰にでもそうするのだろうか？

「私たちは全員相当高収入《こうしゅうにゅう》だし、中でもゴディは三人の中で一番稼《かせ》いでいるけど、一億ゴルドってそれでも大金よ。一般的な家庭だったらそのお金で何十年暮らせるでしょうね……」

「ゴディさまが一番稼いでるんですか？」

「ええ」

曰《いわ》く、ゴディさまは魔獣討伐《まじゅうとうばつ》に頻繁《ひんぱん》に出ており、これが結構良い収入になるのだそうだ。とはいえアビアラさまとペコさまもすごいらしい。アビアラさまは開発した魔法薬の特許《とっきょ》のようなものを多く持っており、またペコさまは精霊の専門家として特別手当が付くほどなのだとか。

チビアラさまが足を組んで頬杖をついた。ガーネットの瞳をそっと細める。

「なーんか、怪しいのよねぇ。むしろ、マリーに簡単には返せないような負債《ふさい》を背負わせて、この屋敷に縛り付けようとしているみたいよ」

「ま、まさかぁ」

いや、そんなまさか。だって、初対面ですよ？　私なんて普通の人間だし、どこにそんな価値があるというのでしょう。それに二、三年で返済できるって言ってたし。確かにちょっと不自然な点はあるけど、それだけだし。でも、私はなんだかゾワゾワとした感覚を覚えて、誤魔化《ごまか》すようにごくりと再びコーヒーに口をつけた。うーん、酸っぱくて苦くて、口に残る。手放しで美味《おい》しいとは言えないけれど、でも意外とクセになる味だ。タルトとも合うし、悪くない。

チビアラさまも神妙な顔のまま淹れたコーヒーに口をつけて、それから「にがっ」と悲鳴を上げた。もしかして、味覚も子どもに戻っていらっしゃる？　なにそれ可愛い。チビアラさまもそれに

思い至ったのか、恨《うら》みがましくコーヒーの入ったビーカーを眺めている。そっか〜、大人になったら飲めるようになったけど、子どもの頃はダメだったのか〜かわいい〜。

「アビアラさまがどんなお子さんだったのかも、お聞きしても？」

「コーヒーを苦く感じたお子さまだったことは間違いないわ」

そんなにお気になさらずとも。「私が代わりにお飲みしましょうか？」と提案すると、「子ども扱いして……」とギリギリしている。負けず嫌い可愛い。

「まあいいわ。私がどんな子どもだったか、ね。私はまあまあ大きな貴族の家に生まれたわ」

「貴族さま、ですか？」

聞き返す私に、チビアラさまはつんと澄《す》ました顔をする。

「もう独《ひと》り立ちしたから私に家名はないんだけどね。教育は厳《きび》しかったわ。しかもうちは兄弟が多いの。お互いに蹴落とし合って、泥沼《どろぬま》の戦いよ」

「た、大変なのですね……その中で、アビアラさまはグランドに？」

「ふふ、そうよ。我が家から輩出《はいしゅつ》されたグランドは私が初めて。我ながら鼻が高いわね」

髪を払ってドヤ顔を披露《ひろう》してくれるチビアラさま。確かに、それはご家族もさぞ鼻が高いだろう。グランドの宮廷魔法使いになるのがどれだけ大変なことなのか、私には分からないが、稀有《けう》なことは確かだ。さぞ名誉なことだろう。チビアラさまも感慨《かんがい》深げに目を細めた。

「目を潰した甲斐《かい》もあったものよ」

「目、ですか？」

思わず聞き返す。あれ、目ってトラブルで潰されたわけじゃないんだ？　私はきょとんとチビア

ラさまを見た。チビアラさまも、片方だけの目を丸くしてきょとんとしていた。しかし彼は、すぐに私が何を想像しているか察したらしい。眼帯を撫《な》でながら、気まずそうに口を開いた。

「あー……。一般人には理解し難いかもしれないんだけれどね？　一時期魔法使いの間で流行《はや》ったのよ。目を潰して、そこに魔石《ませき》を仕込むのが」

魔石。それは、その名の通り魔力を溜《た》め込んだ石だ。魔法具という魔法が使える道具のエネルギー源として使われたり、単純に魔法使いが魔法行使の際の魔力の足しにしたりするらしい。

「と言っても、正統派な強い魔法使いが取る手段じゃないわね。今では廃《すた》れたし」

「そ、そうなんですか」

チラリと見ると、チビアラさまはフルーツタルトの赤い果肉をかぷりと齧《かじ》っている。丸い果肉が、ぷちゅりと潰れた。

「……でも、当時の私は飛びついたわ。どうしても魔法使いになりたくて」

「ないと、魔法使いになれなかったんですか？」

「ええ」

力強く肯定する赤い瞳に迷いは見られない。……それは、杖魔法が使えないのと関係があるのでしょうか？　チビアラさまはひどく大人びた表情で微笑んでいる。

「これでも、私は相当努力しているのよ？　もちろん、他の人が努力していないとは言わないけれど……。私は今でも、ゴディやペコみたいに自由自在に魔法は使えない。ただ時間をかけて理論を構築することはできるから、それを武器に必死にしがみついてるの」

その表情があまりにも何かを欲しがるような顔だったので、私は疑問を覚えた。彼の顔にあった

のは、大人のアビアラさまからは読み取れることのなかった劣等感《れっとうかん》だった。

「……私からは、あまり違いがあるようには見えません」

「なら覚えておきなさい、マリー。グランドは国が誇《ほこ》る測定《そくてい》不《ふ》能《のう》の魔法使い。通常、宮廷魔法使いはエレメンタリー、インターメディエイト、アドバンスドの三種類に分けられるわ。すなわち、下位、中位、上位。グランドは、その範囲に収めることができない規格外の魔法使いなのよ」

私は頷く。なるほど、グランドは特別枠なのか。

「だから、一口にグランドと言っても実力は結構バラバラだし、そして序列《じょれつ》があるわ」

チビアラさまはどこからか指示棒《しじぼう》の魔法具を取り出した。私も姿勢を正す。お勉強の時間だ。

「グランドは現在十八人いるわ。だから、グランドには序列一位から十八位がいる」

チビアラさまが話しながら、くるくると指示棒の先で円を描いた。すると指示棒の先からふわりふわりとシャボン玉のようなものが飛び出し、私たちの周りをくるくると飛び交い始めた。大きなものから小さなものまで、その数は十八。チビアラさまがぱちんと指示棒で三つ目に大きなシャボン玉を潰す。そこには、きゃらきゃらと笑う小さな妖精のようなものが現れた。

「まず、ペコ。彼はすごいわ。希少な精霊の使役《しえき》魔法の使い手で、歴代でも類を見ない魔力量、通常何十人も集まって召喚《しょうかん》する最上位の精霊を一人で使役できるのは彼くらいよ。序列三位」

ペコさまがすごいことは、以前から聞いてはいた。カリンカやマグ・メルは相当強い精霊らしいし、それらを一人で使役するのは、普通はありえないらしい。知ってはいたのだが、こうして改めて社会的な評価や立場を聞くと、なかなかすさまじいな。

チビアラさまが、今度は七番目に大きなシャボン玉を突《つ》いた。ぱちんとシャボン玉が割れ、ワン

ドがくるくると回りながら現れた。

「次は、ゴディ。彼は序列七位。ペコに比べたら見劣《みおと》りして聞こえるかもしれないけれど、希少でもない杖魔法の使い手で、ここまで上り詰めるのは並大抵のことじゃないわ。中でも彼の一番の武器は転移の魔法ね。接敵戦闘《せってきせんとう》は多分一番強いし、彼はそもそもある実績を評価されて宮廷魔法使いになっていて……まあとにかく、あの歳で普通じゃない伝説をいくつも打ち立てているの」

チビアラさまが「どんな脳みそしてんのよアイツ」と毒づく。ゴディさまとアビアラさまって、仲良いよな。それにしてもゴディさまが七位か。お若いのにすごい。それに、伝説の内容が気になる。今度本人に聞いてみたい。私はチビアラさまを見た。

「では、アビアラさまは？」

「十八位♡」

パチーンとお茶目なウインクと共に、チビアラさまがそう言った。同時に一番小さなシャボン玉が弾ける。現れたのはぷくぷくと泡を吹く大釜だ。……なんとなく、言いたいことは分かったぞ。

「そうね、魔法薬の開発ならあの中で私が一番実績がある。色々と開発しては普及させてきたし、結構すごいんだから。でも実戦の強さが少し……グランドにしては断トツにお粗末《そまつ》なのよね」

悩ましげにため息をつくチビアラさま。でも、魔法薬の開発をたくさんしているならいいんじゃないの？　得意分野が違うだけなのでは？　私はそのまま口を開いた。

「実戦の強さは、そんなに大事なものなのですか？　以前、宮廷魔法使いは研究職だとお聞きしたこともあります。研究職が戦う必要はないのでは？」

「まあ、普段の業務はそりゃ研究が多いけど……でもね、国の有事に動いて民を守るのが宮廷魔法

使いよ。弱い魔法使いなんか、頼れないわ」

ふぅん。宮廷魔法使いって、研究職兼軍人なの？　スーパーマンだな。チビアラさまはふぁさっとポニーテールの尻尾を払った。相変わらずシャンプーのCMのように赤い髪がふわりと広がる。

「何が言いたいかっていうと、私は実力差を埋めるために、目を潰したり、小手先《こてさき》の技を色々使ってるの。大概は褒められたものじゃないから、変なものを見ても気にしないでちょうだい？」

「……はい」

とりあえず、彼が大きなコンプレックスを抱えていることだけは、理解した。

さて、それ以降の時間は、まさしく穏やかなものだった。私とチビアラさまはのんびりとコーヒーを飲み、色々な話をした。チビアラさまが子どもの姿をされているからか、話は幼少期の話や、そこから派生した家族の話が多かった。

一番驚いたことは、この世界はなんと重婚《じゅうこん》が普通にあるらしい。そちらが主流というほどではないものの、一夫多妻《いっぷたさい》も、一妻多夫《いっさいたふ》も、どちらもあるとのこと。アビアラさまのご家庭は、一夫多妻らしい。奥様が三人いて、アビアラさまは第二夫人から生まれたそうだ。残念ながら第二夫人はアビアラさまと妹さんを産んで儚《はかな》くなってしまわれたらしいが、きっとアビアラさま似の美人さんなんだろうな。そしてチビアラさまは、妹さんの話になるとなんか一味違った。

「聞いて驚きなさい。妹は私の兄妹《きょうだい》とは思えないくらい、超美人よ」

「なんと……！」

アビアラさまも尋常《じんじょう》じゃないくらいの美人さんなのに、まさかさらに上……!?　それとも、系統の違う美人さん!?　どちらにしても素晴らしい。是非《ぜひ》お会いしたいと思った。

そして次の日。アビアラさまは、宣言通りに朝には元の姿に戻っていた。小さなアビアラさまもとても可愛らしかったが、大きなアビアラさまも変わらず麗《うるわ》しい。「昨日は見苦しいところを見せたわね」とワッフルのような焼き菓子を差し入れてくれた。そういえば昨日もそうだが、アビアラさまと一緒にいるとお菓子との遭遇《そうぐう》率が高い。アビアラさまってお菓子が好きなのかな？

それからは、特に変わりない。私は毎朝アビアラさまの診察を受け、ゴディさまとペコさまとご飯を食べて、それ以外の時間はメイドとして働いている。

「マリー、ペコ、おはよう。今日の朝ご飯なに？」

「おはよう、ゴディルフェル」

「おはようございます、ゴディさま。本日はパンケーキです。ひき肉と玉ねぎを甘辛に炒《いた》めて、チーズとレタスと一緒にパンケーキに挟みました」

「美味しそう」

ゴディさまがリビングにやってきてワクワクと席についた。ペコさまはすでに席についている。

少し意外なのだが、ペコさまはもともと生活が不規則だったのに、一緒に食事を取るようになったら早寝早起きが得意だった。逆にゴディさまはたまに寝坊《ねぼう》をする。私？　私は前日に夜遅くまでヤってたら寝坊しますが、そういう時はペコさまが朝食も含めて世話を焼いてくれるのでノーカウントです。ペコさまが本から顔を上げてゴディさまを見た。

「……アビアラはあれから経過どうだ？」

「平気だよ。と言ってもアビーはあからさまに弱ったところは見せないからな。表面上は平気だけ

ど、ちょっと分からない」

「……お前に分からなかったら誰も分からないぞ」

メガネを直しながら、難しい顔をするペコさま。私は首を傾げる。

「アビアラさまは、お具合が悪いのですか？」

「いや、多分元気だよ。でも魔法薬って、もともと体のエネルギーを弄るものだから。正しく服用していればいいけど、そうじゃないと負担が大きいんだ。アビーはこの前調合の失敗で小さくなっていたし、あれから体調は大丈夫なのかペコは心配してるんだ」

「そうなのですね。……ゴディさまにしか分からない、というのは？」

「単純に、俺の方がアビーと付き合い長いから」

「そうなのですか？」

ちょっと意外だ。確かにゴディさまとアビアラさまは仲が良い感じがするが、年齢的にはアビアラさまとペコさまの方が近いと聞いていた。ゴディさまは私の疑問を察したのか説明してくれた。

「俺が宮廷魔法使いになった頃、アビーはまだエレメンタリーだった。俺とアビーはその頃からの付き合いだな。ペコはそのあと、アビーがグランドになってからスカウトされてきた」

「そういえば、ゴディさまは九歳で宮廷魔法使いになったと以前お聞きしましたね。では、十年くらい一緒にお過ごしなのでしょうか？　だから仲がよろしいのですね」

「そう、かな？　うん、俺とアビーは仲良いよ。俺はアビーのことをよく知らないし、アビーも俺に同じことを思ってるだろうけど、多分信頼はしてる」

「素敵なご関係ですね」

私の言葉に、ゴディさまもにこっとする。

よく知らないのに信頼している、というのは不思議だが成立すると思う。そもそもいくら仲のいい人も言ってしまえば結局他人だ。私だって、たとえば母のことはよく分からない。母は頭のいい人だ。頻繁に部屋に籠ってはすごい集中力でダカダカとキーボードを叩き何やら資料を作っているのだが、私にはその内容は分からないし、なんでそんなに夢中になっているのかも分からない。けれど、労《いたわ》るために出した温かいお茶に気づいた母が、こちらを向いてほろりと微笑んでくれる瞬間があるのなら、それで私は満足なのだ。

「だからといってペコと仲良くないわけじゃないからな」

「気にしてないが」

私が考えている間に、ゴディさまとペコさまがわちゃわちゃし出した。この二人はこの二人で仲がいい。私は、そういえば聞こうと思っていたことを思い出した。

「話が変わりますが、アビアラさまが小さくなっているときに、グランドの宮廷魔法使いの序列のお話をお聞きしました。ゴディさまが色々と伝説をお持ちだとも」

「あーあーあ――――!!　へーそっかーなるほどー。序列なんて正直当てにならないのに、アビーは意外と気にしてるよなー」

「ゴディさま？」

唐突に腕を組んで不自然に声を上げるゴディさま。ペコさまがじとっとゴディさまを見た。

「……ゴディルフェルは、輝かしい話も多いが無分別にやらかした話も多いな。王子の再来《さいらい》とか」

「やめて、その話は俺の精神にくる。恥ずかしいからやめて」

ゴディさまが前髪の下の顔を赤くして首を振る。ほう、黒歴史ってやつか。なにそれすごく興味ある。しかし、私もそこまで鬼ではない。やめてと言うなら今回は深い追及はやめよう。……機会があればぜひ聞きたいが。私は別の部分について尋ねてみた。

「序列は当てにならないんですか？」

「だって、俺は序列七位だけど一番強いし」

むふーんとゴディさまが頬杖をつく。えらい自信だ。ペコさまは再び本に視線を落とした。

「……開発した魔法薬の数はアビアラが一番だろ。それに伴って論文数も多い。……逆に俺は普段、精霊の調査と仲介くらいしかしない。おそらく普段は一番なにもしていない」

「その分精霊絡みの案件は丸投げされるだろ。結構大きな案件が」

ゴディさまが肩をすくめる。以前の隣国で精霊が暴走した件などはまさにそうなのだろう。

「あと、論文数ならイーリスも出してるけど、変なものばっか開発してたよな？」

「……この前『ゴーレムの巨大化の限界に挑戦してみた』みたいな内容の論文と『マッハ三まで加速する空飛ぶホウキ』みたいな内容の論文を出していたが、あれは何に使えると思う？」

「ロマンしか求めてないなアイツ」

イーリスさんというのはグランドの宮廷魔法使いの一人らしい。探究と開発に命を捧《ささ》げているタイプの魔法使いで、話を聞く限り典型的《てんけいてき》なマッドサイエンティストみたいな人っぽい。でもなんか、論文の内容に前の世界で人気だった動画サイトの企画っぽいエンターテインメント性も感じる。多分愉快《ゆかい》な人なんだろうな。ゴディさまは私に向けて手をヒラヒラさせた。

「まあ、みんな別々の方向に特化してるものを、同じ物差しで測れないだろ。グランドといえどそ

の場にいて役立つかなんて、場合による。ペコとか、精霊いなかったら役に立たないよ」

「反論したいが否定できない」

「俺だって汚染率上がりきったら何もできないし」

「それは、みんなそうじゃないか？」

「いや、アビーは汚染率上がってもある程度ならどうにかすると思うなぁ。魔法薬を作るのに魔力はいるけど使うのにはいらないし、アビーは普段から相当色々仕込んでるし」

そう言うゴディさまの目には、劣等感などはなく純粋な敬意《けいい》があるように見える。へえ。やっぱり、他の人には認められているんじゃないか、アビアラさま。私は神妙《しんみょう》に頷いた。

さて、その日は、食事が終わるとペコさまが私に声をかけてきた。

「……マリー、来週から精霊の調査で長期間出かけることになった。二ヶ月はかかると思う」

私はぱちくりと彼を見上げる。そういえば、以前ペコさまは精霊の調査とかで長く屋敷を空けることがあると聞いたことがあったな。今回のこともそれに類することなのだろう。聞くに、ゴディさまやアビアラさまはすでに知っているらしい。

「承知《しょうち》いたしました。行ってらっしゃいませ」

ひとまず承知した旨を伝えて礼をする私。ペコさまはそんな私におずおずと何かを差し出した。

「ああ……マリー、これを」

「これは？」

見ると、それはブレスレットのようなものだ。細い銀の糸を編み込んだミサンガのような見た目をしている。どことなく、以前に見た遠隔《えんかく》で人と話す魔法の補助具に似ている気がした。うかがう

ように見上げると、ペコさまがはにかむ。

「それを、俺に贈《おく》ってくれないか？」

「？　同じものがほしい、ということでしょうか？」

でも私は財産《ざいさん》がないので、お金をいただかないと買ってこられないぞ。これが何なのかもどこに売っているのかも分からないし、そもそも私はここ半年以上この屋敷から出ていない。お買い物クエストはちょっと厳しいような？

私の質問に、ペコさまはふるふると首を振った。

「いや、今渡したそれを、俺にプレゼントしてくれないか？　それは魔法具なんだが、使用するには互いに贈り合うという行為が必要なんだ。簡易儀式《かんいぎしき》に近いものだな」

「承知しました。では、僭越ながら」

私は一礼するとそのブレスレットを受け取り、少し考える。

プレゼントかあ。今受け取ったものをプレゼントするなんて、特殊なオーダーだ。しかし、贈るという行為が大事ならやりようはある。贈るとは、気持ちを込めて何かを渡すことなので。

「ペコさま、腕を出していただいても？」

「ああ」

差し出された腕に、私はそっとブレスレットをかけた。丁寧に位置を調整して、似合っていることを確認して、私は満足した。でもそれだけだとなんだか味気《あじけ》ない気がしたので、私は最後に大きな手を両手でうやうやしく持ち上げ、手の甲に軽くキスを落とす。ペコさまも私の髪とかによくキスしてくるし、これくらいいいだろう。そして最後に微笑んだ。

「差し上げます。ふふ、お似合いです」

「……抱きしめたくなったんだが」

「へっ？」

顔を上げると、ペコさまはうずうずと何かに耐えるような顔をしている。そのまま体が引き寄せられて、ぎゅうと抱きしめられた。

「……少し違うが、結婚指輪を交換しているような気持ちになった」

「え、ええ？　そうですか？」

「……こうやって、手を取られて」

言いながら私の手を持ち上げるペコさま。肌をなぞるように撫でられて、それからするりとお揃いのブレスレットが私の手にはめられた。

「それから、やたらと手首をくすぐられて」

「それは、位置を合わせていて……」

「最後に、こう」

ペコさまが大きな手で私の手を包んで口元まで引き寄せ、控えめに手にキスをする。微かにくっついて離れる唇と、触れ合う手がなんだかいやらしい。すりすりと指をくすぐられるとそこが熱を持って、変な気分になりそうだ。抱きしめられたままそれをされているので、ペコさまの顔が近い。

顔に熱が集まっていく。

「ほら、似合ってるぞ、マリー」

「……そ、う、ですか」

私は、おそらく真っ赤な顔をしているに違いない。赤みのさした頬を隠したいが、手は片方をペコさまに握られて、もう片方は体ごと抱きしめられていて動かせそうになかった。

「あの、それで、こちらは……？」

「以前、遠隔で話をする魔法があると言っただろ」

「高度な魔法で、グランドと一部のアドバンスドしか使えないという？」

以前ペコさまがその場にいない人と話しているのを見せてもらったことがある。それが、どうしたのだろうか？

「これは、遠隔での会話を簡易的に可能にする魔法具だ。一対一で、一時的にしか成立しない。しかし、贈り合うという簡単な条件を満たせば双方《そうほう》に高度な魔法を必要とせずに会話ができるんだ」

「それは、すごいですね！」

「確か、アビアラが開発したものだ」

私はピクッと反応した。え、すごい。つまりこれは携帯電話のようなものだろう。それをアビアラさまが開発したの？　相当偉大《いだい》な発明なのではないだろうか。

「論文は秘匿《ひとく》されているから詳細は知らないが、アビアラが長く研究を続けている技術の一つを使用して、チームで開発したものらしい。……いや、まあ、技術の話はいいんだ」

仕切り直すようにペコさまが咳払《せきばら》いをした。それから、そっと耳に声が吹き込まれる。

「その、遠くにいる間もマリーと話をしたい。いいか？」

「いっ……い、です、けど……」

言葉を詰まらせながらも頷くと、ペコさまはふんわりと花が綻《ほころ》ぶように微笑んだ。周囲に咲き乱

れる花を幻視《げんし》できそうなほどで、私はくらくらしてしまった。……砂糖でも吐いてしまいそうだ。

コンコンと、扉をノックする。私の装備は、手作りのカップケーキを詰めたバスケットと、ちょっとだけアレンジした髪型、あとはいつものメイド服。ドキドキしながら待っていると、ガチャリと扉が開いた。

「いらっしゃい、マリー。あら、髪型いつもと違うわね。オシャレしてきてくれたの？　可愛い」

扉を開けてくれたアビアラさまは、本日はくしゅっとした可愛い生地のトップスを身につけている。シンプルながらもセンスがいい。けれど彼は、まず私の髪型の違いに気づいてさらりと褒めてくれた。反応が満点すぎます、アビアラさま。私は恐縮ですとスカートをつまんで挨拶《あいさつ》をした。

さて、ペコさまが屋敷を離れてから、一週間ほどが経過した。

私は本日、アビアラさまにお茶会に誘われていた。お茶会と言っても、お茶を飲んでお菓子を食べてお喋りするだけの、気楽《きらく》なものである。アビアラさまはハーブティーを淹れて、他にも何種類かお菓子を出してくださった。テーブルが甘いもので彩《いろど》られ、私のテンションも上がっていく。アビアラさまがカチャリと控えめな音とともに、私の前にティーカップを置いてくれた。

「はい。今日は柑橘《かんきつ》の風味《ふうみ》を加えたブレンドにしてみたの。甘いお菓子と合うと思うわ」

「ありがとうございます。いただきます」

差し出されたティーカップには、淡い黄色のお茶で満たされた中に、アクセントのように輪切《わぎ》りにした柑橘系の果物が添《そ》えられている。そして、ふわりと爽やかな匂いがした。

アビアラさまが、自分の分のハーブティーも用意して席についた。長い足をきちんと揃えて背筋

を伸ばして座るアビアラさまは、様になっている。貴族出身だと聞いてから改めて見てみると、アビアラさまは立居振る舞いに気品《きひん》があると思う。思わず、ほうとため息が出た。

「はい、マカロンやキャラメルも用意したわ。マリーのこれはカップケーキ？　可愛いわね」

「そうです。精霊たちと作りました」

さて、この度のお茶会には今までと違うものがある。私の手作りのお菓子を持参《じさん》したのだ。アビアラさまは昔の出来事が原因で他の人の手作りのご飯は食べられないのだが、なんと彼はそれを治したいらしい。よって、楽しくお茶会をしつつ克服を手伝うために、私が手作りお菓子を持参した次第だった。

「ふふ、美味しそう。じゃああーんして食べさせて？」

「へ？」

思わずキョトンと見返すと、アビアラさまは澄ました顔であーんと口を開けてみせた。私はドギマギしつつ、それではとチョコソースで可愛くハートを描いたカップケーキを手に取る。一口大にちぎるかどうか少し迷って、そのまま差し出した。

アビアラさまはそっと私の差し出すカップケーキに口を寄せる。流れ落ちそうになる長い髪を耳に掛けながら、紅《べに》を引いた口がカップケーキをかじり取った。そして、ゆっくりと咀嚼《そしゃく》する。

「……ど、どうでしょう？」

今食べてもらったものは、「私が」作ったカップケーキだ。私はドキドキしながら彼の様子を見守った。やがて、アビアラさまの喉仏《のどぼとけ》がごくんと上下に動く。飲み込まれたようだ。

「……」

「……ア、アビアラさま？」

「……ちょっと、ごめんなさい」

言うなり、アビアラさまは口元を押さえて小走りで部屋を出ていった。しばらくして、壁を隔《へだ》てた遠くの方から、微かにジャーッと水の流れる音がする。どうやら、今食べたカップケーキを戻してしまったらしい。私はこっそりとため息をついた。

始めからそう上手くはいかないよな。とりあえず、食べかけのハートのカップケーキは食べてしまおう。アビアラさまは、比較的すぐに戻ってきた。

「ふう……。ごめんなさい、せっかく作ってくれたのに。不味《まず》かったとかじゃないの。本当よ。見た目も可愛らしかったし、美味しかったわ。やっぱり癖は一朝《いっちょう》一夕《いっせき》じゃ抜けないわね」

「ご気分はいかがですか？　吐くのは体力を使います。休まれては？」

「いえ、大丈夫よ。気を遣わせて悪いわね。マリーこそ気分は悪くなっていない？」

「問題ありません」

首を振る私に、酷く申し訳なさそうに眉尻を下げるアビアラさま。

優しい人だ。アビアラさまの方が吐いてしまってしんどいと思うのに、私のことを丁寧に気遣《きづか》ってくれている。なにか、私にもっとできることはないだろうか。私は少し考えて、口を開いた。

「あの。私のかじりかけで良ければ、その、私が食べてから、それをアビアラさまが食べるのはいかがでしょう？　私が食べたものならば、安全なのが分かりやすいかな、と」

「……ふぅん？」

アビアラさまはきょとりとした後、柔らかく微笑む。背景にアマリリスが咲き乱れる幻が見えそ

うなほど可憐《かれん》である。

「じゃあ、お願いしようかしら。手間をかけさせるわね、マリー」

「滅相《めっそう》もないです。それに、母も言っていました。人はどうしても大なり小なり他人の手間を必要とするものだから、それならばたくさん助けてもらいなさい。たくさん人に助けてもらった人は、将来たくさんの人を助けられるようになるのですよ、と」

だから私は、今アビアラさまの助けになれるのが嬉しいのだ。アビアラさまは私の言葉に顔を上げて、少ししてから「優しい子ね」と笑った。

というわけで、毒味《どくみ》である。私は粉砂糖の白い帽子を被ったカップケーキを一口齧った。モグモグと咀嚼する。うん、我ながらいい出来だ。甘いけれど、後を引きすぎないさっくりとした甘さ。

そこでアビアラさまは、ふと席を立ち、カップケーキに齧り付くように、私の唇に口付けた。

「ッ!?」

口が重なって、舌が入ってくる。同時に、体の奥でなにかが繋《つな》がったような、妙な感覚がした。

「ん、んむ……!?」

「……ん、ごちそうさま」

気づけば、口の中のカップケーキが攫《さら》われ、口が離れていく。思いがけないことにカチーンと固まっている私を尻目に、アビアラさまは素知《そし》らぬ顔でもぐもぐごくんと飲み込んでしまった。さ、さっきまで私の口の中にあったカップケーキ……!

「うん。口移《くちうつ》しって、衛生的にどうなのと思っていたけれど……悪くないのかもしれないわね」

「な、な……!」

「でも、カップケーキはやりづらいわ。今度はチョコレートとか作ってきてくれるかしら？」

「と、溶《と》かして固めるだけになりますが……」

というか、ツッコむところはそこじゃない。えっ、くち、口移しされた!? 近づかれたときにいい香りがふわっとして、まつ毛がえらい長くて……いやいやいや！ 呆然《ぼうぜん》とする私の口元をアビアラさまは「粉砂糖付いてるわよ？」と拭《ぬぐ》って、そして流れるようにまた顔が近づいてくる。思わずぎゅっと目を瞑《つむ》って身構えた。

「ね、マリー。この後、いいかしら？」

「へっ!? え、も、もちろん……!?」

色っぽく耳元で囁《ささや》かれて、私の声が裏返る。アビアラさまは悪戯っぽくクスッと笑った。というか思わず頷いたけど、この後、するんですね？

お茶会の片付けを手際《てぎわ》よく終えられたアビアラさまは、私をベッドの上で待たせて、小さな箱を持ってきた。シンプルで可愛らしい箱だったが、私は知っている。中に入っているのはいわゆる大人のおもちゃ、アダルトグッズである。アビアラさまとの性交ではまあまあ使用する。

アビアラさまは私の隣に座り、箱を開ける。中には、色々な道具が整理されて入っていた。

「今日は何を使う？」

「……ええっと……」

とりあえず私は、箱を覗いて中身を見る。箱の中身は頻繁に更新され、よく分からない。

「これは、なんでしょうか？」

「クリトリスに使う道具ね。スライムを使ったものよ。じゃあ今日はこれでいいかしら？」

「ど、ど、どんとこい、です」

「あら頼もしい」

アビアラさまが笑って箱から取り出したそれは、小さなものだった。見た目は半透明で小さな球体だ。柔らかそうで、触るとぷにっとしている。よく見ると細かい気泡《きほう》が緩やかに発生しては消えていて、ちょっと綺麗かもしれない。

アビアラさまに「裸《はだか》にならないと色々ぐちょぐちょになるわよ？」と言われて、ですよねと笑いながら私は手早くメイド服を脱いだ。畳んでベッドの横に置き、さあどうぞと手を差し出す。

「自分でつけたいの？」

「えっ、あっ、い、いえ……？」

言われて、私は慌てながら控えめに足を開いた。どういう姿勢でいるのが正解なんだ、これは。

アビアラさまはいちいち狼狽《うろた》える私にクスクスと笑って、「じゃあつけるわね？」と私の太ももに手を添える。ドキドキしながら、私は頷いた。開いた私の足の間へ、アビアラさまの手が伸びる。

柔らかそうな球体がぷちゅっと局部に押し付けられて、すると変化は劇的だった。

「えっ、ぁ、ぅひゃあっ!?」

それはにゅるにゅるとひとりでに動き出して、花芯を包み込んだ。最初は、少しくすぐったいかもという程度だった。私は反射的に足を閉じようとしたが、アビアラさまに太ももを押さえつけられた。バッとアビアラさまを見ると、彼は「どうしたの？」と笑う。どうしたのじゃないですよ……！

柔らかなものが花芯の全体を包み込んで、程よい強さで撫でたり吸ったりしてくる。痛くはない。ただ震えるほどに気持ちいい。

「う、あっ、アビアラさま、これ、これっ」

「きもちい？」

「きもち、いい、ですけどぉ……！」

　全方向から花芯を吸われて、勝手に腰が浮く。思わず球体を取ろうと手を伸ばしても、その手はアビアラさまに掴まれた。取るなってことですね、分かりましたよ……！　でも気持ち良すぎて腰が勝手に逃げるのだ。

　気持ちいいのを逃したくて腰を揺すってみても、剥《は》がしたくて股をシーツに擦り付けてみても、むしろ逆効果だった。もっと隙間なく根本まで花芯が舐《な》め回されるような感覚に、私はますます身《み》悶《もだ》えた。球体だったスライムはいつの間にかドロドロと形を変え表面積を増やし、花芯を中心に秘部全体やお尻の方にまで及んでいる。やがてむちゅむちゅと全体を揉み込まれて、体が勝手にビクビクして仰《の》け反《ぞ》る。気持ちいい、気持ちいい、気持ちいい。イってしまいそう。

「んんんんっ、アビア、さまぁ」

「可愛いわね。しばらく眺めてたいくらい」

「それはヤ、です、やぁんっ」

　眺めてないでなんとかして、という意を込めてぎゅっとアビアラさまの腕を掴んで抱きついた。というか、何かに縋《すが》って気を紛らわしていないとおかしくなりそうだ。ぐりぐりと頭を押し付けて体を震わせる。そうしている間にも、花芯はスライムににゅるにゅると一方的に嬲《なぶ》られていく。

　人に触られてもいないのに、すでに秘部は愛液で濡れそぼっていた。花芯に集中すると、どうもこのスライムはその中に細かな無数の触手のようなものを持っているらしい。その触手でくちゅく

ちゅとどこまでも逃げ場なく揉みくちゃにされているのだ。というかそれを意識したら余計に気持ちよくてダメだ。私はアビアラさまの腕に必死にしがみつく。

「んん、ふああぁ」

「マリー、キスして？」

「ん……」

なぜこのタイミングなのかは分からなかったが、私は言われるがままにアビアラさまの口に吸い付いた。必死にしがみついて、唇を割り開いて舌を突っ込む。アビアラさまも応えるように舌を絡めてくれて、すりすりと表面を舐められるのがまた気持ちいい。

「……ん、ん、れ、ちゅ……」

しばらく私たちはディープキスを続けていた。けれど、急に花芯が一際強く締め付けられて、強い刺激に私は悲鳴を上げた。

「んひゃああっ！」

見ると、アビアラさまが私の股に張り付いたスライムをつんつんと突いている。つつかれるたびにきゅむきゅむと刺激は強まって、私はすぐにキスどころではなくなってしまった。

「ひ、く、んんん……！」

「ふぅん、マリーがこれだけ感じてると、キスでもある程度は浄化するのね……」

アビアラさまは何やら呟いているが、抗議《こうぎ》するように私はトントンと彼の肩を叩く。もう無理、さっきから何度も軽く達してると思う、これは。体がかくかくと震えるのが止まらない。

「アビ、しゃまぁ……ッ」

「あらごめんなさい。じゃあ、今日は向かい合った格好でやりましょうか？　……このまま挿れたら、スライムがナカにも入っちゃうわね？」

「ひう」

アビアラさまは上機嫌に微笑んで、私の体を抱っこした。……そう、アビアラさまって実は結構ニッチというかアブノーマルというか、そんな感じなんですよ。


「はー、疲れたぁー」

夜、私はドサリとベッドに寝転がった。アビアラさまとのエッチは体力を使うのだ。今日より過激な道具を使うこともあるし、満面の笑みで道具をつけたまま放置《ほうち》プレイされたこともあった。「あら、緊急《きんきゅう》の注文だわ。うーん、マリー、一時間くらいかかるけど、いい子で待っていられるわね？」じゃねえんですよ！　せめてローター的なものを外してから行っていただきたい！　イってもイっても止まらなくて、どろどろのぐちゃぐちゃになりましたよ文字通り！

とにかく、今日は早く寝よう。すでに夕飯は食べてお風呂も入って、その他仕事も一通り終えた。あとは、日記を書くだけだ。

日記は、いつだったかこの世界の言葉の読み書きの練習のためにゴディさまに提案されたものである。毎日寝る前に書いて、ペコさまに添削《てんさく》してもらうのがいつもの流れだ。今はペコさまが屋敷にいらっしゃらないが、私の練習なので毎日書いている。ペコさまが帰ってきてからお願いしてまとめて見ていただいてもいいし。私は部屋のデスクに向かった。

ちなみに、私はまだ読み書きが堪能《たんのう》ではないので、時間と概要《がいよう》を簡潔《かんけつ》に書いている。「6時　起床、

6時30分　朝食を作る」みたいな感じ。数字って書きやすいのだ。

「……えっと、朝ご飯の後に髪を結《むす》んで……それで……」

コンコン。

「？　はぁい」

「失礼するよ。マリー、ちょうど日記書いてるね。気づかなかったんだけど、そういえば日記の添削ペコでしょ？　ペコがいない間は俺が添削してあげるよ」

日記を書いていると、部屋にゴディさまがやってきた。ペコさまの代わりに見ていただけるならありがたい。私は「今書き上げますね」と言って部屋の中にゴディさまの椅子を用意した。

「ありがとう。書いている様子を見ててもいい？」

「どうぞ」

私が答えると、ゴディさまは嬉しそうに私の後ろから身を乗り出して日記を覗き込んでくる。触れられそうなほど近くで黒髪が揺れて、その隙間から存外《ぞんがい》近くにある紫色《むらさきいろ》の瞳が見えた。夜の明かりを受けて、瞳はとろりと温かみのある色に染まっている。それが、次の瞬間ぱちりと私を見た。

「日記っていうか、作業記録みたいだな……」

それはおっしゃる通りである。そろそろ文章で書いてみるかーとはペコさまともお話ししていたところだ。ゴディさまはさらりと見えている範囲の日記に目を通して、ふと一点で視線を止めた。

「お菓子作り？」

「はい。そういえばゴディさまはいらっしゃらないときでしたね」

「へぇ？　俺にはないの？」

「ゴディさま、お腹にたまらないからってお菓子そんなに好きじゃないですよね？　まあ、食べたいのでしたら次はゴディさまの分もお作りします」

「うん、食べたい。そうだ、明日買い物にでも行く？　色々材料を売っているところを昔アビーから聞いて……いつも小麦粉のお菓子作ってるけど、他のお菓子も作ってみたくない？」

「みたいです！」

　しゅばっと手を挙げる。そうして、私たちはさっそく次の日にお買い物に行くことになった。

　ちなみに、私は異世界転移直後にゴディさまに助けていただいてから、屋敷の外に一度も出ていない。出る必要がないのだ。職場も借家《しゃくや》もこの屋敷ですので。だから、この世界のお店でショッピングをするのは初めてだったりする。すごく楽しみだ。

　お出かけの前、ゴディさまはローブを着込んでフードを目元が見えないほど深く被った。そういえば初対面の時も深くフードを被っていたかも？　彼は腰のホルダーからワンドを抜いた。

「まあ買い物といっても、俺は転移魔法が得意ですからね。転移するよ、レポーンニグテリトア」

　ふわりとワンドから光の線が走る。次の瞬間、私とゴディさまは見知らぬ場所にいた。

　天幕《てんまく》の張った薄暗い場所。少々アンダーグラウンドな雰囲気の漂う場所であったが、同時に甘い匂いがそこはお菓子関連のものを売る場所だと語っていた。地面には大きな布が敷かれ、その上に所狭しと商品が並んでいる。一見私にはよく分からないものから、大体内容を推測《すいそく》できるものまで、そのラインナップは多岐《たき》にわたった。

「この瓶詰めになっているのは、ドライフルーツ？　こっちはなんでしょう、アラザン？」

「説明書いてあるよ、っと、まだ教えてない文字も多いかも。えっとね、それは柑橘系の果物を乾《かん》

燥《そう》させたもので、こっちは星の刻《きざ》み屑《くず》だって。ちょっとしたおまじないに使える素材みたい」

「なんですかそれ！」

未知の素材に、私は目をキラキラさせながらお店の中を見回す。この天幕の中に、人はそう多くない。よく見てみると、どうやら天幕は隣にもその隣にも連なっていて、ここは商店街っぽいところに軒を連ねるお店の一つ、という感じのようだ。辺りからは、喧騒《けんそう》というほどではないものの、人の話し声が聞こえる。まあまあ賑わっている場所らしい。

「俺がマリーに紹介したかったのは、その半分魔法薬の素材《そざい》みたいなやつじゃなくて……こっち」

ゴディさまが注意深くフードを押さえながら、私を手招《てまね》きした。ついていくと、全体的に甘い匂いが漂うお店の中で、少し独特《どくとく》の苦味も含まれている。この匂いは……。

「もしかして、チョコレートですか？」

「そうそう。昔アビーに溶かして冷やすだけだから簡単よって教えてもらったんだ。匂いが独特だから魔法薬も仕込みやすくて便利なんだって。いや、まあそんな怖い話はどうでもいいんだけど」

見せられたものは、板状《いたじょう》に加工された茶色いチョコレートだった。形は前の世界で売られていたものに比べれば少し歪《いびつ》だけど、お菓子作りには支障《ししょう》ないだろう。

「チョコレートがあるんですね！　いえ、お菓子作りで少し使ったことがあるのですが、板チョコがあるのは初めて見ました。これでもっと色々チョコのお菓子が作れます」

「それは良かった。マリーのお菓子楽しみだな」

ゴディさまがニコニコ笑って、そう言った。それから少しお店の中を見て回って、私は異世界のお菓子素材を冷やかした。前の世界でもお菓子素材は可愛くてテンションが上がるのに、この世界

のお菓子素材にはたまに魔法的なものもしれっと混じっているので余計に楽しい。時間をかけてはしゃいで、満足したところでゴディさまは会計をしに行ってくれた。

それにしても、今までなんとなく食事が美味しいなと思っていたのだが、この世界って結構食文化が発展している。和食や中華とは似ていないが、私の知る限り大抵《たいてい》の洋食メニューがこちらでも食されている。お菓子に関してもそれは同様だ。ケーキに始まり、私の知っているお菓子はほとんどある。砂糖も気軽に買っていただけるので、私はお菓子作りをさせてもらえている。ありがたいことだった。

ゴディさまを待っていると、ふと、ひそひそとした声がするのに気づく。

「バケモノ屋敷の……」

そちらを見ると、ローブを被った二人の男の人がこちらを見ながら話していた。なんだかよく分からないが、あまり好意的《こういてき》な雰囲気ではなさそうだ。私が緊張して身を固くすると、しかしすぐにゴディさまが戻ってきてくれた。

「マリー、お待たせ」

彼はさりげなく私を庇《かば》うような位置に立ち、そして男たちに見えるようにチラッとフードを上げて顔を見せるような仕草をした。押し殺したような悲鳴が聞こえ、あっという間に男たちは去ってしまう。な、なんだったんだろう？

「ゴディさま、あれは……」

気になったので質問しようと、私はゴディさまの顔を見上げた。しかし、続く言葉を紡《つむ》ぐことはできなかった。ゴディさまは一瞬だけ、ひどく冷たい表情をしていたのだ。

「んー、マリーは気にしなくていいよ」

「え、っと、はい、分かりました……」

やや納得がいかないながらも、頷く。あまり追及していい雰囲気ではなさそうだ。

けれど、気になるものは気になる。男たちは、なんでゴディさまのフードの下を見て悲鳴を上げたのだろう。ゴディさまがフードを深く被って顔を隠しているのと、何か関係があるのだろうか？　ヒソヒソと囁く声は私にも向いていて、でも私への感情には哀《あわ》れみが混じっていた、ような？

――差別、されているのかな？　ご主人さまが？　顔を見せて怖がられたということは、まさか顔を怖がられている？　あんなに美人さんなのに？

ふと頭をよぎったのは、『美醜《びしゅう》逆転《ぎゃくてん》』という言葉だった。転移する前によく小説や漫画で見たことがあった設定だ。私にとっての美人さんがこの世界では不細工《ぶさいく》とされていて、私にとっての不細工がこの世界では美しいとされてモテモテ……みたいな物語があったが、そんな感じなのだろうか？　そう考えると辻褄《つじつま》が合うが……。

私はそこで一旦考えるのをやめた。ただ、胸の奥底に違和感はわだかまったままだった。


さて、リクエストをいただいたら張り切ってしまうのが私だ。私は早速《さっそく》チョコレート菓子作りに取り掛かった。今回作るのは、バレンタインデーの定番《ていばん》、生チョコである。

「シュー」

「そうそう。いい感じ。あったためすぎるとクリームが分離《ぶんり》するから、沸騰《ふっとう》する前に止めてね」

私の言葉に、火の小精霊がチロチロと舌を出す。そして花びらのような背ビレを、ゆらゆらと開

閉した。その水エラがだんだんと赤くなり、形を失って本物の炎のようになる。火の小精霊は、たまに集中するときにこの姿を取るのだ。私はそれを横目で見つつ、チョコレートを刻む作業に戻った。刻んだチョコを温めた生クリームと混ぜながら溶かし、冷やし固めれば完成である。

「お疲れ様。あとは冷えるのを待つだけだね。じゃあ待つ間は遊ぼうか。水の小精霊もね」

「ぷくぷく！」

今回はあまり活躍する場面のなかった水の小精霊が、嬉しそうに飛び跳ねた。ぴょんと肩に飛び乗ってくる水の小精霊を撫でながら、私はニコニコと笑った。お菓子作りの待ち時間で精霊と遊ぶのも私の楽しみの一つなのだ。というわけで、私はマグ・メルも呼ぶ。

「おーい、マグ・メルー！　マグ・メルも遊ぶよー！」

けれど、呼んでも待ってもマグ・メルは現れない。

「……？　寝てるのかな？　寝てるかペコさまに付きっきりな時以外は出てくるよね？」

ひとまずしばらく呼んでも出てこないので、私は諦めて火の小精霊と水の小精霊と遊ぶことにした。にしても最近、あんまりマグ・メルの姿を見なくなったなあ。

「お疲れ様。終わった？」

私が精霊とわちゃわちゃしていると、お菓子を作る間リビングで待っていてくださったゴディさまが、声をかけてくれた。私はパタパタと駆け寄っていく。

「一旦休憩です。冷えたらカットして、完成ですよ」

「もし差し支えなければ、俺が魔法で冷やそうか？　一瞬で終わるけど」

「いいんですか？　うーん、ではたまの機会ですし、お願いしてもいいでしょうか？」

任せて、とゴディさまは自信満々に頷いた。私はすぐに冷やしていた生チョコの容器を持ってくる。ゴディさまがワンドを一振りするだけで、容器はひんやりと冷気を纏《まと》った。容器の中の様子を見てみるといい感じに固まっている。すごいと素直に感激すると、彼は「でしょ」とドヤ顔をした。

私はそのままキッチンに戻ってカッティングしてココアパウダーをまぶす。これにて出来上がりだ。

「できました！　では精霊諸君《しょくん》、君たちを味見役に任命《にんめい》します。ここからここまで味見ゾーンね」

私の声かけに、小精霊たちは大はしゃぎで生チョコに飛びかかった。彼らの勢いにふわりとココアパウダーが舞って、小精霊たちの体が茶色く染《そ》まる。おっと、後片付けが大変なことに……！

「賑やかでいいな」

「え、そ、そうですか？」

不意にゴディさまが呟いた。振り返ると、彼は柔らかく目を細めて小精霊たちを見ている。

「ペコがいないと、いつもは屋敷が静かなんだ。ペコ自身はむしろ静かな人なのにね。精霊たちのテンションが全然違って。……でも、今はマリーがいるから、屋敷に残った精霊たちも楽しそうだ」

「そ、それなら、良かったですけど」

後片付けのことを考えてそわそわしている私に、ゴディさまはクスッと肩を揺らした。そして、腰のベルトからまたなめらかに一本のワンドを抜き取り、一振り。光が走って、あたりに散ったココアパウダーは綺麗に消え失《う》せた。「まだ汚れるだろうから、後でまた掛け直してあげる」となんてことないような声が降ってくる。

……う、ゴディさまの魔法がもう一回見られるなら、むしろ小精霊たちには何回でも汚してほしいような。相変わらず、彼は私をワクワクさせるすごい魔法使いだった。

「ありがとうございます。……そうだ、ゴディさまも一口どうぞ。あーん」

「！　……あーん」

せっかくなのでゴディさまにも生チョコを食べてもらいたい。私が生チョコをひとかけらつまんで差し出すと、ゴディさまは嬉しそうにしながら、私の手からパクッと生チョコを頬張った。

「……口の中で溶けて消える」

「美味しいですか？」

「うん、美味しい。でも、やっぱり物足りないな。もっと大きくてもいいと思う……」

「あまり大きいと私の口に入らないですよ」

そもそもこれ口移し用だしな。やはりちょっと小さめな方がやりやすいと思う。頷いていると、ゴディさまがそんな私をジト目で見た。ちょっと責めるような色が乗った瞳。いや、これはどちらかというと興奮しているような。

「……今あらぬ想像をした。マリー、俺えっちな気分になったんだけど」

「え、ええ……？」

「ねえ、今から、ダメ？」

ゴディさまは、たまにこういうことがある。話している時とかに、どこでスイッチが入るのかは分からないが、こうやって誘われるのだ。こういうときは浄化とは関係なくヤりたいんだろう。

しかし、どうしよう。最近お茶会のたびにアビアラさまと道具プレイするから、少し疲れているのだ。なんか最近、一気にアビアラさまとエッチする回数が増えている。私が少しだけ躊躇《ためら》っていると、それを見たゴディさまは少し困ったように眉尻を下げる。

「……もしかしてマリー、乗り気じゃない？」

「……えっと、まあ、そうですね……」

「そっか、分かった。浄化は付き合ってもらうけど、それ以外は無理しないでいいよ」

「むしろマリーが遠慮しないで言ってくれるの、嬉しい」とゴディさまはにやにやした。そ、そう言われると悪い気がしない。ゴディさまは続けた。

「……あと、そっちの方が、頷いてくれた時に興奮《こうふん》する。この子も今えっちな気分なのかーって」

「う、頷きにくくなったんですけど……！」

私が顔を赤くして怒ると、ゴディさまは「マリーかわいい」と目を細めて笑ってくれた。


そういえばここまで触れずにいたが、ペコさまが屋敷を出てから、私にはひとつ習慣ができた。ペコさまが屋敷を出るときに私と交換したブレスレット、あれを常に身につけていること。そして、毎日夜にそれを通してペコさまと言葉を交わすことだ。

通話の方法は簡単。話したいと思ったら、ブレスレットのような魔法具に魔力を流せばいい。でも魔力の扱いを心得ていない私にはできないので、基本的にはペコさまがかけてくださるのを待つ感じだ。通話が繋がるとブレスレットが微かに振動するので、すぐに分かる。

「あ、ペコさま」

《お疲れ、マリー》

「お疲れ様です、ペコさま」

夜、自室にて。私は今日もペコさまと話した。ペコさまたちグランドの魔法使いが使う魔法の通

話では姿も見ることができるようなのだが、このブレスレットでの通話は声しかやり取りができない。それでも、ペコさまの声を聞くことのできる機会は貴重《きちょう》なものだった。
《……変わりないか？》
「はい。今は何日かおきにお菓子作りをしていて、楽しいです。今日は生チョコを作ったんですよ。火の小精霊も協力してくれました！」
今日のことを意気揚々《いきようよう》と報告すると、ブレスレット越しに低く笑う声が聞こえる。ペコさまは声がダントツでセクシーだ。声しか聞こえない状況だとそれが顕著《けんちょ》で、実は私はそういう意味でもこの通話が結構気に入っていたりする。
《……そう言えば、俺が屋敷を出てからだったな、お菓子作りを始めたのは。なぜ、お菓子作りを？》
「それは――私が食べたかったからです！」
ぎゅっと拳《こぶし》を握《にぎ》って答えた。うーん、他にも何か理由があったような気がしたが、忘れてしまった。まあ忘れてしまったならあまり大したことでもないのだろう。それに、私がお菓子が好きなのは間違いではない。ペコさまがまた笑った。
《マリーはお菓子が好きだったのか。じゃあ、俺も何か買って帰るよ。流行りのお菓子とか、探してくる》
「いいんですか？　是非一緒に食べましょう！」
私はニコニコしながら頷く。ペコさまが帰ってくるのが楽しみだ。

温室は、いつ来ても柔らかく明るい。意外かもしれないが、それは雨の暗い日も変わらない。お日様が雲に隠れる日は、ドリュアスが天井に茂《しげ》らせた葉を淡く光らせてくれる。全部が光っているというよりも、ぼんぼりのような光る実をたくさん吊り下げてくれるのだ。よって、温室はいつだって幻想的《げんそうてき》に明るかった。

「やっほードリュアス」

「！　メイドノコ」

私が声をかけると、ドリュアスは長い髪を引きずってもったりとこちらを向き、微笑む。顔は髪に隠れて見えないけれど、なんとなくドリュアスは表情豊かだ。ドリュアスは動けないなりに温室全体の葉をざわざわ揺らして歓迎《かんげい》してくれた。

「メイドノコ、ゴヨウ？」

「うん。アビアラさまとのお茶会に、今度は果物をたくさん乗せたムースとかどうかなと思って。ここにある果物いくつかもらってっていい？」

「キョカ。イマ、アッチ、アカイベリー、アオイベリー、トリゴロ」

「ありがとう。また作ったお菓子持ってくるね」

「ウレシイ！」

葉を揺らして喜ぶドリュアスは可愛い。以前も生チョコを差し入れたら喜んでくれたのだ。

私はドリュアスと手を振って別れ、早速教えてもらったベリーを採りに向かった。その区画は色とりどりのベリーが生《な》っていて、見た目が可愛らしい。持ってきたカゴを置き、私はスカートの膝《ひざ》裏《うら》を折ってしゃがんでベリーを採る。

そしてある程度採ったところで、ふと何かが聞こえる気がした。

「――」

「……？」

一度立ち上がって、周囲を見る。

――なにか、動物の、唸《うな》り声が聞こえるような？　唸り声と言ったら連想するのはクー・シーだが、周囲を見回してもあの緑色の巨体《きょたい》は見当たらない。

「？」

頭《かぶり》を振ったところで、ふと温室の通路の傍《そば》の植え込みに隠れた石畳に隙間があることに気づいた。近づいてみると、なんとそこはひとりでに開いていく。やがてそこには地下への階段が現れた。

「な、なにこれ、知らなかったこの仕掛け……！」

温室に地下室があったのか！　半年間温室には結構頻繁にきていたが、そんな情報は全く知りもしなかった。地下室なんて、冒険の予感である。私はちょっとくらいならいいだろうと中に足を踏み入れた。だって禁止はされていない。

ゆっくりと階段を降りていくと、暗い中にほのかに光る植物が植えられた植木鉢《うえきばち》がたくさんあることに気がついた。少し独特の匂いが鼻につく。これもドリュアスの育てているものなのだろうか？通路は一本道になっているようだ。どこからか、微かに獣《けもの》が唸るような音が聞こえる気がする。私は導《みちび》かれるようにして、植物に淡く照らされた暗い通路を歩いた。といっても、通路はそこまで長くない。すぐに突き当たりにたどり着いた。牢屋《ろうや》のような柵《さく》があって、その先には植物がなくて真っ暗だ。私は、そっと柵に顔を近づけて、その先の様子をうかがう。そして、「それ」と目が合った。

「ひっ！」

「ギャンッ！　ギャンギャンッ！」

暗くてよく見えないが、目の大きな動物だった。たくさんいるらしく、一匹が大きく吠《ほ》え立てると連なるようにたくさんの吠え声が暗い通路を満たした。静かだった地下はあっという間に吠え声が反響《はんきょう》して渦巻《うずま》いて、私は思わずうずくまって耳を覆う。

よく見ると、柵の先にはたくさんの檻《おり》があった。多分そのどれもに動物が入っている。たくさんの目が、暗闇の中でも光って一斉《いっせい》に私を見た。恐ろしくて尻餅《しりもち》をつくが、何とか腰を少し上げる。ずりずりと後退《あとずさ》りながら、私はあることに気がついた。

——全部の目はこちらを見ているが、ひたすらこちらに向かって吠えるものと、不気味なほど静かなものがいる。それがどういうことなのかは私には分からない。ただ、なんだか妙な感覚がした。体の奥で何かが繋がっているような、そんな感覚。

「な、ん、これは……」

「マリー？」

「ッ！」

場違いに涼《すず》しげな声にビクッとして振り返ると、アビアラさまが立っていた。吠え声がうるさいこの異常な空間の中にいても、アビアラさまはまるで廊下で私に会った時のような風体で私を見ている。私は咄嗟に彼に駆け寄った。

「アビアラさま」

「どうしてここに？　ここはマリーには入れないはずなのだけれど」

「ここは……？」

「私の実験動物を置いている場所のひとつなの。……ああ、マリーは今パスが繋がっているし、私に近い魔力を帯《お》びてるから、導かれちゃったのね」

私が、繋がっている？　アビアラさまに近い魔力を帯びている？　アビアラさまが何を言っているのかさっぱりである。私が首を傾げると、アビアラさまは目を細めた。うっそりと、まるで私を見ていないみたいに虚《うつ》ろに微笑まれる。

「動物が気になるの？　これはね、失敗したものと成功したもの」

「失敗と、成功……？」

「ええ、ずっと前からパスの実験をしているの。繋げることだけならできていたんだけど、それを通して命令することができなくて……ようやく数年前に成功の条件が見えてきたのよ」

「そう、なんですか」

パス？　というのはよく分からないけど、そうか、実験動物なら失敗も成功もあるよね……？

私がそうやって無理やり納得したところで、アビアラさまはぽんと私の肩に手を置いた。耳元でそっと彼の声が聞こえる。

「だからマリー、あなたは成功よね？」

「え？」

見上げる。妖艶《ようえん》な笑みを浮かべるアビアラさまから、目が離せない。いつの間にか周囲の吠え声が止《や》んでいる。赤と緑の目がそのままゆっくりと近づいてきて――。

そこで私の意識は途切れた。

ぱちゅんっ、ぱちゅんっ。

暗い地下室では、肉と肉がぶつかり合う音が響いている。ほのかに光を放つ植物に囲まれたその部屋には、一心に動く影があった。ぼんやりと照らし出された肢体はなめらかな白。女性らしく曲線的《きょくせんてき》な体はとろりと汗が伝っていて、そして火照っているのか全体的に紅潮している。その体は、騎乗位で一心に男性器を貪《むさぼ》っていた。

「んッ！　はっ、ああ、ぃ」

「どうしたの？　ドリュアスは薬を焚《た》いて寝かせたし、大きな声を出してもいいのよ？」

悠々《ゆうゆう》と寝そべっている男、アビアラが目を細める。その上で全裸《ぜんら》で腰を振っているマリーが、息も絶え絶えに悲鳴を上げた。

「も、やだっ！　アビアラさま、も、ぉっ、くるしっ」

「あら、マリーが勝手に動いているんじゃない」

「ぃ、ぐ、んんん！　やだ、とめてっ、とまってぇッ！」

「仕方ないわねぇ」

アビアラはゆっくりと上体を起こして、囁く。

「『止まりなさい』」

「ぁッ、ぐ！　ぅううう〜〜〜！」

アビアラの声に、ピタリとマリーの体の動きが止まった。けれどもそれは、必ずしもマリーに安息をもたらしたわけではない。マリーは何かに耐えるように体を震わせた。それは所謂寸止《いわゆるすんど》めとい

うもので、先ほどからマリーは何度もこれをされていた。

「落ち着いた？　じゃあ、『動きなさい』」

「やぁッ！　あああああッッ」

じゅぷ、とまた体が一人でに動き出す。またなすすべもなく快楽に身が沈《しず》められていく。それなのにイくことができない。マリーはとうとうボロボロと涙をこぼし始めた。

「もぅむりっ！　ムリですッ、しんじゃぅ、やだ、あああああッ!!」

「大丈夫、このくらいじゃ死なないわよ」

「おかしくなっちゃ、壊《こわ》れちゃいますッ！　はげしッ、んひっ、ぃ、しょこグリグリダメぇッ！」

マリーの言葉とは反対に、体はぐりぐりと気持ちいいところを抉るように動く。まるで自分の体じゃないみたいなのに、気持ちよさだけが暴力的にマリーに叩きつけられていた。イかせてもらえない辛さと、高められ続けられていく終わりのない快感。もはや恐怖でしかない。マリーはぐしゃぐしゃに泣きじゃくる。けれど感情とは裏腹に、マリーの体はただもっともっとと絶頂を求めて動いていた。

「かわいいわね。ちょっと小さいのだけが心配だけれど、それ以外は理想的な人形だわ。危ないから歯と爪は取っちゃいたいところだけど——ゴディとペコに気に入られてるのが厄介《やっかい》ねえ……」

「はーっ、はーっ」

「そうそう、優秀ね。奥、気持ちいい？」

「あッ！　んぅ、しょこ、ダメ、んぁあッ！」

「開発すればどこでも感じられて、とってもいい子。ね、マリー？」

「はっ、ンッ！　ぁふ、あ、にゃぁあッ」

ぞりぞりとアビアラの性器が蜜壺の中を丁寧になぞり上げていく。その刺激は丁寧に丁寧に子宮に伝わって、マリーはビクビクと大袈裟《おおげさ》に体を震わせた。マリーのナカがもっともっと媚《こ》びるようにアビアラを締め付けている。今、子宮の入口を優しくトントンされたら、マリーはイって戻ってこられなくなってしまうと思った。それだけ高められた快楽がお腹の奥を満たしている。今にも決壊しそうに重たく揺蕩《たゆた》っている。同時にすりすりとお腹を撫でさすられて、いつもならくすぐったいだけの刺激なのに、それだけでマリーの腰はガクガクと浮き上がった。秘部からは愛液がとぷとぷととめどなく落ち続けている。体はとうに自分の意思では制御できないほどに発情し切って、マリーは雌犬のように腰を振りたくった。

蹂躙《じゅうりん》されたい。屈服しきって、奥の奥まで我が物顔で入り込まれて、舐め回されて、突き回されて、めちゃくちゃにされたい。もう、もう、イかせてほしい。

「そうそう。欲しいわよね？　ずーっと入れっぱなしにして、ずんずん突かれて、頭馬鹿になっちゃいたいでしょう？　ここ、いっぱいにしてほしいわよね？」

「ちがッ、ゃだぁあぁッ！　くる、も、くるし！　も、イきたぃぃ！」

「うん。でも、まだだーめ。はい、『止まりなさい』」

「や、止めちゃ、止めちゃやだぁッ！」

「イきたい止めてイきたいしんどい」と泣き叫ぶマリーに、アビアラはクスクスと笑った。

「そろそろ、いい仕上がりね。じゃあマリー、私ももうイきたいし、『絶頂と同時に気絶なさい。そして次に目覚めたとき、あなたは温室で用事を終えたところよ』」

「――ッ」

マリーはその声にビクンと体を震わせた。絶頂したのだ。かはっと息が止まり、叫び声すら出てこない。しばらく、マリーの体は激しい快感に耐えきれないというようにガクガクと震えた。それから、ふっと力尽きたように倒れ込んだ。アビアラはそれを見届けると、何事もなかったかのようにマリーの体を持ち上げる。くったりとされるがままの体は、まさに人形のようだ。

「……まあ、あと少しってところかしら」


気がつくと、そこは温室だった。私はカゴを持っていて、そこにはベリーがたくさん入っている。

――そうだ、私は温室にお菓子の材料を採りに来ていたのだった。いけない、ぼーっとしていた。

「どうしたの？　マリー」

「あ、アビアラさま」

振り返ると、アビアラさまがいる。彼と温室で鉢《はち》合《あ》わせるなんて珍しい。アビアラさまが薬草などを採りに温室へ来ていることは知っていたが、私がここに来る時はあまり彼とはタイミングが合わないのだ。私は心配をかけないように笑って言った。

「あはは、ごめんなさい。なんか、分かりません。次のお茶会に使う果物を採りに来たのですが……ボーッとしちゃって」

「そうなの？　心配ね。熱は……」

不意にアビアラさまが近づいてくる。顔からふわりと香水のいい匂いがして、それから、コツンと額が当たる。わ、顔が、顔が近いです、アビアラさま。というか、近くで見るとすごくまつ毛が

長い）ああ、本日もお美しい。まつ毛まで赤みがかかっているのか、アビアラさまは。ドキドキとしているうちに、顔は離れていった。

「……うん。熱はなさそう。でも心配だから、ちょっと診察しましょうか」

「ダメよ。そうやって、気づいた時には手遅れになる病気もあるんだから。ほら、いらっしゃい」

「はぁい」

おそらくアビアラさまの心配しすぎだとは思うのだが、心配されるのは悪い気がしない。私はアビアラさまについていく前に、ドリュアスにお礼を言おうとした。けれど、振り返るとドリュアスは長い髪だけ垂《た》れ流して、幹のウロの中で丸まっている。

「あれ、ドリュアス？　寝てるの？」

「疲れているんじゃないかしら？　ペコは今屋敷を空けているし、魔力の供給《きょうきゅう》がいつものように受けられないから、節約しているんでしょう。たまに見るわ」

「そうなんですね」

そういえば、マグ・メルも最近は寝ているのか姿を見ない。やはり契約しているペコさまがいないと動きが鈍《にぶ》くなるのだろうか。私はふわふわした足取りでアビアラさまについていった。

なお、診察の結果は何もなかった。一安心である。

五章　なにか、おかしい、ような

最近私には、悩みがある。

「……あれ？」

白い紙面を前に、私は首を傾げた。最近の私って、なんというかこう、物忘れが激しくないか？

別に普段はそうでもないと思う。というか、別に不自由なこともないし、気にならないんだよな。ちょっとぼーっとしたりするだけで、普段の生活に支障はない。けれども、日記をつけている時に、それはひどい違和感《いわかん》を私に与えてくる。

「また、空白？」

ころりとペンを机に放り出して、私は唸《うな》った。私は毎日、日記をつけている。日記には時間と、行ったことを記録している。けれど、最近日記に書いた作業時間と、体感の作業時間が合わないのだ。それは記憶の中に虫食いがあるみたいにぽっかりと空白の時間になる。

何かが、おかしい。その時間に私は何をやっていたのだろう。結構長い時間なのに、その時間まるまる記憶が抜け落ちたかのように何も思い出せない。私の記憶の中で、空白の時間の初めと終わりは自然に繋《つな》がっていて、その瞬間に勝手に時計だけ進んでいたと言われても納得してしまうほどなのだ。しかし、後から日記に書き出してみると、確実にそこに空白の時間が存在する。

「ん〜？」

私は再び唸った。マグ・メルの悪戯《いたずら》という線はありえる。ありえるが、しかしそれだとどこかで破綻《はたん》するはずだ。時計だけ進めたりしたら実際の時間と時計はズレていくのだから。

それに彼は最近ずっと寝ているのか、姿を見ていない。マグ・メルは悪戯をしたときこそ呼べば意気揚々《いきようよう》と出てきてさらに揶揄《からか》おうとしてくるので、呼んでも出てこない今はあまり悪戯をしているとは思えない。とすると、なぜ？

——外には要因がないなら、答えは一つだ。多分、私がおかしい。

「ゴディさまか、アビアラさまに相談するか……」

とりあえず体のことだし、アビアラさまの方がいいかな？　次の朝の診察を待つと、私は多分このことを忘れてしまう。日記を書いている時に「そういえば」と思い出すことを繰り返しているので、今行かないとまた忘れるだろう。相談は即時性が大事だ。そう思って、私は席を立った。

「マリー！」

「ゴディさま？」

二階から降りようと階段へ向かうと、リビングにちょうどゴディさまが駆け込んできたところだった。彼は私を見るなりニパッと無邪気《むじゃき》に微笑《ほほえ》む。まるで幼い男の子が自分で捕まえたカブトムシを誇《ほこ》らしげに自慢してくるみたいな顔で、ちょっとドキッとする。彼はそのままパタパタと私のもとまで駆けてきて、頬《ほお》を赤くして興奮気味に捲《まく》し立てた。

「マリー見て見て！　ラッキースケベの魔法を構築してみた！」

「ラッキースケベの魔法⁇」

なんだって⁇　あまりのパワーワードに目が点になる。ゴディさまは、そんな私ににま〜っと目を細めて悪戯っぽく笑った。

「ラッキースケベ、前の食事の時にマリーが教えてくれただろ。まあとりあえず、今かけるからちょっと見てよ！」

そうして、ワンドが振られた。

ゴディさまは、こんな感じでたまに杖《つえ》魔法を開発して私に見せてくれる。大抵はぬいぐるみを踊らせるとかの遊び要素の多い魔法で、私のために見せてくれているのだろう。

ちなみにペコさま曰《いわ》く、通常新たな呪文の開発には年単位の時間がかかるらしい。さらに開発した魔法を人間にかけるには、テストにテストを重ねて短くてもさらに一年はかかる。決して彼のように、一晩で開発して人にかけてみるものではないらしい。

「ケスラベッキー！」

光の線が、私とゴディさまを撫《な》でて消えていく。そして、次の瞬間である。

ズルっ。

「きゃっ……!?」

「あ、やべ」

私はゴディさまと話していたとき、まだ二階から降りる階段の途中にいた。それがいきなり、足が滑《すべ》って階段から落ちそうになる。ゴディさまはギョッとして私を受け止めようと手を伸ばした。

そして——お察しください。

「いたたぁ……あっ」

「お、おお、結果オーライ……？」

私とゴディさまは見事に階段の下でもつれ合っていた。ゴディさまはしっかりと私を受け止めてくれた。しかし私のスカートは捲れ上がっているし、ゴディさまの手が私の胸をガッツリと揉《も》んでいる状態になっている。今更胸の一つや二つでどうこう言うようなことはないが、これは確かに典型的なラッキースケベの構図であった。それに加えて、ゴディさまの膝《ひざ》が私の秘部にダイレクトに当たっていて、もぞもぞ動くとあらぬところが擦《こす》れてしまう。なんとか体勢を戻そうとすればするほど、こりゅっと花芯や胸の先端が刺激されて——これは、まずい。

「——っ」

「いやー、成功してよかった。これ、転んだ拍子《ひょうし》に結構複雑に人の体が絡み合うし、デリケートなところにピンポイントで当たらなくちゃいけないわりに、転ぶって衝撃あるでしょ？　骨折とか打《だ》撲《ぼく》とかしないように、術式に気を遣ってて……？　……マリー？　もしかして、イッた？」

「～～ッ、あ、ゴディ、さま、手、動かさぁッ～～！」

「なんか、すごい敏感になってない？　可愛《かわい》いけど、どうしたの？」

私の様子がおかしいことに気づいたのだろう、呪文が成功して得意げだったゴディさまの表情はすぐに気遣わしげなものになった。けれどもやがて、私が勝手にもがいて勝手に気持ちよくなっているのを見てとって、彼はすぐにムラムラしたような顔になる。

「……ふぅん？　そういう反応されると、悪戯したくなるな」

「待っ、ダメっです！　んっ」

「……どうしたの？　俺は立ち上がろうと足を動かしてるだけだけど？」

「ひぅ……！」

目を細めて意地悪な顔をしながら、ゴディさまは膝ですりすりと私の秘部を擦ってきた。同時にいやらしい手つきで胸を揉まれる。布越しの刺激が、なんだかいつもよりもずっと強烈だ。すぐに絶頂まで追い詰められていく。あれ、あれ、私、こんなに感じやすかったっけ……!?

「ご、でぃ、さま、やっ、もっ……！」

「マリぃー？　ちゃんと言ってくれなきゃ分からないんだけど？」

「あっ、ダメって……！　ん、ぁ、……っ！　も、ゴディさまの、ヘンタイ!!」

「いだッ！」

必死になるあまり、思わず振り回した手が何かに当たった。同時に聞こえるゴディさまの悲鳴。見ると、どうやら私がゴディさまの頭を殴ってしまったらしい。ザッと血の気《け》が引く。

「ご、ご、ごめんなさい！」

「……いや、いいよ。俺こそ悪戯してごめん。……じゃあ、話を真面目《まじめ》に戻そうか。なんか、様子がおかしいな。どうしたの？」

頭をさすりながら、ゴディさまは身を引いてくれた。な、殴ってしまってすみません……！

ちょうど良かったので、私はアビアラさまに相談しようと思っていたことを先にゴディさまに話すことにした。どうせどちらもに話そうとしていたことだ。ゴディさまは私の話を聞いて、怪訝《けげん》そうに首を傾《かし》げた。

「記憶の抜け？　それはどんなとき？　共通点を探そうか」

「どんな——」

考えようとして、「あれ？」と思う。記憶の端《はし》に赤い髪がチラつく。そして、私はその共通点に気がついた。あれ、まさか、でも。

「アビアラ、さまの、」

「アビーの？」

「い、いいえ、勘違《かんちが》い、かも」

首を振る。そんなまさか。あり得ない。疑うのも失礼だ。それに、ゴディさまはアビアラさまと仲がいいから、滅多なことを言ったらご気分を害されるかもしれない。ぐるぐるしていると、ゴディさまは不意に真剣な声で私の名前を呼んだ。

「マリー」

「え、は、はい……」

「勘違いでもいいから言った方がいい。どっちにしろ、勘違いかどうかは今のマリーには判断できないんじゃないか？　俺も一緒に考えるから、教えて」

宵闇《よいやみ》の瞳が、そうして私を見る。私は、促《うなが》されるようにして恐る恐る口を開いた。

「……ア、アビアラさまの、……その、日記を見ないと分からないですが、勘違いの可能性が高いですが、……記憶が抜ける前か後に、アビアラさまが、いる、ような……」

「…………、あー」

結果として、私の言葉に対するゴディさまの反応は、要領を得ないものだった。あー、とは？

「…………いや、うん。俺もそんなまさかと思うし、決めつけてかかるわけにはいかないけど、まあ、らしくはある」

「らしくはある」

「聞く限り、あり得るのはマグ・メルの悪戯か病気かその他か、……そして、アビーか」

「……」

「マグ・メルは俺も最近見ていないし『ない』と思う。病気ならアビーが気づかないとは思えない。その他は俺たち以外の誰かが屋敷に侵入してるとか呪いとかだけど、侵入者はクー・シーや俺が気づけるし、呪いはなにか心当たりある？　そもそも屋敷には結界が張ってある。グランドの魔法使いレベルじゃないと、侵入も呪いも無理だ。それにこの屋敷に用事もないのに近づく奴とかいないしな。……とすると、まあ、ねえ」

心臓が嫌な音を立てている。「そんなまさか」しか今の私にはない。でも、もしもアビアラさまが私に何かをしていたら？　なぜ？　なんのため？　全然分からない。ゴディさまは静かに続けた。

「アビーにはさ、決闘では俺が絶対勝てるし、なんでもありのゲリラ戦でも俺は分《ぶ》が悪いだけで負けるとは思わない。でも、それは戦うことが前提だから勝てるんだ。アビーの本領は、入念な仕込みの上で、そもそも戦いに持ち込まないで一方的に殺すことだから。アビーが敵に回ってたって気づいた時には、相手は死んでるんだ」

え、こわ。暗殺者じゃん。こわ。

「だから、もしもアビーがマリーに何かしてるなら、マリーが気づかなかったのは道理だし、むしろよく気づいて相談してくれたね。多分、アビーは俺とペコを警戒してるから、俺たちは手遅れになるまで気づけなかったと思う」

「は、い。…………いや、でも、まさか」

だって、だって、信じられない。自分で言っておきながら、そんなのは違うと思う。アビアラさまはあんなに優しくしてくれているのだから、そんなはずは——。

　そもそもこの話自体、私の勘違いかもしれないのだ。それなのにそんな曖昧《あいまい》な不安をアビアラさまのせいにしてしまうなんておかしくて、根拠がなくて、でも得体の知れない不安がどっと私の胸を支配する。そう、これは、不安だ。そんな私に、ゴディさまは静かに微笑んだ。

「……日記、見に行こうか」

　そうして、私たちは日記のある私の部屋へ向かった。ゴディさまは私から日記を受け取ると、パラパラとページを捲《めく》り、おもむろにペンを出して印をつけ始めた。シャッシャッと白い紙の上をペンが走る。日記の空白を私が書いた本文とは異なる色で埋めていく。まもなく、その作業は終わった。ゴディさまが日記を両手で持って、バララララーっと全体に目を通す。そして頷《うなず》いた。

「うーん、これは、見事に俺が仕事に出ているときだな」

　どうやら、そういうことらしい。

「つまりこの空白の時間、俺は屋敷にいなくて、おそらくアビーは屋敷にいる。そもそも空白が出来だしたのって、……ほらここ、ペコが屋敷を空けてからだ」

「う、うそ……」

　否定したくて、私は緩慢《かんまん》に首を振った。そもそも現状で気になっているのは、私の記憶が曖昧で記録に空白があることだけだ。異常ではあるけれど、悪いことをされているなどと断定できない。私が拙《つたな》くそう訴《うった》えると、ゴディさまは悲しそうに微笑む。

「マリーの言いたいことは分かる。確定要素なんかないに等しい中で、アビーを悪《あ》し様《ざま》に言うのは

すごく失礼だ。でも、同時に、記憶がないのってマリーが思ってるよりも相当危険なことだよ。しかも一回じゃない。普通にしてたら起こりえない」

「……そう、ですが、」

「……だから、まあ、確定、としておこう」

ゴディさまが神妙に言った。

「確定、ですか？」

「アビーがマリーに何かしている、と確定しておこう。そう想定して動かないと、もしも本当にアビーがマリーに何かしていたら、誤魔化《ごまか》されて手遅れになる。……もし勘違いなら、一緒にちゃんと謝って、お菓子を作ってアビーのご機嫌取りしようか」

ゴディさまが「俺お菓子作れないけど」と苦笑いする。それは知ってます。

「はい。……ゴディさま、ありがとうございます」

「うん。ただ、まあ、怖い話をして申し訳ないんだけど、」

そう前置きして、ゴディさまが話し出す。

「アビー、アビーかぁ。……俺、正面切っての戦いなら圧勝する自信があるけど、ちょっと、それ以外でアビーに勝つのは……んー、いや、いや待って、今のなし」

すーはーと深呼吸するゴディさま。それから、彼は表情を引き締めて真《ま》っ直《す》ぐに私を見た。

「マリー、絶対に守るから」

前髪の合間からアメシストが私を見る。けれどそこには、少しの怯《おび》えが混じっているような。

「……勘違いだったら、恥ずかしい奴って笑って」

そう冗談めかして、ゴディさまは即座にその怯えを隠した。

「というわけで、まずアビーがマリーに何をしているかを突き止める必要がある」

「はい」

「……うー、そこからまず『詰み』なんだけど……」

へにょりと、ゴディさまは情けなく眉尻《まゆじり》を下げた。最初から前途多難《ぜんとたなん》である。

「魔法薬の痕跡《こんせき》って難しいんだ。むしろ魔法の痕跡を特定するのに魔法薬を使うし、特にアビーは魔法薬のプロだから、俺に見つけられるような痕跡を残してるとは思えない。記憶を読む魔法もあるにはあるけど、マリーはその記憶自体を操作されているだろうし、無駄だと思う」

つまり手がかりゼロってことか。ゴディさまは難しい顔で腕を組む。

「うーん、とりあえず、現状俺が思うのは、そのアビーとのお茶会ってやつが怪しいってことだな。そこで確実に何かしら盛ってる、多分。全部憶測だけど」

確実と言いつつ憶測らしい。

「そもそもこういう案件、もし味方なら即座にアビーに頼む。俺もペコも畑違いというか……そんなの言っても仕方ないんだけどな」

ゴディさまはしばらく唸っていた。腕を組んで俯《うつむ》きがちな姿勢で唸り、はたまた両足を投げ出して背もたれに寄りかかった姿勢でも唸り、そしてやがてカッと目を見開く。

「——直接聞くしかない」

「へっ？」

「いや、短絡的かもしれないけど、本当に俺に打てる手がそれしかない。マリー、ついてきて」

「は、はいっ!?」

言うや否やゴディさまはパッと立ち上がって本館に向かった。アビアラさまを探しに行くのだろう。私は慌ててパタパタとついていくが、だ、大丈夫なのだろうか？

別館を出て、走る。アビアラさまはちょうど本館から出てくるところだった。ゴディさまはそんなアビアラさまに駆け寄っていく。

「アビー！」

「ゴディ？　何かしら……」

「ニィストーステーモルテ！」

「ッ」

間髪《かんはつ》入《い》れずにゴディさまはワンドを抜き放った。光の線がアビアラさまに当たって弾《はじ》ける。アビアラさまは即座に指を鳴らしたが一足遅かったようだ。魔法がかかった後に、彼の周りには薄衣《うすぎぬ》のように煙がまとわりついた。察するにあの煙はアビアラさまの武器に類するものか。

アビアラさまは睨《にら》むようにしてゴディさまを見た。そして私もついてきているのを見てとって、「あら」と薄く笑む。対するゴディさまは、腰のベルトに片手を添えつつ油断なくワンドを構えた。

アビアラさまが、そっと口を開く。

「……ゴディ？　私に魔法をかけたのかしら？　やむを得ない場合を除《のぞ》き、許可なく人に魔法をかけてはならない……常識よ。昔教えたと思うんだけど」

「悪いと思ってるよ、アビー。でもね、アビーも知ってる？　他人の雇っている使用人に魔法を使って害を与えたらいけないんだけど」

アビアラさまは顕著《けんちょ》な反応は示さない。ただ、ことりと首を傾げた。

「――なんの話かしら？」

「発言には気をつけなよ。今の魔法、分かるだろ？　証言の魔法。嘘《うそ》を言ったら心臓が焼けるけど」

「……舐《な》められたものね。そこらの魔法使いだったら問答無用《もんどうむよう》で殺すところよ」

「ごめん。でも、もしアビーが冤罪《えんざい》なら、アビーは真実を答えるだけでいい。害はないよ」

ゴディさまは噛《か》み砕くようにゆっくりと口を開く。

「で、アビー。マリーに何かしてるだろ？　例えば――調教、催眠、意識のコントロール、とか？」

さ、さすがにそれは随分な言いがかりなのでは？　私はうかがうようにゴディさまとアビアラさまを交互に見た。けれど、ゴディさまは至極真剣な顔をしているし、アビアラさまはうっそりと笑っている。そこにはふざけた様子は微塵《みじん》もない。ゴディさまがすぐに鋭く「イエスかノーで答えて」と言った。それでも、アビアラさまは赤い唇を歪《ゆが》めて笑っている。

「――答えはイエス」

ヒュッと私は息を呑《の》んだ。「そんなまさか」という気持ちと「やっぱり」という気持ちがせめぎ合って、目の前がクラクラする。

「ふふ、すごい。ちょっとでも間違ってたら煙《けむ》にまこうと思ったのに、まさか正確に言い当てられるなんて。ゴディに摑《つか》めるような証拠は、何もなかったと思うけど？」

「その通りだよ、何もなかった。非人道的だし、非魔法使いにこんなことするなんて、重罪だよ」

「そうね、悪かったわ。でもゴディ、あなたもこれを聞けば賛同してくれると思うのだけど」

アビアラさまはゆっくりと口を開いた。

「ねえ、マリーのこと、好き？」

「当然だろ」

「可愛いわよね。元気で、従順で、私たちにもよく笑ってくれて、何より浄化効率が良くって――」

歌うようにそう言った後、彼はふと私を見る。赤と緑のヘテロクロミアと視線がかち合う。

「マリーが元気なままだと、いつかいなくなっちゃいそうだと思わない？」

「…………え？」

驚いたのは私だ。いなくなる？　そんなのは……いや、確かにいつか元の世界に帰りたいけれど。

「……考えたことがないとは言わない」

「そうよね。話したことはないけど、ペコだってあると思うわ。でも、私たち、マリーに出て行きたいと言われて『はい分かりました』……なーんて、言える？」

アビアラさまの問いに、ゴディさまは沈黙で返す。アビアラさまは続けた。

「あなたやペコは言うかもしれないわね。マリーのことお気に入りだし、優しいから。でも、その後の浄化はどうするつもり？」

ゴディさまは沈黙を続けている。アビアラさまは笑った。

「だからね、マリーをお人形にしちゃおうと思って」

ぞくりとした。

「そ、それは」

「アビー、俺は嫌だよ。確かにマリーが将来いなくなる可能性はある。俺だってそれは嫌だ。でも、それはこんな方法で防いでいいものじゃない」

これについては、ゴディさまは即答してくれた。ゴディさまは安心させるように私を振り返ったあと、挑発的にアビアラさまを見る。

「自信ないの？　俺はちゃんと話し合いと自分の魅力でマリーを繋ぎ止めておくつもりだけど？」

「は？　自信？」

地を這《は》うような低い声がした。誰かと思ったら、アビアラさまの声だ。私はビクリと震える。彼の明確な怒気《どき》を含んだ声は、多分初めて聞いた。アビアラさまは呆《あき》れたように髪を掻《か》き上げながら、あからさまにため息をつく。

「あんた今まで、相当恵まれた場所で育ってきたのね」

「それは否定できない」

「私たち魔法使いにとって浄化は命綱。分かるでしょ？　ハッ、自信？　話し合い？　魅力とか言った⁉　命綱をそんな曖昧なもので繋ぎ止めておくつもり？　お笑い種《ぐさ》ね、さっさと死ぬわよ」

「アビーこそ、いつまで実家でサバイバルしてるつもりなの？　ここはアビーの実家じゃない。それにこの屋敷にいるのは味方だ。それを間違い続けたら、いつか味方がいなくなる」

「味方、ねえ」

嘲笑《ちょうしょう》まじりに吐き捨てるアビアラさま。ゴディさまはそれに一瞬だけ寂しげな顔をして、すぐにそれを飲み込んだ。

「とにかく、俺は反対。今すぐやめて」

「嫌よ。やめさせたいなら力ずくで頑張ることね」

「へえ、俺を相手に随分強気だね……」

何やら物騒なことになってきた。でも、直接の戦いならゴディさまの方が強いのではなかったか？　それなのにアビアラさまには困った様子がなく、クスクスと笑う。

「あら怖い。どうするの？　今襲いかかってくる？」

「……いや、今はやめておく。どうせ色々対策してるんだろ。準備済みのアビーに無策で仕掛けるほど馬鹿じゃない。でも、マリーの身柄は渡さないから」

「お好きにどうぞ？　私はマリーの扱いは今まで通り、『必要なときに使う』って感じで。ね」

それで話は終わりらしい。アビアラさまは再び指を鳴らしてしゅるしゅると煙をしまい、何事もなかったように温室の方に足を向けた。すれ違う瞬間、私はこのままではいけない気がして、言葉を探してつっかえながら、彼に話しかけた。

「ア、アビアラ、さま、」

「なぁにマリー？」

「な、なぜなのですか。私は、アビアラさまと、仲良くなれたと、思った、んですけど、」

「あら、私とマリーは仲良しよ？」

私の言葉に、アビアラさまはふんわりと微笑む。赤と緑のヘテロクロミアが柔らかな光を灯《とも》して、
私は思わずホッとした。けれど。

「だから、ずーっと一緒にいましょうね？」

続く言葉が示すのは、おそらく拒絶だ。いずれにせよ、彼は私に対するあれそれをやめるつもりがないらしい。ふと、私は自分の体が震えていることに気づいた。

「マリー、おいで。今話しても良いことはない」

「……は、い」

ゴディさまの言葉に、私はぎこちなく頷く。アビアラさまはそんな私たちを見て微笑むと、そのまま温室の方へ行ってしまった。

それから、私とゴディさまはすぐにゴディさまの部屋へと戻った。魔法使いにとって、自分のテリトリーというものは大きな意味を持つらしい。「もう今のこの屋敷、大体アビーのテリトリーだと思った方がいい。俺が保証できる安全地帯は俺の部屋しかない」とゴディさまに言われ、そこに逃げ込んだ次第である。ゴディさまは自分の部屋に入るなり、扉を閉めて何回かワンドを振り、流れるようにボフンっとベッドに飛び込んだ。アビアラさまの前では毅然《きぜん》としていたゴディさまも、実はかなり気を張っていたらしい。

「……まあ、アビーが認めたのは収穫かな。認められなかったら俺としてはお手上げだし。でもこれで確信は得られたし、対立構造にはなった」

ゴディさまがそう呟《つぶや》き、ベッドから顔を上げる。切り替えるように頭を振って、彼はベッドに座り直した。私はその横まで近づいて、首を傾げる。

「確信、得られてなかったんですか？　あんなにハッキリ言ってたのに」

「あんなの当てずっぽうだ。カマかけただけ。俺はこのこと、今日相談されてようやく知ったんだ。アビーも言った通り、証拠も何も摑めてない」

「そう、なんですね……それなのにあんなにハッキリと……」

「うん、ちょっとズルした。まあそれはいいんだ」

ゴディさまがピッと人差し指を立てた。

「とりあえず、早急にペコに助けを求めよう。あとマリーは今日から四六時中《しろくじちゅう》俺と過《す》ごそう。アビーはマリーを人形にするって言った。ということは、まだアビーの企《たくら》みは完了してないんだ。常に結界を張って、警戒体制でいればさすがのアビーもすぐに仕掛けては来ないだろ」

「……あの、でも、ずっとこうなのでしょうか？」

「それはない。アビーはいつか仕掛けてくるし、それにずっとは俺がもたない」

「えっ？」

ゴディさまが、もたない？　私は露骨《ろこつ》に不安な顔をしてしまった。ゴディさまが苦笑して言う。

「汚染率がね、今日だけで相当使ったし、最近ご無沙汰《ぶさた》だっただろ？　結界とか常に張るし、このペースだと一月はもたない。……そもそも俺が極端に短期決戦向きな魔法使いというのもあるけど」

「じょ、浄化、しましょう」

「いや、この状況では隙《すき》にしかならないからやめておきたい。とにかくペコだ。あとはまあ俺にできることをする。マリーには不自由を強《し》いるけど、俺から離れないで」

「も、もちろんです」

ゴディさま曰く、食事排泄《はいせつ》性交の類《たぐい》は総じて分かりやすい隙になるので、臨戦態勢のときは最小限にしたいものらしい。もちろん結界を張ることである程度は安全になるが、アビアラさま相手だとそれも心許《こころもと》ないものらしい。

「アビーは味方なら心強いし、決闘や試合でもそんなに怖くないけど、敵になると超怖いから」

「……あの、アビアラさまは、なんで、こんな……」

私は、答えを求めるようにゴディさまを見た。私はいまだに、アビアラさまがなぜこんなことを

しているのかが分からない。私がいつか屋敷を出て行くことがなぜこんなにも懸念《けねん》されているのか分からないし、アビアラさまがなぜこんな過激な手段を選んだのかも分からない。ゴディさまは「んー」と頬を掻いた。

「俺はむしろ、今納得した気がする」

「何をでしょう？」

「マリーには関係ない話だから、マリーは理不尽に思うかも。でも、うーん、えっとね……」

言葉を選ぶように顎のあたりに手を当てて考えたあと、ゴディさまはゆっくりと答える。

「アビーは、元貴族なだけあって猫被《ねこかぶ》りというか……しかも実家で酷《ひど》い扱いを受けていたからね、誰も信用してないと思うんだ。だから多分、アビーはアビーの事情でマリーを信用できないんだと思う。だから支配下に置きたい、のか？」

言いながら、ゴディさまは頭を捻《ひね》った。どうやらゴディさま自身もしっくりくる説明ではないらしい。しばらく唸った末、彼は首を振る。

「……でも、うーん。俺が、さもアビーを知ってるかのように言うのは違うな。俺はアビーのことなんか全然知らない。ただ、俺の知ってる一番仲良しなアビーは、怒るし、怒るし、……すっごい怒るから。それがなかったのは、まだマリーとは全然仲良くなかったからなんだろう」

「私はさておき、いや、寂しいんですけど。……あの、ゴディさまは、アビアラさまから怒られるんですか？」

「いや、全然。たまに嫌味は言われるけど、あんまり怒られたことないや。俺も仲良くないかも」

「そ、それなのにアビアラさまを信じていらっしゃるんですね」

私は思わずそんなことを言ってしまった。ゴディさまの口振りからは、アビアラさまへの信頼がうかがえる。けれど、言っている内容はなんだかふわふわだ。それが不思議だったのだが、ゴディさまは「確かに……」と呟いて考え込んでしまう。

しかし、ゴディさまは、今度は比較的すぐに顔を上げた。

「……うん、俺は、信用してるよ。アビーはマリーのことが好きだから、こんなの間違ってるって分かるはず。俺はそれを理解してもらうために動く」

落ち着いた声音だ。ゴディさまは自分に言い聞かせるようにそうまとめて、それから私に向けて眉尻を下げた。

「……ごめん。マリーはこんなことされたら、到底アビーのことなんて信じられないと思う。俺も、知らなかったら同じだった。だけど知ってるから」

「何を知っているのですか？」

ゴディさまの瞳が昔日に思いを馳《は》せるように柔らかく緩《ゆる》む。アメシストは淡く深く色を変え、長い懐古《かいこ》を終えて、今の私を映した。そして彼はひどく幼く笑う。

「アビーは……ペコもなんだけど、俺は知ってるんだ。大切な人をちゃんと守り通せる人だって。俺と違ってね。……なんちゃって」

その後は、ゴディさまはずっとひっきりなしに遠隔《えんかく》で会話する魔法を使っていた。魔力が共有されていないので、私には空中の円に話しかけるゴディさましか見えない。けれど、相手はずっと一人の人、ではないようだ。切っては掛け切っては掛け、多分さまざまな人と話をしていた。

「とりあえず、急な呼び出しはしばらくなしにしてもらった。別の魔法使いを充てたし、警邏隊《けいらたい》も

優秀だから大丈夫。あとは、まあ色々」

あまり詳しく教えてもらえなかったが、ゴディさまが話す内容をちらっと聞くに、たくさんの人に今回の件を相談しているのだと思われる。屋敷の中では男子中学生ムーブの多いゴディさまだが、通話の相手によってはすごく畏《かしこ》まったりもしていた。上司だろうか？

彼はシャラっとチェーンのような補助具を操《あやつ》り、空中に一際大きな円を作った。

「さて、じゃあペコに連絡しよう。ここまで連絡妨害は受けてないし、通じるだろ。手を出して」

「手、ですか？」

「魔力を共有しないと、会話している相手の声が聞こえないし姿も見えないから。魔力の共有には色々方法があるけど、その一つが肌同士の接触。どこでもいいけど手を繋ぐのが手っ取り早い」

「なるほど、承知いたしました」

私が手を差し出すと、ゴディさまがそれをするりと握る。程なくして、円の中にはメガネの美《び》丈夫《じょうふ》が現れた。つまりペコさまだ。彼はこちらを見て少し驚いたような顔をした。

にしても、ペコさまって今どこにいるんだろう。ペコさまの後ろの景色が不思議な感じだ。無数の小さな光がゆっくりと揺蕩《たゆた》いながら落ちていくのが見える。それは時々方向を変え、横に落ちたり、斜めに落ちたり。ちょうどスノードームをひっくり返すとキラキラのパウダーがあちらこちらへ落ちていくかのようだった。

「やあペコ、仕事中？　大事な連絡と相談があるんだけど、今いい？」

《……何かあったのか？》

「アビーがマリーのこと人形にしようとしてる」

《……は？》

ペコさまがゆっくりと瞬《まばた》きをする。そしてゆっくりと私を見た。私はぎこちなく会釈《えしゃく》した。ゴディさまが続ける。

「相当周到に用意してるらしくて、全く気づかなかった。少なくとも調教と催眠と意識のコントロールは受けているみたい。専門家じゃないから詳しくは分からないんだけど」

《……人形とは？》

「察するに、浄化能力だけ残して意思を消したい、のかな。マリーが将来いなくなることを心配していたから、そうならないようにしたいんだろう」

《……いつからだ？》

「さあ？　いつから準備してたのかも分からない。でも、ペコが屋敷を出てから本格的に動き出してるのは確かだと思う」

《……間違いないんだな》

「もちろん。アビー本人にも聞いた」

ペコさまは少しの間考え込んでからゆっくりと顔を上げた。

《……すぐに戻る。ただ、今は精霊の空間にいるからどうしても時間はかかるぞ》

「あー、確かにペコの話し方が妙にゆっくりだ。体感時間が結構違う？」

《……そっちに比べたら時間の流れが緩やかだと思う。帰るまで、そっちの時間で四日くらいか》

な、なんだか申し訳ない気持ちだ。私のためにゴディさまは消耗されて、私のためにペコさまも仕事を中断して帰ってくる。もちろん今回のことは私のせいではないけれど、私が大きな要因では

ある。思わず小さく俯いてしまう。けれど、不意にゴディさまが繋いでいる手をきゅうと握り直した。ペコさまに見えないところで、手がにぎにぎと力を込めたり抜いたりしてくる。

「分かった。まあ安心してよ、四日ならなんとでもなる」

そう言って、ドヤっと目を細めるゴディさま。私はそれを見てなんだか気が抜けてしまった。そのまま黙ってゴディさまに身を寄せると、彼は満足そうに頷いてくれる。円の向こうから、《……俺は見せつけられてるのか？》と言うペコさまの声が聞こえた。遅れてクスクスと笑い声が聞こえてきたのは、カリンカの声だろうか。

「あと、契約精霊たちのことで何か違和感はない？　特に最近、マグ・メルの姿を見ない。高確率でアビーは何かしてる」

《……言われてみれば、活動が鈍《にぶ》い。まだゴディルフェルに殴られたのを引きずっているのかと思ったが、さすがに半年も経《た》っているし……確かに、鈍すぎる》

「もしかしたら、アーイーデスの子守唄が屋敷に散布されているのかも。……殴ったのはごめん」

《……あれに謝る必要はない。……とりあえず、マグ・メルはこちらから働きかけて起こしておく。アーイーデスは効果自体は強力ではないから、マグ・メルなら散布されていると分かれば抗《あらが》って起きていることは可能なはずだ》

アーイーデスの子守唄は、精霊の活動を鈍らせる魔法薬らしい。特に、依代《よりしろ》を持たない精霊に働きかける薬なのだとか。依代とは何かと思ったが、そういえば水の小精霊や火の小精霊は元気だった。火や水に寄りついているということなのだろう。ふと、円の向こう、思案《しあん》顔だったペコさまが口を開いた。

《……そういえば、言われて思い出したことがある。アビアラがマリーの出自について調査依頼を教会に出したのは知ってるか？》

「あー、言ってたね。かなり前だ。でも、特にあれから音沙汰《おとさた》ないな」

《……ここまで時間がかかるとは思えない。アビアラが握り潰したな……》

「そうだね。……いや、本当に、そうだね」

間もなく遠隔通話の魔法は切られた。空間を隔《へだ》てているため、あまり長く続けると魔力の消費が激しいらしい。シャラリと補助具を机の上に置きながら、ゴディさまがぽつりと呟く。

「怖いこと考えちゃった」

「ゴディさま？」

「アビー、相当前からこれ計画してたのかも。それこそ、マリーが屋敷に来た直後とかから」

……えっ。私は思わずゾッと自分の腕をさすった。

さて、マグ・メルは次の日合流してきた。

「へ――も――僕ずぅっと屋敷にいたのに気づかなかった！　この僕が！　くぅ、人間はこういうのあるからやめられないんだよねー!!　あの怒る子は特に、もうこれだから！」

マグ・メルは魔法薬を盛られていたらしいのに、なんだか妙にハイテンションである。しきりに「最高」「面白い」「たまんなーい」と騒いでいる。相変わらずよく分からない精霊だ。というか、私は気になる単語があった。

「怒る子？」

「アビーのことだろ」

そういえば、これまでマグ・メルがアビアラさまのことを呼んだところを見たことがない。マグ・メルは基本的にアビアラさまとの接触を避けているのだ。マグ・メルは頬杖をついてニヤついた。

「彼いつも怒ってるもん」

「へえ」と首を傾げる。一年近く一緒に過ごしてきて、私はアビアラさまの怒ったところなんかあまり見たことがなかったんだけどな。しかしマグ・メルのネーミングのセンスもよく分からない。ペコさまが『我が主人』なのはいいとして、私は『かわいい子』だし、アビアラさまは『怒る子』だし、ゴディさまは『謎の子』だし。

「というか、マグ・メルはアビアラさまのこと苦手なんじゃなかったの？」

「苦手だよ。煽《あお》られて仕方ない」

「煽られる？」

聞き返してもマグ・メルは笑うだけだ。結局、よく分からないことが分かった。

さて、私たちはあれから、ゴディさまの部屋で過ごしている。ペコさまに何か命令を受けたのか、移動できる精霊たちはゴディさまの部屋に大集合してきていた。ゴディさまの部屋はそう狭くもないはずだが、精霊たちが集まるとまあまあ手狭だ。それも悪くないけど。

「今思うと、アビーはマリーを孤立させようとしてたのかもな」

《……孤立？》

補助具の描く円の向こうで、ペコさまが腕を組んだ。その肩の上では、寄り添いの仔《こ》が翅《はね》を休めている。しかも、なんだか妙に大きくなっていた。精霊の空間ではよくあることなのだそうだが、

不思議な感じである。尋ねるペコさまの声に、ゴディさまはもっともらしく頷いた。

「最初ペコはマリーのこと怖がってただろ。その時、アビーはマリーをペコに近づけないように、かなりそれとなく誘導していたんだと思う。ただ、それ以上にマリーに疑念を抱かせない必要があったはずだから、誘導しきれなかったんだろう。俺もガンガンゴーサイン出したし、アビーは俺のこと苦々しく思ってただろうなあ」

「なんで、そんな」

「そりゃ、マリーがペコや俺と仲良くなったら、アビーのやりたいことはできなくなるから」

　やりたいこととは、私を人形にするという話だろう。ペコさまが静かにメガネを押し上げる。

《……もう一度確認するが、その人形ってなんなんだ？　やっぱりいまいち分からないんだが》

　ペコさまが怪訝そうに眉を顰《ひそ》める。ゴディさまは肩をすくめた。

「俺も分からない。アビーが言ってただけだし。でも想像はつかなくもない」

《……というと？》

「方法は分からないけど、多分アビーはマリーを限りなく従順にしたいんじゃないか？　求めれば意思なく応じる浄化機構が欲しいんだよ、アビーは」

　体が震える。だって、普通に怖い。私はやっとこの事態の怖さを実感したのかもしれなかった。

「マリーはすごく感じてくれるから。俺たちにとって、この浄化効率は貴重で、正直手放しがたい。ペコが一晩やるだけでほぼ全回復とか、本当にすごいんだ。だから、このままだと、マリーは考えることが何もできないまま、触られたら発情するだけのものにされちゃうんじゃないかな？」

「ひえ……」

思わず小さく声が漏れた。話を聞いていたペコさまが、ゆっくりと口を開く。
《……そこまで見当がついていて、ゴディルフェルが実力行使に出ないのはなぜなんだ？　アビアラとお前が戦えば、お前が負けるはずはないだろう？》
納得いかないようで目を細めるペコさま。それに対して、ゴディさまは肩をすくめて首を振った。少しおどけて見える仕草《しぐさ》だが、そのアメシストの瞳はよく見ればひどく口惜《くちお》しげである。
「それは考えたけど、ここまで大胆に動いている段階ってことは、アビーはそれくらい想定して、多分対策してる。認めたくないけど……負けて終わる可能性が高いとみてる」
《……ゴディルフェルが、アビアラに？》
ペコさまが目を見開いた。全くありえないことでも聞いたみたいな顔。しかし、気持ちは私も同じだ。二人してゴディさまを見ると、彼は複雑そうな顔をしている。
「あのね、アビーを舐めたらダメだ。確かに対面で真っ当に戦えば俺の方が強い。それは絶対だ。でも、今ってフィールド的には『なんでもあり』で、アビーは『俺が襲撃に来る』というシチュエーションに対策をとっているはずなんだ。しかも勝利条件は『相手を倒せば終わり』じゃない。アビーは戦闘に持ち込ませずに俺を無力化する方法を複数用意しているだろうね。……本気で対策とってるアビーを正面から崩すのは、厳しい」
《……奇襲は？》
「だから、奇襲だろうとなんだろうと、俺が武力攻撃に訴えることが、アビーを正面から崩そうとする行為なんだよ。言っとくけどアビーだけ叩《たた》けば勝ちなら俺はいくらでも勝てるからな！　でも、俺がアビー叩いてる間にマリーが害されたら意味がない。アビーはそれくらいやるんだ」

　ちょっと怒ったようにゴディさまが言った。

「俺はこれから、ちょっと呪文開発する」

《……何のだ？》

「ナイショ。うまくいくかは分からないけど、正面突破よりはマシな対策になると思う、多分」

《……ゴディルフェル、アビアラに対しては弱気だな》

「俺は極めて強気に現実を見てるよ」

　ゴディさまが口を尖《とが》らせる。

「今、アビーの得意分野でアビーと戦おうとしてるんだよ？　例えるなら、精霊の使役魔法の対決でペコと戦おうとしてるようなもんだし、魔法決闘で俺と戦おうとしてるようなもんだ」

《……勝ち目なさすぎだろ》

　そうなのか。

「俺本当にやだよ、アビーと敵対するとか。アビーはやることえぐいし容赦《ようしゃ》ないから本当に怖い」

《……お前、昔アビアラと何かあったのか》

「…………………さあ？」

　ペコさまの疑問に、明後日《あさって》の方向へと泳いでいくアメシスト。私とペコさまは顔を見合わせた。

「しかもやましいことがある時の顔してますよ」

《……絶対に何かはあったな》

「ややややましくないし！　健全に人知れず世界の平和を守る戦いだったよあれは！」

　などと言いつつ、ゴディさまは結局詳細を教えてくれなかった。この人も結構秘密多いよな。

輪になったチェーンの向こうでは、寄り添いの仔がもすっとペコさまの顔に覆《おお》い被さった。さっきからペコさまと寄り添いの仔のやり取りが可愛い。ペコさまは円の向こうでわちゃわちゃし、やっとのことで寄り添いの仔を顔から下ろして抱きかかえると、神妙な顔をした。

《……実際、意思だけなくすなんてできるのか？》

「分からん。催眠術なら解けるけどねぇ。少なくとも、俺たちに言ったら確実に反対されるようなことなんだよ。だからこそこっそりやろうとしてたわけだし。多分完了したら何しても手遅れな感じになるんだろうね」

《……話を聞く限り、お茶会で何かしら盛ってるのは確かだと思うんだが……》

「それはそうだろうね。ただ、俺はマリーにお菓子を作らせてたのが気になってるんだよね」

《……菓子を作らせる？》

「人の作ったのも食べられるようになりたいって、アビーがマリーに作らせてたんだって。特に深い意味はない可能性もあるけど、引っかかって」

ゴディさまは思案顔でそう言った。けれど、しばらく考え込んでも思いつくものはなかったのだろう。「ここで俺が考えて分かるものでもないか」とあっけらかんと呟いた。

《……菓子は分からないが、常闇《とこやみ》に落とすのは？　体は眠っているだけだから浄化作用は残る。隷《れい》属《ぞく》ではないが、自律的に動かなくなるという意味では人形という状態は満たしていないか？》

「常闇は、さすがにアビーは知らないと思うよ。俺だってそんなに簡単に知ったわけじゃないし。それに、もし知ってたとしても、アビーに常闇は使えないと思うな。あれは上位精霊であるマグ・メルだから落とせたことで、下位精霊は近づけもしないんだろ？　普通の人間は接触できない。干

渉できるペコがおかしい」
《……まあ、その通りなんだが》
聞くに、ペコさまの契約精霊の中でも、常闇に干渉できるのはマグ・メルとカリンカだけらしい。私の取り込まれかけた色々を常闇から拾ってくるなんて芸当は、そっちに精通したマグ・メルじゃないと無理なのだそうだ。「あれ苦労したんだからねー？」とマグ・メルがふよふよしながら言った。
「じゃあやっぱり常闇の線もナシ。えーでも魔法薬に意思だけなくすのなんてあったっけ。一応さっきから分厚い事典見てるけど、それっぽいのはナシ」
《……俺もお前も専門家じゃないのに分かるわけないだろ。仮に現存する魔法薬を網羅《もうら》できたとしても、アビアラが新たに開発してる場合お手上げだぞ》
「一応、イーリスに相談はしてみたんだけど」
「イーリスさん、ですか？」
どこかで聞いたことのある名前なような。ゴディさまを見ると、彼は解説してくれた。
「俺たちと同じくグランドの魔法使い。アビーは宮廷魔法使いでも開発部ってところに所属してるんだけど、イーリスもそこに所属してるんだ」
《……あいつは同じ開発部でも魔法薬じゃなくて魔法具専門だろ？》
「まあでも、俺たちよりは近い分野だ。というわけで、こちらにお呼びしています」
《……は？》
ゴディさまがシャラリともう一本の補助具を出し、宙に浮かべた。それはすぐに円を描いて、その中に人の姿が現れる。跳《は》ね放題の長ーい三つ編みに、ぐるぐるメガネ、やや不健康そうな青白い

肌。そんな痩《や》せぎすな少女が、もう一つの円の向こうににゅっと顔を出していた。
《やっほほーい！　見えてるー？　私に頼みなんて珍しいね！　悪いね、まだ顔を自然に改造する魔法具の開発はできていないんだ。代わりに目からビームを出すメガネを開発したよ！》
《……開口一番碌《ろく》でもないな》
「相変わらずだよな」
　この少女がイーリスさんらしい。はっちゃけた人だ。同時に思い出した。イーリスさんは、以前動画の企画みたいな論文を出していると聞いた魔法使いだ。なるほど愉快な人である。
「で、イーリス、頼んだこと調べてきてくれた？」
《もちのろんだとも!!　あのアビアラがお人形を作ろうとしてるって話だろ？　腕部と胸部から魔導弾を放てるような人形なら私もとても興味があるとも！　あと脚部をホウキに改造して飛行できてもいいな！　口からビームも夢が広がる！》
《……今すぐ話を戻させろ》
　ペコさまが珍しくドスの利いた声を出す。心なしか銀の瞳もひんやりと冷たい。彼女はそんなペコさまなど意に介さず、くいくいくいくいっと高速でメガネを押し上げ、ドヤ顔をした。
《いやーごめんねー。調査はしてみたんだけど、それっぽいのは特になかったかなー。そもそもそんな明らかに犯罪になるものを大っぴらに開発できるわけもなし。私も昔提案した空中要塞《ようさい》とかは、どこと戦争するつもりだと即座に却下で予算は出なかったよ。とほほ》
「イーリスは今でも十分ギリギリの開発させてもらってるだろ。ゴーレムを巨大化して何に使うんだ。ホウキでマッハ三出して何になるんだ」

《建設と流通と私のテンションに貢献《こうけん》できる！》

「いい加減にしような」

《話を戻せ》

ゴディさまとペコさまから大ブーイング。イーリスさんは《おいおいおい心に余裕のない男はいけませんよー》と煽りに煽り倒したあと、一転して真面目な顔をした。

《代わりに、アビアラの怪しい動きがいくつかあったのを思い出したからそのへんは調べたよ。仕事の早い優秀魔女イーリスちゃんに感謝してね。で、なんか十ヶ月くらい前？　アビアラがグランドの権限で一人の人間の足取りを執拗《しつよう》に消していたね》

「へえ？」

《女の子だと記憶している。実験生物にでもするつもりかとスルーしていたんだけど、今思うと仕込みだったのかもね。ハズレ森の監視カラスからも全てピンポイントに消されていたよ。教会にも何度も問い合わせていた記録があった。浄化効率の高い女性で二十年以内に行方不明になった少女たちのリストを入手したりね。》

イーリスさんからの情報に、ゴディさまもペコさまも考え込んだ。

「その時期、えっと、ペコが汚染率の上昇で倒れたくらいの時期かな。あの騎乗位の……。確かにアビーはなんか忙しくしていたけど……。やっぱり、そんな前から仕込んでたのかアビー」

《アビアラはそういう男さ。目的のためなら何年かかっても入念に仕込みをする忍耐力と執念がある。味方ならこれ以上なく頼もしいんだけど、だからこそ正直敵に回したくないね。彼が本気出せば人間の一人や二人、本当に闇に葬《ほうむ》り去れるだろうからね》

イーリスさんはそう言ってシニカルに肩をすくめた。グランドの魔法使いの同僚にそこまで言わせるなんて、アビアラさまってやっぱり実力あるんだなと思う。それが今は私に使われているのは、ゾッとするけれど。ゴディさまが挑発的な表情をして口を開く。

「なのに調査してくれたんだ？　これはアビーに敵対する行動じゃないの？」

《いやぁ、内密に頼みたいんだけど、ギリエンディさまに声をかけられたのよ。ゴディルフェルに声をかけられたら協力してくれると助かるってね。気にかけられてて良かったね、王子さーん？》

「わああああああそれやめて!!」

ゴディさまが顔を青くしたり赤くしたりしながら叫んだ。よく分からないが見事に返り討ちに遭《あ》っている。イーリスさんはそのようにして一通り騒いだ後、あっさりと両手を広げた。

《とにかく、情報提供としてはこんなもんかな。悪いね、また何か分かったら連絡するよー》

「ありがとう。借りってことで、何かあったら言って」

《わーい嬉しい！　研究が捗《はかど》るぞー!!》

キャーッとはしゃぐイーリスさん。彼女は少しの間幸せそうにブツブツ呟いていたが、ふと私と目が合う。ぐるぐるメガネの奥の瞳が、ぱちりと瞬《また》いた。

《……あ、そうだ、最後に一つ。多分関係ないというか関係性は明らかというか、そう思って言わなかったんだけど、世の中報告連絡相談が大事だからね。一応教えておく》

そうしてイーリスさんは神妙に口を開く。

《なんかここ一年くらい？　アビアラから結構過激なオトナのオモチャの開発依頼を受けていくつか卸《おろ》してるんだけど……えっと、まあなんというか。メイドさん！　えっとマリーちゃん？　グッ

ドラック！　腹上《ふくじょう》死《し》しないことを祈るよ！》

勢いのよいサムズアップ。イーリスさんの言葉に、ゴディさまとペコさまは露骨に動揺した。動揺というか、ソワソワしながら私を見た。……もしかして、ヤりたいんですか？

　私は顔を真っ赤にしてふるふると震えた。

　その日の晩、夢を見た。赤毛の小さな女の子の夢だ。いや、女の子に見えるだけで、男の子なのかな？　蝶《ちょう》よ花《はな》よと育てられていそうな可憐《かれん》なその子は、実際には殴られ、踏みつけられ、酷い暴力を受けていた。首輪をはめられ、体に焼きごてを当てられ、泣き叫ぶ声が耳に付く。同時に、嘲笑うような声と「バケモノ！」と罵《ののし》る声が耳にこびりついた。

　なんでそんなに酷いことをするのだろう。あまりに凄惨《せいさん》で思わず目を逸《そ》らしたくなるほどの有様。けれど、なんだかおかしいのだ。だって、その子に暴力を振るってくるのは、全員同じ父親を持つ、その子の兄弟なのだと、なぜか私には分かっていた。

「――ッッ!!」

　目が覚めた。なんだか酷く恐ろしい夢を見た気がして、私は恐る恐る周囲を見回す。暗い部屋の中には、痛みと屈辱に泣き叫ぶ赤毛の子どもの姿はなくて、私は少しホッとした。

「どうしたの？」

　ベッドの中でぼんやりとしていると、声がする。ゴディさまが起きていた。明かりを落とした暗い部屋で、精霊たちはくうくう寝ているのに、扉の横でゴディさまはワンドを片手に壁にもたれて立っている。前髪の隙間《すきま》から、爛々《らんらん》と紫色の瞳が輝いていた。

「……ずっと、起きていらっしゃったのですか？」

「んー、まあ」

おそらく、いつアビアラさまが仕掛けてきても対応できるようにするための、見張りなのだろう。もしかして、ゴディさまの部屋で過ごし始めてからずっと、ゴディさまは休みなしで警戒してくれているのだろうか。申し訳なくて、少し悲しくなった。

「申し訳ありません。迷惑をかけてしまって……」

「いや？　全然迷惑じゃない。俺はこの程度慣れてるし。マリーの方が、怖いんじゃない？」

「いえ、私は……」

言いかけて、止まる。もちろん怖い。怖いけれど、現実味もないような。私は、今の自分の気持ちがよく分からない。アビアラさまに、私の意思を消されそうになっていると知って、ショックで……多分、ずっとショックで信じられないままなのだ。

「マリーは意外とずっと冷静だよな。普通は怖くてパニックになってても仕方ないと思うけど」

「それは、その、実感がないんだと思います。記憶がないですし。もちろん怖いですが……なんだか、どうすればいいのか分からないのです」

「そうか」

ゴディさまは静かに相槌《あいづち》を打ってくれた。

「あと、あの、アビアラさまがなんでこんなことをしたのかがやっぱり気になって、も、もしかしたら何かやむを得ない事情があるのかもと思うのです……」

「やむを得ないかどうかはさておき、事情があるのは確かだろうね」

ゴディさまの相槌は冷静で、私はなんだか少しホッとした。そして考えてみる。アビアラさまの事情か。パッと浮かぶのは、先ほど見たばかりの夢だった。

「アビアラさまって、虐待を受けていたり、したのでしょうか」

「どうしてそう思うの？」

「えっと……以前から、気になっていたのです。残った魔力回路の不具合のせいで杖魔法が使えなかったり、片方の目が義眼だったり、幼少期は喉《のど》が潰れていたとか。他人が作ったご飯が食べられない、というのも、普通はないことだと思います」

「まあ年を重ねた魔法使いほど体の改造や欠損はあるものだけど、確かにアビーは若いのに色々あるよね。一応俺はアビーの事情については少しだけ知ってるけど……」

「教えてください」

迷わずにお願いすると、ゴディさまは小さく笑って頷いてくれた。

「アビーの実家はね、貴族なんだ。貴族っていうのは、知ってるかな？　一般の家と違って魔法を代々継承している、昔から続く家のことなんだけど……多くの貴族の家は、魔法の継承のために結構非人道的なことが内部でまかり通っていることが多い。アビーの家もそうでね、どうもあそこでは、子どもに魔法による殺し合いをさせて次期当主を決定するらしいんだ」

「そ、そんなことが許されるのですか？」

「許されているというより、貴族って権威を持っていて、なかなか国でも介入できないんだ。アビーの家は、代々兄弟で魔法の腕を磨《みが》いて殺し合って、負けたら殺されて、そのまま存在もなかったことにされるんだとか。アビーはそこで、早々に負けたらしくてね」

「負けたんですか？　でも、アビアラさまは今生きてここにいますよ？」

「運が良かったって昔アビーは言ってた。アビーを負かした兄弟に例外的に生かしてもらえたんだって。その代わりひどく痛めつけられたらしいけどね。喉を潰されたとか、杖魔法が使えないとか、そういうののほとんどはその時のダメージなんじゃないかな」

その言葉に、ふっと先ほど見た夢が蘇《よみがえ》る。赤毛の子が兄弟に虐待される夢。やはり、なんとなくあれはアビアラさまの過去の記憶に近いものなのではないかと思った。ゴディさまが続ける。

「それでね、どうやったのかは聞いていないんだけど、アビーはその兄弟を殺して、なんとか頑張ってのしあがって、それでどうにか生き残ったんだって。俺が知っているのは、そこまでかな」

「……アビアラさまは、ご家族に復讐したいのでしょうか？　だから浄化機構がほしい？」

「まあ単純に考えたらその可能性が高い気がするけど、でも俺には分からないかな。アビーって瞬発的には怒るけど、あんまり長引かせないイメージなんだよな」

「あんまり怒られたことないのに？」

ゴディさまが「あはは、確かに」と笑った。でも話を聞けて、アビアラさまのことが少しだけ分かったような気がした。それでも、分からないことはまだ色々あった。

「疑問は多いです、なんでこんなに強行するのか、なんで私にこだわるのか」

「前者はアビーの目的が全て明らかにならないとなんとも言えないかな。後者は……この前も言ったけど、マリーの浄化効率は俺たちにとっては特別だからな」

「特別？」

「言ってなかったっけ？　普通の人は俺たちのことをあまり浄化できないんだ。いや、ちょっと違

うかな。浄化できるけど、効率が全然違うんだ」

　そういえばそんな話をいつか聞いたような気がする。でも、なんでなのだろう？

「マリーは俺たちのことを、他の人が浄化するよりも一気にたくさん浄化できる。これには色々要因はあるんだけど、そのうちの一つはマリーが気持ち良くなれてるってこと」

「へ？　え、そ、それは、私が特別感じやすいってことですか……？」

「というより、普通の人は怖がって気持ちいいどころじゃないんだよ。最初の時、アビーがしたこと覚えてる？」

　ゴディさまに尋ねられて、一番最初のことを思い出してみる。確か、説明もなく媚薬《びやく》を飲まされた。そして、アビアラさま自身も魔法薬を飲み、姿を変えていて――。

　ピンとくるものがあった。私にとって、あの姿で行為に及ばれる方こそ、「怖くて感じているどころではない」と思うからだ。

「……もしかして、なんか、私の価値観がおかしかったり、します？」

「さあ、それは分からないけど、マリーが妙に俺たちのことを怖がらないのは確かかな」

「怖い……？　その、確かに怖いくらい美人さんには見えるんですけど、」

「少なくとも、俺たちに対して美人さんと表現する人には会ったことがない」

　ゴディさまの言葉に絶句する。

　やはり、これは美醜《びしゅう》逆転《ぎゃくてん》というものでは？　いや、最初に見たあの変化した姿は不細工というよりはバケモノという感じで怖かったんですけど、この世界では逆にあの変化した姿こそが美しく、素のゴディさまたちの姿がバケモノに見えると、そういうことなのだろう。

思い返してみると、以前チョコレートを買いに行った時にバケモノって言われていた。

「そういうわけで、俺たちを効率よく浄化できる子はいないんだ。俺たちにマリーが必要なのは間違いない」

ゴディさまは静かな声でそう教えてくれた。私は、複雑な気持ちでそれを聞く。

美人さんだと思っていたご主人さまたちがこの世界ではバケモノ扱いだったことも複雑だし、今回のアビアラさまの事件はそれが大きな要因になっているのかと思うとさらに複雑だ。

「私が必要と言われても……ちょっと困りますし、そのせいでお人形にされそうになっているなら、勝手ですよね。ゴディさまのお話で、アビアラさまが大変な境遇なのは分かりました……。でも、どんなに話を聞いても、納得はいかないなって思います」

ちゃんと考えたら当然のことだが、どんなに自分が辛《つら》い目に遭ってもそれが他人に害を及ぼしていい理由にはならない。アビアラさまは自分勝手だと思う。それに、このままだととても悲しい。

「私、これでも不安だったんですよ。もちろん自分が人形にされそうになっていたり、このままだと何をされるのか分からないことも不安です。でも、それも不安なんですけど、私はアビアラさまに『私の意思がいらないから消そうとされているんじゃないか』って思って不安だったんです」

今まであんなに優しくしてくれたのに、それも全部嘘だったのかとか、彼にとって私は体だけ差し出していれば良くて、私の考えなんかいらないと思われていたんじゃないかと思うと、怖くて、考えることから逃げだしたい。けれど。

「私、アビアラさまとお話ししたいです」

私は真っ直ぐに顔を上げた。

今更なことだが、私はアビアラさまのお話をきちんと聞けていない。アビアラさまは、私に親切にしてくれた。毎朝診察してくれたし、お茶を淹《い》れてくれたし、冬はハンドクリームを作ってくれたし、何よりいつも気にかけて声をかけたり褒めたりしてくれた。このままだと、それらの全てが私の中で価値のないものみたいになる。まだ私は納得していないのに。

それに、自分の意思がないように扱われることは、しんどいことだ。とてつもないほどの苦痛で、それだけで死んでしまいたくなる。アビアラさまだって、それを知っているはずなのだ。

とりあえず強く思ったことが一つある。私はアビアラさまのことが知りたい。どうするか決めるのはそれからだ。

「俺、マリーのそういうところをすごいと思うよ」

ゴディさまはアメシストの瞳を細めて、私の頭を撫でてくれた。

六章　アビアラさまと決戦、そして

夢を見た。以前も見た、赤毛の可憐《かれん》な子がひどく虐《しいた》げられる夢だ。その子はもうすっかりボロボロにされてしまっていた。体は傷だらけで、何より赤い両目は濁《にご》り切ってなんの色も映していない。その子はもはや殴られても悲鳴すら上げられず、部屋の隅《すみ》に打ち捨てられている様相《ようそう》だった。壊れたお人形のようだ。他の兄弟は、もうその子に目もくれずに談笑している。

「はは、そういえば、アリシア、ますます美人になったよな。そろそろ『競争』に参加できる年齢なのに、全然魔力がなくて魔法もろくに使えないんだろ？　すぐに蹴落《けお》として僕の奴隷にしよう」

アリシア。初めて聞く名前だが、私には不思議とそれがアビアラさまの妹の名前だと分かった。兄弟たちは聞くに堪《た》えない仕打ちの提案をして、アリシアさんを嬲《なぶ》る話で盛り上がっている。その日の晩、兄弟たちは寝静まり、部屋には打ち捨てられたその男の子以外は誰もいなくなった。

ずるり。

不意にその男の子が動いた。ずるずると体を引きずって立ち上がる。人形のようだった二つの赤い瞳《ひとみ》がギラギラと殺意に濡《ぬ》れて、暗い中で爛々《らんらん》と光っていた。その男の子はフラフラの体で室内にあった鈍器を手に取り、部屋を出ていった。翌日、部屋の外から悲鳴が聞こえた。

「兄弟が死んだ！　あのバケモノ顔が、アビアラが殺した！」

とうとう今日、ペコさまが屋敷に帰ってくる。私たちはいつもの通話を行っていた。

《……マリー、体調が悪いのか？》

「ゆ、夢見が悪くて……。アビアラさまの過去の夢だと思うのですが、グロテスクというか……」

「アビアラと共鳴《きょうめい》してるのかな？　人形化が進んでいるのか、ただの副作用なのか分からないな」

ゴディさまが私の背をさすりながら、難しい顔をする。

「俺もちょっとアビーの実家について調べてみたんだけど、アビーの妹さんは無事に家を出られているみたいだね。あと、ご当主様はもう死んでいるみたいだ。今は代替わりして、アビーのお兄さんが当主になっているって」

へえ、アビアラさまのお父さんは亡くなられているのか。ゴディさまがふと顔を上げた。

「話を変えて悪いけど、少し気になることがある。俺、基本的に連絡つくグランドには全員に色々聞いたんだよ。そしたら、シヴロ・ムにはなんか変なこと言われた」

「シヴロ・ムさん？」

「グランドの魔法使いで、呪いの専門家だね」

ゴディさまはこほんと咳払《せきばら》いして声を整えた。

「『私はアビアラとは特別な契約を結んでいるから、彼に関して話せることは少ない。ただ、彼は自分で自分に呪いをかけているみたいな状態だから、解いてあげられたらいいね。君たちには、キスで呪いを解くようなのがお似合いだよ』……って」

《キスで呪いを解く、か。高度な皮肉だな》

「どういう意味なんです？」
「よく分からない。ただ今ので重要なのは、アビーがシヴロ・ムと契約を交わしているってこと」
《だろうな。この件について尋《たず》ねて話せないってことは、何かしら関わっているんだろう。しかも言い方から、アビアラの情報を守るための契約だ。アビアラがシヴロ・ムに何か頼んだのか》
ペコさまがそう言って腕を組んだ。ただ、シヴロ・ムさんは真面目な魔女で、研究しているのは呪いよりも解呪なのだそうだ。他人を害することに積極的になるとは考えにくく、この件に直接関わっているわけじゃないと思われる、と二人ともが主張した。重要なのはアビアラさまがシヴロ・ムさんに解呪を頼んだ可能性が高い、つまり呪いを抱えていた可能性があったことらしい。
《……現状では、何かがある、以上のことは言えないんだがな。……シヴロ・ムの件は心に留《と》めておいて、今は合流のことを考えよう。そろそろ屋敷に着く》
「「待ってました！」」
これは朗報《ろうほう》である。嬉《うれ》しくてうっかりゴディさまと声が被《かぶ》った。
「こほん、じゃあ確認な。とにかくまずは合流。ここまで仕掛けてこなかったってことは、アビーは合流直前に仕掛けてくる可能性が高い。というか、迎えに行こうか？　ペコの合流を待つなんて、先にペコから片付けるつもりだからとしか思えない」
《……マリーはどうするつもりだ？》
「別行動は絶対ない。新魔法をかけた上で一緒に行く」
《新魔法？　ああ、開発するって言ってたな》
ペコさまは少し考え込んだ後、首を振る。

《……迎えはいい。マリーを結界から出す方が良くない。ただ、合流前にできることはしておこう》
「分かった。でも、迎えに出るわけじゃないなら新魔法はまだやめておきたい。この呪文は、一定の時間魔法薬を受け付けなくなる呪文だ。体には悪いから連発は避《さ》けたい」
「体に悪いんですか？」
「うーん、詳しく検証《けんしょう》できてないけど、乱用すると体や心の成長が止まる危険があるかも……」
ゴディさまの言葉に私はビックリした。なにそれ、絶妙に怖い。
「先日開発を始めて今朝完成したばっかりの隠し玉だ。でもこれだと不安が残る。ペコ、もうひとつ、仕込んでおきたい」
《……いや、どれだけ警戒しているんだ。今朝完成したばかりの隠し玉があって、さすがのアビアラでもどうにもできないだろ》
「いいや、アビーは俺の考えや能力をある程《てい》度《ど》把《は》握《あく》してる。もしかしたら、信じたくないけど、この呪文のことも対策立ててるかもしれない」
《……アビアラを過大評価しすぎでは？》
「念には念を入れて、入れすぎってことはない。絶対に。仕込むだけ仕込んでおきたい」
《……分かった。具体的には？》
「それは――」
そのしばらく後、通話は切られた。あとは合流するだけだ。
「あれ、イーリスから連絡だ」

しばらくして、ゴディさまに連絡がきたようだ。チェーンが円を描くと、その向こうにはグルグルメガネに三つ編みの女性がぴょんぴょんと跳《は》ねている。

《やっほーゴディルフェル！　今大丈夫？》

「うん。どうしたの？」

《喜びたまえ！　浄化能力を残したまま人間の意思を殺す手段の心当たりを見つけたよ》

「本当!?」

朗報だ。しかしその時、不意に、腕の中にいた火の小精霊の体がだらりと弛緩《しかん》する。それを皮切りに、部屋にいた精霊たちが急に力尽きたように地面に落ち、その体がそれぞれ消えていった。

「え、ええ？　あれ？　なんで、」

「ウッソだろ。精霊がこんなになるって……信じたくないけど、ペコがやられたかも」

「えっ!?」

ペコさまがやられた？　ゾッとする。さすがに一方的過ぎやしないだろうか。だってペコさまの方にはカリンカがいたはずだ。カリンカの戦うところは見たことがないが、ペコさまの契約精霊の中で一番強いんでしょ？　さすがに、あっという間すぎる。

「それにおかしい。通常、術者が気絶したり死んだりしても、契約精霊に影響《えいきょう》はない。こんな風に無力化されたりしないはず。なのに、これは――」

その時、コツコツとヒールの音が聞こえた。私とゴディさまはハッとして顔を見合わせる。コツ、コツ……とヒールの音は徐々に近づいてくる。

《もしかして、修羅場《しゅらば》かい？》

「たった今めちゃくちゃ修羅場になった。イーリス、ちょっと応援呼んでくれる？　あと、その浄化能力を残したまま人間の意思を殺す手段ってやつ、すぐに解除する方法ある？」

《悪いんだけど、私の仮説が正しいなら簡単に解除する術《すべ》はない。話すと長くなるんだけど、》

「ごめんそれなら今聞いてる時間ない、とにかく応援をお願いします！」

早口で言い、ゴディさまがぶちっとチェーンを切る。私たちはジッと扉を見据《みす》えた。

「……いよいよサスペンス染《じ》みた展開になってきました」

「サスペンスは知らないけど言いたいことは分かる」

言いながら、私を庇《かば》うように前に出て、扉に向かってワンドを構《かま》えるゴディさま。間もなくコンコンと扉をノックする音がする。どちらともなくごくりと喉《のど》が鳴った。

「……」

「……これ、ダメだ」

「え、ダメとは？」

ゴディさまを見上げると、彼は険しい顔で「突破される」と呟《つぶや》く。次の瞬間。

ボコッ！　ガコッ！　とパニック映画のワンシーンのように扉が歪《ゆが》んだ。金属製でもないのに異様な歪み方で、あっという間に扉は扉の役目を終え、最後の一押しとばかりにこちらに蹴《け》り飛ばされてくる。それが一瞬後には急に横から引っ張られたみたいに横に飛び、閃光《せんこう》が幾本《いくほん》も迸《ほとばし》った。

やがて、閃光が止《や》んだ頃、そこにはめちゃくちゃになった部屋と、ちょうど部屋の入り口に佇《たたず》むアビアラさまがいた。アビアラさまはいつかのように煙を纏《まと》っていた。アビアラさまにも私を庇うゴディさまにも傷らしい傷はない。なんか当たったら即死しそうな閃光に見えたんですけど……。

ゴディさまが渋顔《じゅうめん》で呟いた。

「……それ、その煙、もしかして魔法返し？　前に証言の魔法をかけた時は反応しなかったってことは、攻撃魔法に絞《しぼ》って返しの威力上げてるのか」

「正解。かなり強力なやつなのに、さすがゴディね。結界変えた？　いつもの結界だったら抜けて攻撃が通ると思うんだけど」

「こんなこともあろうかと編み直しましたー！　そう簡単に行くと思うなよホント」

「でも、仕込みは済んでる以上、私の勝ちよ」

クスクスとアビアラさまが笑う。ゴディさまは苦い顔でアビアラさまを睨《にら》みつけた後、くるりとこちらを向いた。

「マリーごめん！　クード・テフスィエル」

「じゃ、『おやすみなさい』」

アビアラさまがゴディさまに囁《ささや》くように言った瞬間、ゴディさまの体が力を失って倒れる。同時に、私の体を光の線が覆《おお》った。ゴディさまが魔法薬の効かなくなる魔法を私にかけたのだろう。倒れたゴディさまに慌《あわ》てて近寄ると、彼は意識を失っているようだ。その目は固く閉ざされているが、呼吸はしている。

「ゴディさま……！」

「心配せずとも殺してないわよ。……にしても今、あいつマリーに何か魔法をかけたわね？　……まあいいわ」

アビアラさまが腰のポーチから試験管のようなものを出し、パシャリと扉のあった入り口にかけ

た。一瞬部屋を覆う透明な膜が揺らめいて溶けるような感じになった後、彼はこともなげに部屋に入ってくる。そして私のそばで目線を合わせるようにしゃがんだ。

「じゃ、マリー。行きましょうか？」

荒れ果てた部屋の中で綺麗《きれい》に微笑《ほほえ》むアビアラさまに、私は結構本気で恐怖を感じた。

「『マリー、ついていらっしゃい』」

「ひう」

アビアラさまが不思議《ふしぎ》な響きの籠《こ》もった声でそう言うと、私の体は自分の意思とは関係なく立ち上がり、アビアラさまの後を追って歩き出した。彼は眠ってしまったゴディさまを放置し、部屋を出て廊下を進む。アビアラさまの部屋の方に向かっているのだろうか。

私は足を止めようとするけれど、うまくいかない。まるで深い水中にいるみたいに、体の動きが抵抗を受けるので、私は一旦《いったん》抗《あらが》うことを諦《あきら》めた。この状況は怖いが、ゴディさまのかけた魔法薬を受け付けなくなる魔法があると思えば、いくらかは強気になれる。それに、言葉は普段通りに話せそうだ。だから私は口を開いた。聞きたいことはたくさんある。このまま終わりは嫌なのだ。

「アビアラさま、あの、ご兄弟、……殺したんですか」

まず出てきたのはこれである。アビアラさまは無視はせず、歩きながらこちらを振り返った。

「あら、ゴディから聞いたの？」

「いいえ。夢で……こんなの変かもしれませんが、夢で見たのです」

「……副作用かしら。まあいいわ」

アビアラさまが足を止める。ゴディさまとアビアラさまの部屋は遠くない。もう部屋の前だった。

彼は私を振り返って微笑む。

「殺したわよ。それが？」

「妹さんのため、なのですか？」

「は？　そんなわけないじゃない。あんなグズで泣き虫で甘ったれなの、嫌いよ。――そうね、最後にお茶会しましょうか？」

　部屋の扉が開かれた。ふわりと紅茶の良い香りがする。体の動くままに部屋に入ると、いつものお茶会のようにティーセットが用意されていた。キラキラと輝く宝石のようなお菓子、透《す》き通った深い飴色《あめいろ》の紅茶、綺麗に磨《みが》かれた白いティーカップ。いつも通り、アビアラさまが丁寧に拵《こしら》えてくれたことがよく分かるテーブルセットだ。

「あの、アビアラさま、」

「心配せずとも何も盛ってないわよ。でも嫌なら無理強いはしないわ」

「……いいえ、私もお話ししたいと思っていました」

　いつの間にか体は自由に動くようになっている。私はこちらを振り返って待っているアビアラさまを通り過ぎて席に着いた。アビアラさまはそんな私を複雑な表情で眺《なが》めて、続いて席に着く。私はできるだけ怖がっているような素振りを見せず、ワクワクとテーブルの上のお菓子を見回した。

「わ、これ何ですか？」

「ザッハトルテ。マリーが高級なチョコレートケーキが食べたいって言ってたでしょう？」

「つ、ツヤッツヤ……というか、覚えててくださったのですね」

「もちろんよ。みーんな覚えているわ」

アビアラさまは言いながら、コトリと紅茶を淹《い》れて置いてくれる。私はお礼を言って紅茶に口を付けた。香りが強く、コクのある味。濃厚《のうこう》なチョコレートにも負けず、とても合いそうだ。総合するととても美味《おい》しい。

「……本当に抵抗なく食べるわね」

「すごーく美味しいです。お菓子に罪はありません」

「……いい性格」

アビアラさまが挑発《ちょうはつ》的に目を細めて、クスクスと笑う。……うん、話せそうだ。私は口を開いた。

「……あの、アビアラさま。妹さん、お嫌いなんですか？」

「美人で愛され上手で、自慢の妹よ。魔力もないくせに、あの物騒《ぶっそう》な家で何もせずに無事でいられるのはある種才能ね。羨《うらや》ましいこと」

「は、はあ」

「別に、殺したのは妹のためじゃなかったわ。きっかけではあったけど、虐げられていたのは私自身だし、妹なんかいなくてもいずれやったわよ」

「そう、ですか。ちなみに妹さんはその後？」

「……あんな実家においといて、殺されたり人質にされたりしたら面倒《めんどう》すぎるから、遠くにやったわ。今頃どうしているのかしらね。手紙が来ているから、生きていることは分かるけど」

「読んでいないのですか？」

「読んでどうするのよ、二度と会わないのに」

キョトンとする。二度と会わないだなんて、なかなか強い決め事だ。何か事情があるのだろうか。

「会わないのですか？」

「もともと私と妹はそんなに仲良くないわ。別れるとき、私のことも家族のことも忘れて幸せに生きるって言われたし。いい根性してる、誰のおかげで五体満足で家を出られたと思ってるんだか」

「……もしかして、アビアラさまが家を出る手伝いを？」

「というか、私が全部お膳《ぜん》立てしてやったのよ。住む場所と仕事は用意した。さすがにやってけるでしょ。やってけなくても、もう知らないわ。面倒見きれないし」

……いや、嫌いというわりにめちゃくちゃ面倒見てるじゃないですか。それにあの夢が正しかったら、アビアラさまは妹さんのために立ち上がっている。ツンデレか？　そしてそれは、妹さんに対しても思う。

「……別れ際《ぎわ》に忘れると言われたのに、お手紙は来るのですね？」

「そうね。頭悪いのかしら」

「……いや、違うと思いますけど……ちょっと読んでみません？」

「嫌よ」

「そう言わずに。助けを求めているかもしれませんよ？」

「は？　そんなわけないでしょ。その場合は封筒に印を付けるように言ってあるわよ」

いや、めちゃめちゃ気にかけてるじゃないですか……。私の中でアビアラさまはツンデレという認識《にんしき》が確立した。そんな辛辣《しんらつ》なアビアラさまはなんだか新鮮だったが、親しみやすくもあった。最初は身の危険がありすぎて結構固かった私だが、意外にもお茶会のお喋《しゃべ》りははずんだ。

「そういえばマリー、あんた普段あんまり愚痴《ぐち》の類《たぐい》は言わないけど、どうなのよ。ゴディやペコや

私になにか思うところはないわけ？」

「えっ」

アビアラさまにふとそんな話を振られて、私は悩む。そりゃあ他人と一緒に生活しているのだから不満が全くないわけではないが、いざ聞かれると出てこないものだ。そんな私を見て、アビアラさまは大袈裟《おおげさ》にため息をつく。

「呆《あき》れたいい子ちゃんね。私はあるわよ。まずゴディは面《つら》の皮が厚い。アイツ、マリーが来る前は私が作っておいた料理とかの盗み食い常習犯だったからね。『えへ、ごめーん』じゃねえのよ、可愛《かわい》くも何ともないのよ」

ちょっと衝撃《しょうげき》を受けた。この二人も「冷蔵庫に入れたプリンを勝手に食べた」みたいな喧嘩《けんか》するんですね!?

「ホンット厚かましい」

「ふふ、ゴディさまはちゃっかりしてますよね」

「ペコにもあるわ。アイツ精霊の制御《せいぎょ》ゆるゆるじゃない？　今は精霊除《よ》けで対策してるけど、昔は何回薬品に悪戯《いたずら》されたか！　薬品の精密さ分かる？　粉の一粒水の一滴が変わったら影響が出るってのに。ペコは精霊使いとしては相当よく制御できているけど、それで文句がないわけじゃないわ」

「なるほど」

「あと最近ないけど、浄化サボって倒れるのは本気でやめてほしい。私はお母さんじゃねえのよ自己管理しろ」

「んふっ、わ、分かります……！」

笑いを堪《こら》えながら、私は頷《うなず》いた。というかアビアラさまもそう思っていたのか。言えば良いのに。

「何頷いているの、マリーにも不満はあるのよ。こんな顔の男にぽやぽやふわふわして、もしかして誰にでもこうなの？　とんだ悪女よ」

「あ、悪女ですか」

「……いや、悪かったわ。言いがかりなのは知ってる。マリーは真面目に仕事をしてくれているわ。むしろ浄化だけでも期待以上なのに、メイドとしてもしっかりして。何より、あなたのおかげで最近、屋敷にいて安らぐ。家を居心地の良い場所にするのは誰にでもできることじゃない。上から目線で悪いけど、評価してるわ」

「おお」

辛辣アビーさまから褒《ほ》めてもらった。アビアラさまにはこれまで死ぬほど褒めてもらったけど、リップサービスではなく本気で褒めてもらっている感じがする。私はふと思うところがあって、アビアラさまに顔を寄せた。

「アビアラさまって、ゴディさまやペコさまや私のこと、実は、嫌いです？」

「は？　嫌いなんて言ってないでしょ。どんなに好きな人にも、好きじゃない面はある。私はこの人が好き、どんな面も全て好き♡　だなんて信仰《しんこう》よ、対等な人間に抱くものじゃないわ、気持ち悪い」

「つまり好きなんですね？」

「……いい性格してる。ええ、好きよ。文句が出てくるくらいよく見てるし、文句も飲み込めるくらい一緒にいたい」

「だ、大好きですね……」

「あなたが言わせといて何照れてんの、気持ち悪い」

辛辣である。アビアラさまはため息をついて、「というか恨み言の百や二百でも聞いてやろうと思ったのに、特にないわけ？」と言った。なるほど、この流れはそういうことですか。

「ないことはないですが、時間は有限です。今はそれよりもアビアラさまのことが知りたいですね」

「は？」

「アビアラさまのご兄弟は何人いらっしゃるのですか？」

「……さあ？　私も正確には知らないわ。私が競争に参加する前に異母《いぼ》兄弟は何人か死んでいるでしょうし、私が参加している間も私の知らないところで何人か死んでいるのよ。それに私が家を出たあと、新しく生まれているでしょうし。当主が嫁を何人か取ったって噂《うわさ》も聞いたし」

「アビアラさまのご実家のご当主さま……今はお兄さんですね」

「…………そうね」

一瞬だけ、アビアラさまがゾッとするほど冷たい目をした。しかしすぐにその色は消え去り、彼は頬杖《ほおずえ》をついて半目で私を見遣《みや》る。そんなちょっと雑な仕草なのにどこか優雅なの、ずるいと思う。

「あなたが見た夢は、私が異母兄弟を殺すあたりかしら。私も最近そんな夢を見たし」

「おそらく、そうだと思います。妹さんに酷《ひど》いことをしようとする話をされていて、それで、」

「だから、妹は関係ないって言っているでしょ。普通にあれだけボロボロにされたらされっぱなしでいられるかっての！　やり返して当然よ」

ザクッとザッハトルテにフォークを突き立て、にっこりと綺麗に笑いながらアビアラさまはそう

吐き捨てた。お、怒ってますね。

「は？　あの夢を見たなら分かるでしょ、どんだけ嬲られたと思ってんのよ。チッ簡単に殺さずにもっと苦しめておくんだったわ。あの兄弟の他にもね、人間をなんだと思ってるのかってほど色々されたわ。私の兄弟全員クソよ。競争の性質上仕方ないとはいえね！」

「アビアラさまの目標は、恨みを晴らすことなのですか？」

「は？」

アビアラさまがきょとんと私を見た。私は、アビアラさまに聞きたいことがたくさんある。中でも特に知りたいことがいくつかあって、今から話すのはその一つだ。

「アビアラさまは、たまに成功、失敗とおっしゃいます。それは、目標があるからなのでは？　目標がない中で何かを試みても、その結果が良いのか悪いのかの判断はつかないはずです」

「……」

「アビアラさまの目標は、なんなのですか？」

「……家族を、皆殺しにすること」

随分《ずいぶん》と物騒な答えが返ってきた。あまりにもアビアラさまの両の目が暗く澱《よど》んでいて、私はちょっと怯《ひる》みかける。でも、彼がそう考えるのは分からなくもない気がした。私は夢でちょっとだけアビアラさまの幼少期を覗《のぞ》いたが、あれだけ酷いことをされれば復讐《ふくしゅう》したくなるものなのかもしれないとは思う。……いや、実際どうなのかは全然分からないけれど。

「否定はしないですけど……幸せにはなれなそうですね」

だから私は、外野の人間として思ったことを言った。煽《あお》っているような発言かもしれない。案の

定、アビアラさまは酷く不愉快《ふゆかい》そうに顔を歪めた。どうでもいいけど美人が怒った顔って怖い。

「は？　なにそれ。……幸せ？　幸せって何よ」

「私の場合は、好ましい人と過ごすことでしょうか。ゴディさまとご飯食べたり、ペコさまや精霊たちとお昼寝したり、……アビアラさまとお茶会するのも、幸せでしたよ」

ビクリとアビアラさまが反応した。私は構わず続ける。

「そういう、自分の好きな時間を、一生持ち続けることです。人生短いので、好きだなと思える時間の比率を最終的に多くできると嬉しいですね」

「……は、なにそれ。なによ、それ……」

言いながら、アビアラさまの声が萎《しぼ》んでいく。

「幸せは人それぞれだと思います。アビアラさまが幸せなら否定しません。でも、私とは相容《あいい》れないかもしれません」

「――は？」

その瞬間、ざわりとアビアラさまの雰囲気《ふんいき》が一変した。

ダンッ！　とアビアラさまがテーブルを叩《たた》いた。食器が振動を受けて音を立て、落ち着いた頃に残ったのは腕を振り下ろした格好《かっこう》のアビアラさまだ。俯《うつむ》きがちなアビアラさまの瞳は影になっていて、どろどろと濁って澱んでいる。その瞳が、私を睨み上げていた。

「――今気づいたわ。私、恵まれた奴って嫌い。はあもう、どうしてやろうかしら」

「え、ア、アビアラさま……？」

彼はイライラした様子を隠しもせずに、乱暴に髪をかき上げる。

「能天気能天気能天気、はーもう頭の中お花畑なのね！　人の気も知らずに、お気楽で羨ましいったら。――好きでこんなことやってるわけないだろふざけんなよ」

　そして低い声で、押し殺すように言った。「こっちは、私は、それしかないからやってんだよ」と。私はごくりと息を呑《の》んだ。アビアラさまが怒っている。怒っている男の人は、正直怖い。でも、怒っているってことは、何かに我慢《がまん》しかねて、それを訴えているってことだ。我慢できないってことは、それがその人にとって大事で譲《ゆず》れないことなのだ。だから、これは私が聞きたい話だと思う。

アビアラさまはギッと私を睨みつけた。

「いつまで実家でサバイバルやってるつもりかって？　一生やってんのよやんなきゃ死ぬから！　ふざけんじゃない、ふざけんじゃないわ。相容れないって？　人の幸せは人それぞれって？　は？　こんなんが幸せなわけないだろ、好きで人殺しの準備なんかやってないのよ!!」

　血を吐くような叫びだった。

「好きにやってていいならねえ、私はずーっとお菓子作ってお茶会でもしてるわよ！　人殺し用や洗脳用の魔法薬なんか作らずに好きな薬を作るし、ゴディにもペコにもムカついたら怒鳴り散らすし、好きな女の子には素直に好きって言うわ！」

「え、はい？　え、すみません、真剣な話の最中に恐縮《きょうしゅく》ですがアホなこと聞いていいです？　好きな女の子って、」

「あんた以外いねえだろふざけんなよ!!」

「逆ギレ!?」

えっ、これって告白？　告白ですか？　何気にアビアラさまにちゃんと好きって言われたのは初

めてかもしれない。可愛いならいつも言われるんだけど。いや、状況が状況だし素直に喜べないんだけど、こんなシリアスな時に言われたら場違いすぎて逆にちょっとビックリしちゃうというか。

最後のインパクトが強くて狼狽《うろた》える私とは反対に、吐き出したアビアラさまは少し頭が冷えてしまったのかもしれない。彼はガタリと立ち上がった。

「でも、それはできないから。じゃあさよならねマリー。かわいいお人形さんにしてあげる」

「わ、私には、ゴディさまの魔法がかかってて、魔法薬は効かない、ですよ……？」

「あらそう？　本当にゴディは優秀ね。憎らしいわ。でも大丈夫よ。もう仕込みは済んでるから、今更魔法薬は使わないの」

「……え、」

ヒュッと喉が鳴る。つまりそれは、私にはもう逃げる術がないということだった。

「い、嫌です、それは、」

アビアラさまはテーブルを回ってこちらに歩いてくる。私は逃げるために椅子を引こうとしたけれど、椅子が動かない。ただガタガタと椅子が鳴った。

「残念ね、私も嫌よ。もっとマリーとお茶会したいし、お話ししたいし、エッチもしたいわ。まあ最後のはお人形さんになってもできるか」

「アビーさま私は嫌です!!」

「黙りなさい」

肩を摑《つか》まれ、ビクッと肩が跳ねる。私を見下ろす彼の赤い瞳は、どろどろと底なし沼のように深く濁っていて、義眼の澄んだ緑の瞳とアンバランスだ。

怖い。瞳がどんどん近づいてくる。

「ごめんなさい。謝って許されるとは思ってないけど、悪いとは思ってる。……それに私も嫌だし、一生後悔するでしょう。でも決めてるの。その後悔を一生抱えてでも、私はそれ以上の後悔を回避《かいひ》するために動く」

そうして、何かに塗《ぬ》り潰《つぶ》されるようにくらりと私の意識が遠のきかけた。そのとき。

「悲壮《ひそう》な覚悟だねぇ、涙が出るよー」

「!!」

場を切り裂くように、人を食ったようなどこか場違いな声が聞こえた。私を釘付《くぎづ》けにしていたアビーさまの目が大きく見開いて、彼がガバッと振り返る。

「そんなに睨まないでよ。煽られて困る。ぶっ潰してやりたくなるじゃん」

マグ・メルが、ふわふわとヴェールを揺《ゆ》らして部屋に浮かんでいた。いつからここにいたのだろう。アビーさまがごぎゅっと変な風に息を呑む音が聞こえた。

「感情豊かでみっともない。いつまでも足掻《あが》く決意と葛藤《かっとう》。そしてそれらをぜーんぶ隠す自制心。ああ～おいし――い！　そういうたかーい志《こころざし》を持つぐらっぐらな人間は天魔《てんま》の大好物だよー」

「お前……ッ」

「ペコのオトモダチだから手ぇ出せなくて、それなのに話すたび煽られるからホントーに苦手だったんだぁ。でも今ならいいよねぇ？」

マグ・メルがニヤニヤと笑う。アビーさまは即座《そくざ》に魔法薬に手をかけた。戦うつもりなのだろう。

「ッなぜ？　ペコは落としたし、契約している精霊はみんな……！」

「うん、完璧に落ちてるよ。カリンカまで落とすとかさすがじゃん。僕も落ちてただろうねえ、……契約を切ってなかったら、ね」

「……!?」

アビーさまが限界まで目を見開いた。あまりの驚愕《きょうがく》にすぐ声が出ないのか、はくはくと空気を吐いた後、やっと声が出てくる。

「は、はあああッ!?　あの男天魔と契約切るとか正気!?」

「僕もおかしいと思うよ。気が合うじゃーん」

「うるっさいわね、頭にくる喋《しゃべ》り方しやがって、ちょっと黙りなさい！」

「あは、そーやって時間稼《かせ》ぎして魔法薬で頑張るの？　ざんねーん、今の僕に魔法薬は効かないよ。ゴディルフェルがかけてくれたんだぁ、かわいい子にかかってる魔法と、お　な　じ　や　つ♡」

「ッ！」

アビーさまが「ゴディルフェル、まさかこっちが本命か……ッ」と低く呻《うめ》いた。ギリッと歯が鳴る音がこちらまで聞こえてくる。マグ・メルはそれを見て心底愉快そうに口の端を吊《つ》り上げて笑った。そうしていると、不思議なことに彼はずっと悪魔的だ。

「いい顔するじゃん。あー、このままもうちょっと遊びたいなあ。でも、万が一遊びすぎて負けたりしたら目も当てられないからぁ、じゃ、さよならね？」

次の瞬間、アビアラさまの赤い髪が首元からスッパリ切れて地面に落ちて、後を追うように彼の体がぐらりと崩れ落ちた。それを見て、なぜだろう、張り詰めていた気が抜けたのかもしれない。私もふっと気が遠くなった。

夢を見た。もう何度も見た、赤毛の可憐な子の夢だ。ボロボロな体を引きずる、荒《すさ》んだ赤い瞳の男の子。そういえば、彼の瞳はまだ赤と緑のヘテロクロミアではなく、両方とも赤かった。

時間は、その子が虐待《ぎゃくたい》してくる兄弟を殺した後か。やっとの思いで主人を倒したのに、その子は他の兄弟によって床に打ち倒されて拘束《こうそく》されている。

ただ、その兄弟は、どうやら赤毛の子をいつも痛めつけていた兄弟とはどこか違う様子だ。彼は赤毛の子に、ある提案を持ちかけた。『生かしてやるから服従しろ』と。どうやら赤毛の子の実母が、遺伝でしか使えない魔法の使い手で、その血を引く子どもをむやみに殺したくないらしい。妹のアリシアさんの名前も出されて、赤毛の子はしぶしぶその兄弟にくだることになった。

それからの生活は寄ってたかって虐待されていた頃とはずいぶん異なった。その兄弟は年上のようだが、彼は赤毛の子をむやみに傷つけず、それどころか治療をして、頼まれれば魔法を教えた。赤毛の子が赤い瞳の片方を抉《えぐ》り出して魔石を入れたのもこの頃だ。虐待によって魔法を使えない体にされたその子に、その措置《そち》は子どもが行うものにしては有効だった。

「俺はなー、この家はクソだと思うよ。父さんが中心にいて、母さんたちは父さんに振り返って欲しくて子どもを競争させるし、子どもは母さんに自分を見て欲しくて他の兄弟を殺すわけだよ」

そのお兄さんは、ひどく強《したた》かで、異様な環境で育った中ですば抜けて冷静だった。

「俺は、父さんを殺す。あの人が兄弟同士の競争をさせる体制を作ってるんだ。革命を起こしたいならすでに敷《し》かれている体制でトップにならなきゃなー。というわけで、俺は兄弟を殺してトップに立つ。家を継ぐ。——そしたら潰してやるよ、こんな家。父さんは教育を間違えたねって、そん

なんじゃ家が続くわけないだろって、死体の上で笑ってやる」

そんなお兄さんだったから、赤毛の子も少しずつ彼に心を開き、慕《した》った。お兄さんは兄弟同士の『競争』において、自分の下にくだった赤毛の子を『自分の人形』と称《しょう》してあくまで守り続けた。バカみたいな話をして、真面目な将来の話もして、なんだかんだ、それは穏やかな日々だった。

ある日、お兄さんは赤毛の子に言った。

「俺は明日、父さんを殺す。悪いねー、お前の父親でもあるのに」

彼は順調に他の兄弟をくだし、とうとう最大の目標を果たそうとしていた。お兄さんは万全に準備を整え、実力だって十分だった。けれど、彼が家を継いで、そして潰すことはなかった。お兄さんはその直後に、父親にその体を乗っ取られたのだ。

人の体を乗っ取る魔法は、禁忌《きんき》であるものの存在する。ただし様々な制約があり、その制約に引っかからないように、彼らの父親は生まれてくる子ども全員に呪いを仕込んでいたらしい。そして、その代の一番優秀な子どもを器として、その体に乗り移ることで何百年も生き続けてきたのだ。つまるところ、父親はお兄さんの体に乗り移ったわけだが、赤毛の子に乗り移ることも、アリシアさんに乗り移ることもできたのだ。

さて、それからの展開は、嵐のようであった。赤毛の子はなんとか実家から独り立ちし、必死でかけずり回り、あらゆる失敗を重ねて苦渋《くじゅう》を舐《な》めながら足掻いていた。

彼はおそらく、父親を殺すことを目標に動いているのだろう。けれど父親を殺すためには、器となる呪いを仕込まれた人間、すなわち自分を含めた家族も軒並《のきな》み潰しておかなければならないという矛盾した構図もあった。

まず彼は、解呪を専門とするあらゆる魔法使いを当たった。宮廷魔法使いになったのもこの頃のようだ。様々な魔法使いとコンタクトを取るのに、宮廷魔法使いという職業は便利だったのだろう。中でも宮廷魔法使いのシヴロ・ムさんに頼み込み、一時的に乗っ取りを拒絶《きょぜつ》する方法を編《あ》み出してもらっていた。しかし、グランドの魔法使いのシヴロ・ムさんをもってしても、完全に解呪するのは無理なようであった。

それでも、彼はその方法で妹さんを守る手筈《てはず》を整え、一方で家族を殺す計画を練《ね》っていった。器の呪いを持つ人間をリストアップし、自分含めて全員を殺し切る計画を、何年も、何年もかけて。見ているだけでおかしくなってしまいそうな酷い夢だった。達成するのはあまりにも困難な目標、いつ自分が乗っ取られるか分からない恐怖、何より味方が誰もいない。それでも、彼は食事を制限して自分の体で魔法薬の実験を重ね、情報を集めて、着々と計画を進めた。

ただ、その計画の中で、どうにも足を引っ張るものがあった。それが魔力の汚染《おせん》である。浄化が満足にできず、常に抱える体調不良。浄化をする際にいつも相手に怖がられるストレス。とはいえそれに関しては目ぼしい解決策もなく、彼はやっぱりコツコツと計画を進めていった。

しばらくして、そこに一人の女の子がやってきた。すなわち私である。一気に浄化ができたことで体調は良好になり、浄化のたびにいちいち怖がられず、なんなら家事までやりはじめた！　彼の動揺《どうよう》は大きかった。「つ、都合が良すぎる、意味が分からない、なんなの、そんな女の子がいたならもっと早く出てきなさいよ」と逆ギレまでした。だから彼は、その浄化効率を手放せなくなった。けれど、一人に浄化の役割を依存するのはリスクもある。

彼の実家での『競争』において、常識だったことの一つ。それは、相手が男の魔法使いなら浄化

機構《きこう》を殺せば実質終わりだということ。いざ計画がバレた時、まず危険に晒《さら》されるのは高確率で浄化機構、すなわち私だった。

「私に、マリーを守りながら戦えるかしら？　ゴディとペコは自衛くらいできるでしょう、他に付き合いがある魔法使いも大丈夫、そういう人を選んで付き合ってきた。でも、マリーは……」

だったらいっそ、害されたときに苦痛を感じないように、意思や感情の類を消してしまうのは？

だから彼は、私を人形にしようと決めたのだ。自分がお兄さんの人形として穏やかに守られていた頃のように、自分のやり方で守ろうと。

　ふわりと意識が浮上するような感じがした。私はまだとろとろと微睡《まどろ》むような心地《ここち》で、今しがた見た一連の夢を反芻《はんすう》する。壮絶《そうぜつ》な夢であった。そして私にとっては夢でも、アビーさまにとっては現実の記憶なのだろう。なんと酷い話だろうか。私だったら早々に死ぬだろうし、よしんば生き残ったとしても一目散に逃げて助けを求めるだろう。アビーさまはずっと一人で立ち向かってきたのだ。

「でもアビーさま、無責任なことを言うようですが、一回逃げるのも一つの手だと思うのです」

「言うじゃない。本当に無責任で能天気よ」

「へっ？」

ハッとして周囲を見た。ふわふわとした、どこともしれない場所に私はいる。少なくとも見知った屋敷の中ではなかった。そしてやや距離を置いた場所に複雑な表情をしたアビーさまが立っていた。私はひくりと頬を引き攣《つ》らせる。

「……もしかして、まだ夢って続いてて、繋《つな》がっています？」

「ここ最近、あんたと私の夢が繋がっていて、私の夢を見せていたみたいね。私が仕込んでいたものの副作用でしょう。わざとではないけど、気分の悪いものを見せて申し訳なかったわ」

アビーさまはその場から動かずに頭を下げた。短くなった赤い髪がさらりと揺れる。

「いえ、それは構いませんが……私としては知れてよかったとも思いますし。むしろ覗き見をしてしまったようで申し訳ありません。とはいえアビーさま！」

「何よ」

「やっぱり一回逃げてお休みしませんか？」

「だから、あんたちゃんと見てなかったわけ？　逃げられないっつってんの。今の私の体にも器の呪いは残り続けてる。命を握《にぎ》られているようなもんよ。安全じゃないの」

「でも、でもですね？　今すぐに乗っ取られるものではないわけじゃないですか。特に、今の代はもう器がお兄さんに決まったのでしょう。なら、余程のアクシデントがない限り、アビーさまが乗っ取られることは実質ないわけですよね？」

「あんた意外と図太いというか不謹慎《ふきんしん》というか……」

私の言葉にアビーさまは呆れたような顔をする。確かに今の発言は不謹慎だったかもしれない。でも、アビーさまがむやみに命を削っているみたいで、私はなんとか止まってほしかったのだ。

「アビーさま、『やらなくちゃいけないこと』なんて、本当は何もないと私は思うのです。だから、必要がないのにやらなくちゃいけないと思い込んで頑張るのは、呪いに近いと思います」

「ありがたいお説教ね」

「本気にしていませんね。確かに年下の私が言っても説得力ないですけど……。そうですね、強い

て言うなら、やれば利益を得られることと、やらないと不利益を被ることがあります。後者は、やらなければいけないことに近いかもしれません。でもですね、本当にそうなのか、特に苦しくなったらそれを考えた方が良いと思うのです。ほら、アビーさまって強いじゃないですか」

「馬鹿にしてる？　弱いからこうなってんのよ」

「違います！　普通なら、あんな酷い目に遭って孤独な中で、自分までひっくるめて家族を殺し切るなんて計画進められないんですよ！　忍耐力《にんたいりょく》が高すぎます！　でも、そうじゃなくて、逃げることもしてください。確かに、アビーさまのお父さまのことは、放置していい問題ではないと思いますが、……苦しんで苦しんで、アビーさまだけで解決する問題でもないじゃないですか」

「あんたには、関係な、」

「どの口でおっしゃいますか。お人形にされそうになった時点で私にも関係あるんですよ」

くわっと怒ると、アビーさまも否定できずに口を噤《つぐ》んだ。私は改めてゆっくりと問う。

「好きでやっているわけではないんですよね？」

返答までは、少し間が空いた。

「……うるさい。やめて。逃げたくなるでしょ」

「逃げるのが嫌なのですか？　じゃあ逃げないまでも、一回休んでゴディさまやペコさまにも相談しましょう？　ゴディさまなんか、今回の件に関してたくさんのグランドの魔法使いに連絡をとって協力を求めていましたよ。アビーさまの敗因、『そこ』なのでは？」

私の言葉に、アビーさまは酷く苦い顔をした後、「正論で殴《なぐ》るのはやめて。死にたくなるわ」と頭を抱えてズルズルと座り込んだ。冗談めかした話し方をしているが、アビーさまは辛《つら》そうだ。ち

ょっと涙目で不貞腐《ふてくさ》れたような顔をしている。

私は少し考えて、「呪いを解くにはキス」というシヴロ・ムさんの話を思い出して、やってみることにした。さっきアビーさまに告白されているし、ちょっと調子に乗ってもいいだろう。

「アビーさま」声をかけると、彼は律儀《りちぎ》に顔を上げてくれる。私はそこに唇を寄せた。

「――」

ちゅ、と小さなリップ音を鳴らし、顔を離す。ぽかんとこちらを見上げるアビーさまの顔に何だか気恥ずかしくなって、私は笑った。

「……なに、笑ってるのよ」

「いえ、特に理由は。呪いが解けるといいですね」

「意味分からないんだけど……」

少しの間呆《ほう》けた後、「あんたバカ？」とアビーさまは私を罵倒《ばとう》する。

「この流れでキスするって何？　私に恋愛しろって言ってんの？　そんなの無責任にも程があるのよ、許せないんだけど、許せない、今揺らいだ私が一番許せない……」と彼は再び塞《ふさ》ぎ込んでしまった。難儀な人である。

ちょうどその時、不意に夢の中に、赤い髪が揺蕩《たゆた》った。アビーさまではない、小さな少女だ。アビーさまが「アリシア」と言うので、彼の妹さんなのだろう。記憶の中の少女が笑う。

「お兄様、これまでありがとうございます。ふふ、家を出てもお手紙をお送りしますので、ちゃんと受け取ってくださいね。送った手紙が返ってきてしまったら、アリシアは心配でこの実家に帰ってきてしまうかもしれません。……そんなに怖いお顔をなさらないで、冗談です。――お兄様、ご

無理はなさらないでくださいね。アリシアはこの家のこともお兄様のことも忘れ、手段を選ばず息災に生きます。それがお兄様を一番助けることだと心得ております。どうかお兄様もお元気で幸せに生きてくださいね」

　赤い髪の少女が言う。アビーさまは潤《うる》んだ目元を咄嗟《とっさ》に隠し、ますます塞ぎ込んだ。

「……幸せって、何よ……。知らないのよ、そんなもの……」

「じゃあ、一緒に過ごしませんか。色々相談して、助けを求めましょうよ。それから、やりたいことをやりながら、考えませんか……？」

　私の声にアビーさまは答えない。そうして寄り添っているうちに、ふわりと夢は終わっていった。


「あーかわいい子、起きた？」

「……マグ・メル……」

　目が覚めると、私はアビーさまの部屋で椅子に座っていた。アビーさまは床に倒れていて、テーブルの上のお茶会のセットもそのままだ。多分、気絶してからそう時間は経《た》っていない。マグ・メルは私の意識が戻ったのを確認するとニコッと笑った。

「いやー、怒る子すごいねぇ。ホントに我が主人まで落とすとか思わなかったぁ。絶対謎の子の警戒しすぎだと思ったのにー」

　なんか意識を失う直前は嬉々としてアビーさまを煽り倒していた気がするが、今のマグ・メルはご機嫌そうだ。ヴェールがひらひらと踊るように揺れている。

「あれね、間近で見て初めて分かったけど、精霊の契約と同じようなものを、人間同士の間に成立

させてる。自分で開発したのかなぁ、すっごいことだよー」

「そうすると、何ができるの？」

「色々できるよー。そばにいなくてもなんとなくの相手の状態が分かるし、意思の疎通もできる。あとは、深いところで繋がってるからね、相手の意思を塗りつぶすことも、できる」

私は黙って頷いた。『人形にする』『意思を消す』というのはそういうことなのだろう。

「ただ、精霊と人間の関係だと、片方優位の関係を築きにくいんだ。基本は精霊の方が力が強いからね。そして精霊には支配するとかの発想がない。だから、契約において強制的な主従関係はあんまり起こり得ない。精霊は好きで人間に従ってるからね。ただ、人間同士だと、塗りつぶすとか、操るとか、結構ありそうだよね」

ニヤリと邪悪にマグ・メルが笑う。なるほど。人間と精霊なら精霊の方が強いから隷属《れいぞく》関係にならないけど、人間同士なら隷属関係になり得るわけだ。

「怒る子とかわいい子の間には、もうかなり太い契約ができちゃってるね。普通の人間と精霊の契約が緩く手を繋ぐくらいとしたら、腕が繋がって一本になってるくらい太い」

「怖っ」

想像すると結構グロい。「僕なら外から介入して強制的に切れなくはないけど、思考とか記憶に影響出そうだからオススメはしないなー」とマグ・メルは呑気《のんき》に言った。

「あ、よく見たら、怒る子と謎の子、あと怒る子と我が主人の間も繋がってる。そこまで太くはないけど。我が主人はそこから契約回路に入り込まれて、意識を取られた上で、契約回路越しに精霊も無力化されたんだな。我が主人に精霊の契約回路から攻撃仕掛けるとか挑発的ぃ〜。怒る子の素

の力でいけるわけないから、魔法の威力の増幅剤とか使ったのかな。カリンカが落ちるなら、僕も契約切ってなかったらひとたまりもなかっただろうねぇ」

「呑気だな」

ふよふよしながら考察を述べるマグ・メルに、私は突っ込んだ。それって、本当に一歩間違えたらマグ・メルも落ちてて、私は人形になっていたということじゃないか。恐ろしすぎる。

「まあそれはさておいて、怒る子は本当に僕好みだなぁ。精霊の契約回路を攻撃や支配に使うとか、ほぼほぼ自傷行為みたいなものなのに、それで攻撃するなんて超捨て身ぃ」

「そうなの？」

「精霊の契約でエーテル体を繋げるには、あるものが揃《そろ》っていないといけないんだ」

それがなんなのかと聞くと、マグ・メルは「そんなの決まってるでしょー」と勿体《もったい》ぶった。彼はニヤニヤと私とアビーさまを見比べ、そして手でハートマークを作る。顔自体は曖昧なくせに、それは酷く生き生きとした良い笑顔だ。

「愛ってヤツさ！」

その時、勢いよく部屋の扉が開いた。

「「マリー！」」

「ペコさま、ゴディさま！」

大きな音を立てて、二人が部屋に転がり込んでくる。ゴディさまは即座にワンドを構えた。ペコさまの前には雪混じりの風と共にカリンカと思われる巨大な白い腕が入ってきた。ゴディさまとペコさまは部屋を見回して、倒れ伏したアビーさまと無事な私とマグ・メルを見ると、心底安堵《あんど》した

ように脱力する。

「お二人ともご無事でしたか」

「いやこっちの台詞《せりふ》！　その様子なら大丈夫だね!?　はー良かったぁ……！」

さりげなくワンドを振って気絶したアビーさまを拘束するゴディさまと、こちらに駆《か》け寄ってくるペコさま。ちなみにカリンカらしき巨大腕はすぐに溶けるようにして消えた。にしても大きくて白くてもふもふそうだったな……。

「良かったぁ、本当に、本当に紙一重だったな……」

「振り返ってみれば確かにな。……その、全然役に立たなくて申し訳ない」

ペコさまが私に怪我《けが》がないかなどを確認しながら、しょんぼりと言った。慌てたのは私である。出先のペコさまと話すだけで心強かったし、すぐに帰ってきてくれたし、役に立たなかったなんてことはないのに。

「そ、そんな、助けてくださってありがとうございます！」

「いや……気絶した時に分かったんだが、アビアラが使っていたのは精霊との契約に近い繋がりからの攻撃だった。分かっていれば耐えられたと思うんだが、まんまとやられたことが、申し訳ない」

本来なら止められた攻撃だから気に病んでいるらしい。私があわあわしていると、ゴディさまがポンポンとペコさまの肩を叩いた。

「なら、ペコはむしろここから抑止力になるだろ。それに、アビーにとっては情報戦だったけど、俺たちはほぼジャンケンみたいな戦いだったじゃん。グーもチョキもパーも出せるけど、組み合わせで負けたみたいなもんだろ。というかアビーが全部の手を丁寧に潰してきた感じだし」

「そうすると今回マグ・メルを出したのはグーチョキパー以外の手を出したみたいなものだが」

「ペコにしか出せない手だったね」

「本当だよ！」

突っ込んできたのはマグ・メルだった。彼はさっきまではニヤニヤしていたのに、ちょっと怒ったようにゴディさまとペコさまに指先を突きつける。

「……いやさぁ、君たちホント僕の人間に寄り添《そ》った善意に泣いて縋《すが》って感謝した方がいいよ。天魔にこんな契約外の安働きさせるとかさー……ペコ以外だったら本当に魂持ってくからな！」

さて、そもそもマグ・メルがどのような経緯で仕込まれたのか、説明しよう。時は合流前に遡《さかのぼ》る。

私たちは合流前の最後の通話を行っていた。

「念には念を入れて、入れすぎってことはない。絶対に。仕込むだけ仕込んでおきたい」

「それは――、マグ・メルの契約を解いて、奇襲《きしゅう》させたい」

《……分かった。具体的には？》

反応は二種類だった。

「けあ？　えっ君天魔って知ってる？　もしかしてご存知でない??」

「ええ？　我が主人？」

《……契約を解く理由は？》

あり得ない話でも聞いたみたいに騒ぐマグ・メルと、神妙な顔で問い返すペコさま。ゴディさまは予想通りの反応なのか、特に気にせず続けた。

「ぶっちゃけアビーと一番相性いいの、マグ・メルだと思うんだよ。アビーはマグ・メルのこと苦

手だし、何をするか分からないからいいと思うんだ。でも、アビーは『ペコの指示を受けたマグ・メル』のことなら予想できると思う。だからマグ・メルを、ペコの考えの影響を受けないように自由にした上で、アビーの張り巡らせた警戒網の死角から奇襲させてほしい」

《……なるほど》

　補助具の円の向こうのペコさまが、とりあえず言いたいことは分かったというように頷く。しかし、マグ・メルはそれを遮《さえぎ》るように割り込んできた。

「え、ねえ君たち大丈夫？　天魔にあるまじき親切さを発揮して教えてあげるけど、裏切るよ？　こんなおあつらえ向きの舞台を用意されたら張り切って裏切っちゃうよ？」

《……ゴディルフェルは、こいつのことが信用できるのか？》

「信用してるよ。ペコがマリーを大切にする限り、マリーも同じく大切にしてくれると信頼してる」

《……分かった》

「えええ――!!　我が主人もさああああ！　ええええ。えー。え――――……」

　二人のやりとりを見て、マグ・メルは不満だけどもう言葉が出てこないと言わんばかりに天を仰《あお》ぐ。マグ・メルのこんな態度はちょっと珍しい。

「なに鳴いてるの、マグ・メル」

「はあ～鳴くしかないでしょこんなの。あのね、かわいい子、天魔はね、人間の激情が大好きなんだよ。争いと名のつくものは基本大好きで、人間に恨まれるのも依存されるのも絶望させるのも希望を持たせるのも超好きなんだよ。こんな美味しい据《す》え膳さぁ……しかも契約外だよ？　僕は確かにフレンドリーな天魔さんではあるけど、これは舐めすぎでしょ。天魔の沽券《こけん》に関わるんだけど」

ふむ？　つまりこの状況はマグ・メルにとって、好きな人が全裸でベッドにスタンバイした上で、「あなたは紳士な方だと信じているわ♡」とか言われてる感じ？　それは確かに、男として襲わない方がどうかしていると思うような状況ではあるけど……。

「……ていうかさあ、我が主人とかわいい子は分かるよ、馬鹿だからそんな馬鹿な策に反対の一つもしないのは分かるよ。でも謎の子はおかしくない？　自殺志望？　頭大丈夫？　逝《い》っとく？」

ズンと威《い》圧感《あつかん》と共に放たれたマグ・メルの挑発に、しかしゴディさまは爽やかに笑った。

「信じてるよ、マグ・メル」

マグ・メルはひくりと頬を引き攣らせる。そして苦し紛れに口を開いた。

「こんな契約外労働はな、ペコ以外だったら、かわいい子が意思塗りつぶされたのをしっかり見届けた上で、アビアラとゴディルフェル放置してペコの魂だけ持って高みの見物決め込んでやるんだからな！　ペコ以外だったら!!」

つまりこの天魔は、ペコさまに関わる限り従順だということだったのだ。

さて、ようやく、アビーさまも目を覚ました。念のため、アビーさまは身体検査を受けて武器や薬の類を没収《ぼっしゅう》された上で、魔法で体を拘束されている。体を起こすとアビーさまは首元で髪がスッパリと切れていて、そういえばマグ・メルが切ったんだったと私は思い出した。散々な格好だ。

「正気を疑う作戦ね」

「アビー開口一番太々しいなぁ」

「……自分の立場は分かっているのか？」

「分かってるわよ。今更無駄なことはしない」

ペコさまの言葉に、アビーさまはツンとそっぽを向く。彼の動きに合わせて短くなったザンバラの赤い髪がふんわりと揺れた。とは言ったものの、ペコさまの方がこの状況を扱いかねているようだ。「これこの後どうするんだ？」などとヒソヒソしている。ゴディさまが苦笑した。

「まずは事情を一つ一つ聞いていく必要があるんじゃない？　一応証言の魔法をかけておくから嘘《うそ》はつかないで。じゃあ何から聞こうか。色々あるけど……」

「そうだ、コイツ、屋敷の前にうろうろしてたぞ」

そう言ってペコさまが出したのは、大きな三葉虫《さんようちゅう》に爪を足したみたいな、硬《かた》い甲羅《こうら》を持つ生き物である。ピョ！　ピョ！　と大きな爪が挨拶《あいさつ》をするように振られ、そして甲羅の中に引っ込んだと思ったら、またピョ！　と何やら紙を挟んで出てきた。愉快な生き物だ。

「あ、イーリスの使い魔だ。そういえば応援を呼んでもらってたんだ。連絡しないと、」

しかし、言い終わらないうちに三葉虫のような生き物はパタパタと爪を振り、カッと目っぽい部分から光を出す。光は部屋の壁に当たり、そこにイーリスさんの姿が投影される。なんだこの三葉虫、映写機か？　映像の向こうのイーリスさんは、こちらに背を向けて何やらゴソゴソとやっていたが、すぐに気づいて振り返った。

《あ、やっと繋がった。よかったー全員生きてるね！　誰か死んでないかとヒヤヒヤしたよー》

「ごめん、心配かけたね。応援はもう大丈夫、見れば分かるだろうけど一応決着ついたし」

《りょうかーい。確かにアビアラ捕縛《ほばく》されてるね。……アビアラの罠《わな》じゃないよね？》

「うーん、アビーなら確かに勝った後で情報操作しそうだけど、今回は大丈夫だよ」

《まあそういうふわふわした説明をするのはゴディルフェルか》

イーリスさんは分厚いメガネを押し上げながら顔を近づけてくる。どうでもいいが、イーリスさんはどこからこちらを見ているんだろう。三葉虫は映像投影しながらシャカシャカと踊っていた。

《まあとにかく、アビアラはどんまい。でも君のしたことは褒められたことではないと思うな。あなたのことは同じ開発部の同僚としてとても尊敬していたのに、あまり私を失望させないで》

「……あんたに何が分かるの」

《そう言わないで。私に分かったのはアビアラが何をしたかくらいだね》

イーリスさんが三つ編みをぴょんと揺らして、咳払いをする。そして大人びた声で話し始めた。

《じゃあ種明かしといきましょう。結論から申し上げると、アビアラが使った技術は遠隔《えんかく》で人と話す魔法具の応用だよ》

「遠隔で人と話す魔法具？　あの、贈り合うと限定的に遠隔で話ができるという？」

ペコさまが屋敷を出る折に私も使わせてもらった、あの魔法具だ。細いブレスレットのような見た目で、一対一でしか成立しない、そして効果は一時的でしかないものの、贈り合うだけで誰でも使える携帯電話みたいな魔法具。そして、そういえばアビーさまが開発したものだと聞いたな。

《そうそう。あれはグランドが使う遠隔で話す魔法とは全く別の技術が使われていてね。何かっていうと、グランドは魔法を使うときに補助具を利用して相手を特定して、場所を特定して、そこに声や映像を送っているの。それに対して、一般に流布《るふ》している遠隔会話用の魔法具は、まず使う前に相手とパスを繋ぐことを必要とする》

「パス？」

《人と人を繋ぐ生命エネルギーだよ。アビアラが何年も前から研究を続けている技術さ》

それがおそらく、精霊との契約に近い繋がりなのだろう。

イーリスさん曰《いわ》く、魔法具はパスを繋ぎ、そのパスを通して相手との会話を可能にしているらしい。このパスは通話用の魔法具ではごく細く浅くしか繋いでいない。だから時間が経てば切れるし、相手に送れるのも声のみだ。けれど、今回の技術ではもっと太く深く繋ぐこともできる。太ければ、時間が経っても距離が離れても早々切れることはない。深ければ、送れるのは声だけじゃない。思ったことも、考え方も、見えているものも、何もかもを共有できる。

《つまり、うまくコントロールできれば、繋いだ相手の意思を塗りつぶすこともできる。だから危険だってことで論文は秘匿《ひとく》されているんだけどね。私も魔法具の外装の開発に携わっていて、加えてグランドだから論文を閲覧《えつらん》できたんだ。感謝してね？》

イーリスさんが人差し指を立てて悪戯っぽく笑った。

《さて。これを繋ぐためには、パスを繋ぐための魔法薬と、相手を想う気持ちと行動が必要になる。まあ魔法薬はただの補助だから、大事なのは気持ちと行動だね》

「相手を想う気持ちと行動？」

《なんでもいいんだ。魔法具の場合は、贈り合うという行動と、贈り合うということはつまり相手と話したいという気持ちがあるということだから、それを使って繋いでいる。パスは気持ちが強く、相手のためにかける時間が長いほど太く深く繋がれていく》

……なるほど？　そういえば、マグ・メルがエーテル体を繋げるためには愛が必要、みたいな話をしていたが、そういうことなのだろうか。イーリスさんは続ける。

《あとは、相手と触れ合う時間とその密度が高いと深まりやすいね。たとえば、料理を作り合って

食べさせ合うのなんかは、代表的かな。基本的に相手のことを考えて作るわけだし、時間もかかる。それを食べるということは、概念的《がいねんてき》に相手の気持ちを体に取り込んでいるとも言える。一緒に食べるとさらにいい。同時に薬も摂取《せっしゅ》できるしね》

「おお……なるほど……」

つまり、お茶会だろう。そして、私にお菓子を作って欲しいと頼んだのは、本当はそういう意味だったのか。もしかしたら、半年くらい前にペコさまのついでに作った昼食を食べられないらしいのに回収し続けたのもそういう目的だったのかもしれない。時期的には一致しそうだ。

ちょっと複雑な気持ちである。私は純粋にアビーさまのことを考えてお菓子を作っていたけれど、それが利用されたということだ。ただ、忘れてはいけないことも一つある。アビーさまも、お菓子を作る時に私のことを思って作ってくれたのは、きっと事実なのだ。

《私の調査で分かったことは大体以上！　アビアラー、合ってたー？》

「ふん」

《あらら。まあいいや。じゃあ何か質問ある？　なければ私は寝るよ》

不意に大欠伸《おおあくび》をするイーリスさん。寝ていないのかもしれない。最初の連絡からたった数日しか経っていないのに、ここまで調べてきてくれたのだから。

「とりあえず今はいいよ。ありがとう、イーリス。助かった」

《推理ごっこはもうしばらく勘弁してねー。超疲れたんだからー。あとちゃんと仲直りしてよ？　グランド同士の喧嘩はちょっと洒落《しゃれ》にならないと思う。本当に》

真面目な顔でそう言うイーリスさんに、ゴディさまは苦笑した。ペコさまはなんとも言えないよ

うな顔でアビーさまを見て、そしてアビーさまは黙ってそっぽを向いている。なんとも言えない雰囲気だが、ゴディさまは一通り見た上で「まあ大丈夫だと思う」とイーリスさんに返した。彼女は少し心配そうに頷くと、ピコンと思い出したように私を見る。
《あ、最後に、マリーちゃん》
「は、はい」
《正直私は君の気持ちが分からない。客観的に酷いことをされたと思うし、私がされたらアビアラを殺すかな。まーじ許せん。人のことなんだと思ってんのこのクズ！　グランドの職権濫用《らんよう》しやがって、もう金輪際《こんりんざい》魔法使うな！　……と、怒ると思う。そして君にはそれくらい言う権利がある。アビアラを酷い目に遭わせたいなら私に言ってくれれば事情を知ってるよしみで協力してあげる。でも、でも、その上で私は君に頼みたい》
　イーリスさんが、映像越しにアビーさまを見て、それから私を見て、パッと頭を下げた。私は息を呑む。直接会ったこともない使用人に、グランドの魔法使いが、頭を下げたのだ。
《人には、更生できる余地があると思う。そのチャンスを、もしも君が良ければアビアラに与えてほしい。彼は私からしたら尊敬できる優秀な魔法使いなんだ。何度締め切り直前の書類の処理を助けてもらったことか……》
「それは自分で計画的に処理しろよ」
「それか専門の補佐雇《やと》いなよ」
《ひーん》
　総攻撃である。

《……まあ書類は冗談としても、同僚として彼には色々助けられているんだよ。彼は気が利くしよく気づくし面倒見もいい。魔法薬の開発では着眼点も鋭くてセンスもある。失うには惜しい人材なのさ。たとえ、こんな最低なことをしでかして全ての信頼を失ったとしてもね、更生すれば、彼は泥臭く努力を重ねて這《は》い上がれる男だ。味方であれば、こんなに心強い存在もそういない》

イーリスさんは力強く言い切った。アビーさまを見ると、不貞腐れたような顔でそっぽを向いている。表情からはどんな感情か読み取れないが、ひどく情けない気持ちだろう。

《私の使い魔くんをマリーちゃんに預けておくよ。君がどのような決断をしようと、私はこの件に関して君に一回だけ力を貸すと約束する。何かあったら連絡してくれたまえ》

「はい」

三葉虫がシャキッと敬礼する。映像が消えた後、ゴディさまが小さく笑った。

「イーリスは変人だけど、情に厚くて気のいい魔女だ。グランドの名に恥じない実力者でもある。そのイーリスがマリーに力を貸すと言うなら、本当にできることはやってくれると思う」

そして、彼女がここまでしてくれるのは、少なからずアビーさまへの信頼があるからだろう。

「……おおきなお世話なのよ、あのズボラ魔女」

アビーさまがどこか弱々しい声で呟いたのが聞こえた。さて、イーリスさんとの通話を終えたところで、マグ・メルが不満げに声を上げた。

「えー、じゃあ結局怒る子の処理はどうするの？　断罪しないのー？　一番楽しいところなのに」

なんとなく少年のような見た目を利用して可愛らしい仕草をしているが、言っている内容の毒が強烈だ。ペコさまが呆れたようにため息をついた。

「……楽しいのはお前だろう、マグ・メル」

「そうだよ？　人間の醜《みにく》いところが見られてすごく楽しい。それにさー、決着は付けなきゃだろ。ほら、怒る子だってさ、あそこまでやったんだから、何やり返されても文句はないでしょー？」

「………………そうね」

話を振られて、アビーさまは素っ気ないながらも静かに頷く。マグ・メルはニヤァと笑って、でもすぐにわざとらしい笑顔を浮かべて私を振り返った。

「ね、かわいい子？　あーんなに色々されちゃったんだから、因果応報《いんがおうほう》な目に遭ってもらわなくちゃ気が済まなくない？」

「マグ・メル。私はそういうの、興味ないよ」

「あれっそうなの？」

マグ・メルが不満そうな顔で「え〜なんでさ」と言い募《つの》る。マグ・メルは本当に歪みないな。私は少し言い淀んで、しかしとりあえず自分の考えを述べることにした。言うだけならタダなのだ。

「……私はね、結局自分が一番大切で、自分が楽しいことが好きだよ。私の時間は限られていて、なら私は私を大切にしてくれる人に時間を使いたい。大切にしてくれない人に仕返しするのは楽しくない。……もっと言うなら、私は私を大切にしてくれない人には何も使いたくない。関わるのも考えるのも全部やめたい」

「おやおやぁ。それはそれはまた残酷《ざんこく》な」

ブーイングモードだったマグ・メルが、一転ニヤニヤし出した。その瞬間、ズンっと泣きたくなるくらいの悲しい感情が押し寄せる。ビックリして、思わずアビーさまを見た。ほぼ同時くらいの

タイミングで顔ごと逸《そ》らされた。その表情はツンと澄ましていて何も読み取れないけれど、心はシクシクと痛む。……あれ？　もしかして、パスが繋がっているせいでアビーさまの感情が伝わってきているのかな。そんな私の驚きは知らず、ゴディさまとペコさまが顔を見合わせている。

「マリー、意外とえげつないな……」

「き、聞いてるだけで涙出そう。マグ・メルの時にゴディルフェルに殴らせたのは、まだマグ・メルとは仲良くするつもりがあった故とも言えるわけか」

「やだ～照れちゃう～」

わざとらしくくねくねするマグ・メル。私と目が合うと、マグ・メルはニヤァァッと笑って「いやぁ、怒る子は本当に感情豊かで人間臭くてサイコーだね」と口パクした。この精霊、アビーさまで遊ぶ気だ。マグ・メルはわざとらしく笑いながら、するりと私の肩に手を置いて、そっと囁く。

「じゃあかわいい子は、怒る子のこと許しちゃうの？」

「い、や、許す許さないと言われると困るし、極端《きょくたん》だよ。それに、それって何のためにやるの？」

私の言葉にキョトンとするマグ・メル。私は少し喋りにくさを感じながら口を開いた。

罰があるのは何のためだろうか。必要に応じて本人に罰を与えて、更生してもらうためでは？　酷いことをした人に例外なく罰を与えるというルールを作っておくことで、みんなに酷いことをしないようにと律するためなのでは？　つまり、再発を防ぐためだと思うのだ。

「そもそも大事な話をする必要があると思うんです。アビーさまはまた、同じことをしますか？」

しかし、酷いことをする人って、多くは必要性に駆られた人なのではないだろうか。少なくとも、アビーさまの場合はそうだ。では、その必要性は今はどうなっている？　必要性がまだあるなら、

同じことが繰り返される。当然だ、必要なんだから。アビーさまはきゅっと唇を噛《か》み締《し》めた。泣き喚《わめ》きたくなるほどの寂《さび》しさと、一方で固く閉ざされた感情が伝わってくる。

「――分かったわ。誓約書を書きましょう。私はもうマリーには関わらない」

伝わってくる感情に反して、アビーさまは強い瞳でキッパリと言った。

「考えたのよ。考えた。でも、やっぱり諦められない。そしてマリーがいるなら、私はマリーを使うし、その結果マリーは高確率で死ぬよりも酷い目に遭うわ。だから、もうマリーには関わらない」

ガーネットの瞳はそれでも強い光を放っている。ゴディさまのアメシストみたいな瑞々《みずみず》しい輝きでも、ペコさまのダイヤモンドみたいな繊細《せんさい》な輝きでもない、赤い瞳は濃く深く重厚だった。差し込む光に対して重く光を照り返し、しかし日が沈み切った直後の黄昏《たそがれ》の空に目を凝らすような仄暗《ほのぐら》く怪しい深さもある。

「ごめんなさい。マリーにしたことは謝るわ。パスも取り除ける方法を開発する」

「あれ取り除ける方法ないんだ」

「今のところ、繋ぐだけで意図的に切るのは無理。自然消滅を待つしかないわね」

「……あれだけ太く繋いでおいて、自然消滅は無理だろう。多分空間超えても繋がったままだぞ」

心配そうに眉を寄せるペコさまに、アビーさまは「マリーが望むなら何年かかっても綺麗に切り離すわよ」と宣言した。彼がそう言うなら本当に実現させるのだろう。私はムスッと口を尖《とが》らせる。パスを切るとか、そんなことを頑張らなくてもいいのに。もっと別のところを頑張ってほしいのに。

「アビーさま」

「何？　不満？」

「……不満です。私が求めているのはそういうことではありません」

「なら、何がいいかしら？　出来ることなら何でもするわ。出来ないことは出来ないけど」

「……アビーさま、なんで素直に助けてが言えないんですか、意地っ張り」

「ああ？」

わあ、一気にガラ悪くなった。思わずピャッとゴディさまの後ろに隠れてしまった。

「そ、そうやって威圧してもダメですからね」

「とか言ってゴディの後ろに隠れてるじゃない！　別に何も考えずに言ってないわけじゃないの！　私だって……！」

「ちょっと待って、俺たちが置いてかれてる。今の話は何？　アビーは助けて欲しいことがあるの？」

ゴディさまが口を挟む。するとアビーさまはそっと口を閉じた。言いたくないらしい。

「そもそも今回の話、動機《どうき》はなんなんだ？」

「そうだよ。本当にマリーがいなくなるのが嫌でやったの？　正直アビーはこう……嘘じゃないけど八割建前みたいな話することあるから、あんまりあの辺の話信用してないんだけど」

ゴディさまに言われて、アビーさまはやはり口を噤んだ。しばらくゴディさまとアビーさまの間には睨めっこが展開されていたが、根負けしたのはアビーさまだった。ふいっと視線を逸らし、口をへの字に曲げて小さく話し始める。

「……私は、親父《おやじ》を殺したいだけよ」

「ふぅん？　親父ってご当主さま？　いや、今のご当主さまはお兄さんじゃなかったっけ？」

「代々当主の体乗っ取って生きてんのよ、あのクソ親父は。だから中身は親父」

「え、怖。前から思ってたけどアビーの家、おかしいよな」

ゴディさまが実にシンプルな感想を述べた。私もそう思うけどズバッと言うなぁ。

ゴディさまは一連の話を聞いて難しい顔をしている。アメシストの瞳が考え込むように伏し目がちに瞬《またた》いて、そしてアビーさまを見た。

「まあ、何となく分かった。ちなみにアビー、ひとつ大事な確認があるんだけど、そのお父さん殺しってアビー自身でやりたいの？　それとも、殺せれば実行は誰でもいいの？」

「…………は？　何、考えてんの？」

「別に。答えてよ」

二人はバチッと睨み合う。しばし後、根負けしたように再びアビーさまが口を開いた。

「……後者。殺せれば、いい」

「なら良かったー！　じゃあ俺からひとつ、みんなに提案させてもらえない？」

「……何よ？」

この場にいる全員の注目を集めて、ゴディさまはにっこりと微笑んだ。そして私の手を取る。

「マリー、ねえ、その、俺を信じて、一度アビーのこと、許してほしい」

「は？　ちょっと、待ちなさいゴディルフェル、何考えてるの？　あんたがそこまで私に肩入れする理由が、私には全く分からないのだけれど」

アビーさまの言葉に、ゴディさまは目を細めて少しだけ微笑んで返した。

「アビーはね、必要なんだ」

「は？」

困惑顔のアビーさま。私もだ。ゴディさまは頭を振って、それから懇願《こんがん》するように声を出した。

アメシストの瞳がチカチカと光を放つ。

「とにかくお願いだ。マリー、アビーにあの『美醜逆転《びしゅうぎゃくてん》』の話をしてあげてくれないか？」

「え、な、なぜですか？」

「いつかは必要じゃない？　この話」

それはそうだけど、今である必要はなんなのだろう？　しかし、ゴディさまはふざけた様子もなく真《ま》っ直《す》ぐに私を見てくる。私は少し躊躇《ためら》って、それから口を開いた。

「え、えっと、では、話します。あの、にわかには信じ難い話かもしれないと思うのですが……私はどうやら、この国の多くの人とちょっと価値観が違うようなのです」

「……どういうこと？」

「端的に申し上げますと、ゴディさま、アビーさま、ペコさまの三人ともを、ものすごい美人さんだと思っているのです」

「はあ??」

素《す》っ頓狂《とんきょう》な声を上げるアビーさま。彼は即座に驚愕の表情を引っ込めると、次は鼻で笑った。

「なーにそれ、馬鹿にしてる？」

「アビーさまこそ、そういう言い方は失礼ですよ。本気です。皆さんだって、なんとなく私が変なのは感じていたのではないですか？」

「……」

私の言い分に、それぞれ思うところはあったのか、三人は黙った。しばしの沈黙が流れる。

「……色々聞きたいことはあるけど、まあ今はいいわ。で、だから、なんなの？」

「ちゃんと説明しないとこの貴重さが分からないの？」

ゴディさまが威圧するようにアメシストの瞳を細めた。

「俺はね、アビーとペコにマリーの貴重さを理解してほしいんだ。一緒に守るものとして認識してほしい。俺たちにとって、こんな女の子が他に現れると思うの？」

「……マリーの貴重さくらい、わざわざ価値観の話をされなくたって分かるわよ。こんな顔の男を、拒絶しないで受け入れてくれる女の子なんかいないわ。そんな、そんな話なんかされなくたって、今まで一緒に過ごした中で、十分分かってるのよ」

「……それは、俺も一緒だ。マリーのことは、その、大事だと思っている」

そ、そんなことを超絶美形なご主人さまたちに言われたら、ものすごく照れる。だって、彼らはこの世界ではバケモノなのかもしれないが、私にとっては揺るぎなく美人さんなのだ。その上三人とも性格も素敵で、可愛くて、これまで一緒に過ごす中で好感を抱いている。もはや告白でもされているんじゃないかというほどの言葉は、私のようなただの女の子には致死量《ちしりょう》だ。普通にときめく。

でも、真剣に放たれる甘い言葉にときめくばかりではいられない。ときめいて、その後の将来のことを考えた時、チラリと頭をよぎるのは元の世界の家族や友人のことだった。私はただの大学生で、これから目一杯遊んで、勉強して、普通に過ごしていくはずだった。帰る方法は依然《いぜん》として分からない。そもそも調べられていないし、その前にお金だって返しきれていない。思えば、この世界に来てもう一年近く経つ。思うところがないわけではなかった。

「で？　私に親父殺しは諦めてマリーを守れって？　悪いけど、心残りはあるけれど、でも真っ平よ。逃げて一生不安を抱えて生き続けるなんてできない。私は……」

　アビーさまの件だって、まだ全然解決していない。私はぐるぐると考えた。

　そう、一回落ち着こう。何かモヤモヤするなら私には許容できない範囲と理想とする範囲、つまりこだわりがあるはず。それを掴み切ることが大事だと思う。そうすれば行動方針ははっきりする、今までだってそうだった。私は精霊に無視されるのが許容できないから行動した。私は人形にされるのは許容できないから、でもアビーさまと訣別《けつべつ》するのも許容できないから行動した。

　じゃあ、今は？

　私は静かに大きく息を吸って、ゆっくりと吐いた。まだ考えはまとまりきらないけれど、それでも自分の持って行きたい方向に動かすなら、黙っていては始まらない。

「あの！」

「……マリー？」

「わ、私はですね、実は、その、異世界から来たのです！」

「は？」

　アビーさまがきょとんと私を見た。いきなりなんの話だと思っているのだろう。私は続ける。

「異世界、そういう概念ってここにもあります？　結構簡単に行き来できたりします？」

「いや……異世界っていうのは、あると言われているね。でも行き来は自発的にはできなくて、事故みたいな転移の例が過去に数例しかないかな。そもそも転移の魔法だって超高度だし」

「そうですか……。私はお家《うち》に帰りたいんです。私、なんでか分からないうちにここにいたのです

が、当然私にも家族や友人がいて、その人たちを全部置いて私はここにいます」

　誰かが息を呑んだ気配がした。

「……転移魔法で誘拐《ゆうかい》された、みたいなものか」

「なんで転移したか分からないから帰る方法も分からないし、帰れるかも分かりません。本当は、ゴディさまへお金を返し終わったら帰る方法を探そうとしていました」

「おい……私たちのことをこんなに誑《たぶらか》し込んでおいて、しれっと帰る気じゃないでしょうね？」

「身寄りがない人を徹底的に洗い出して、計画的にお人形にしようとした上に、今も捨て身特攻を諦めていない人に言われたくないんですよ」

　私の言葉にアビーさまが「ぐ」と苦々しげな顔をした。自分が死ぬのは良くても私が帰るのは嫌だなんて、勝手な人である。でも、だからこれは大きな交渉材料になる気がした。

「ね、アビーさま。私帰っちゃいたいと思うんですけど、どう思います？」

「……そんな話で私を強請《ゆす》る気？」

　少しの間睨み合う。なんとなく、アビーさまの気持ちがゆらゆらとし始めているのを感じ取っていた。これが繋がったパスのせいなら、私の気持ちも伝わっているのだろうか。睨み合いは長期戦を覚悟したが、アビーさまが躊躇いつつ、ぐずぐずととても小さく口を開いた。

「……し、幸せって、」

「え？」

「マリー、夢の中で言ったわよね。し、幸せって何なのって言ったら、一緒に過ごして、考えていこうって……嘘に、するの？」

顔を真っ赤に染めて、拗《す》ねたような表情をし、本当に小さな声で彼はそう言った。そんなに可愛い顔をされると、つい絆《ほだ》されてしまいそうになる。しかし私はぎゅっと堪えて口を開いた。

「こうも言いましたよ。一回休んでゴディさまやペコさまにも相談しましょうって」

仏頂面で黙り込むアビーさま。まるで幼い子どもみたいだ。

「ずっと逃げようなんて言ってないです。一回休んでから、相談しましょう？　ねえアビーさま」

「……ずるいのよ」

アビーさまはずるずるとへたりこんだ。それまで拘束されても背筋をピンと伸ばしていた彼が、気が抜けたように体を弛緩させて丸まろうとしている。

「しかたない、から、ちょっとだけ休む。……あと、マリー」

「はい」

「……ごめんなさい」

「はい。仕方ないから許してあげます」

私は近くに寄って、その頭をそっと撫《な》でた。ゴディさまもペコさまも、近づくことを止めはしなかった。赤い髪がさらりと私の指をすり抜けていく。

「一緒にいましょう。私は、今はまだこの屋敷のメイドさんでいたいです」

これからどうなるかは分からない。それでも、今はここで頑張ってみたいと思った。

エピローグ

「そういえば、空気を読んで言及《げんきゅう》していなかったのですが、アビーさまの妹さん、アリシアさんはこの世界基準の美人さんなのですね？　いえ、当然ですけど」

「は？　当然でしょ……と、言いたいけど、そういえばあんた私たちが美人に見えるんだったかしら？　もしかして……」

「その……いえ……」

私は思わず言葉を濁《にご》してしまったが、言いたいことは伝わったのだろう。アビーさまはありえないものを見るような顔で私を見た。

そうなのだ。夢で一瞬見たが、妹さん、私からしたらお世辞にも美人って感じじゃない。

「どこからどう見ても完全無欠の美人でしょうが。言ったのがマリーじゃなかったらぶち殺すところよ。でも……なるほどね、美醜逆転《びしゅうぎゃくてん》、か」

「面白いよね。どういう仕組みでそんなことになってるんだろう」

「……面白いか？」

うんうんと頷《うなず》くゴディさまに、ペコさまが首を傾《かし》げた。アビーさまはしばらく考え込むような様子だったが、やがてため息をついてピッと私を指差す。ちなみに、すでに彼の拘束《こうそく》は解いてもらっ

た。魔法薬などの武器になるものは没収したままだが、自由になった彼の片手は短くなった髪の毛先を慣れない手付きで弄《いじ》っている。

「やっぱりおかしいわ。危機感を察知する能力が死んでるんじゃない？」

「そこまで言わなくても！」

「そこまで言うほどありえねーのよ！」

いや、そうだとしてもちょっと言い方が酷《ひど》いのでは？　私がそう抗議すると、アビーさまは呆《あき》れた顔をして私に近づいてきた。

「普通は、私たちみたいなのを見たら怖がるものなのよ。不意に顔でも近づけられたら、ほら」

ぐいっと腕を引かれ、アビーさまの顔が近づく。ショートに整えた赤い髪の毛先が私の顔に触れそうなほどの距離。ピンと反《そ》ったまつ毛が瞬きに揺れて、その奥のヘテロクロミアの瞳が艶《つや》めいた。アビーさまの色の違う瞳は両方綺麗《きれい》だけど、義眼の涼しげな緑色の瞳に比べて、赤い瞳はまるで生きているように色味が変わるなとふと思う。燃えるような夕焼け色。私はその瞳にじっと見据えられて、思わずドキドキしてしまった。逆にアビーさまはそんな私に、信じられないような顔をする。

「……え、もしかして照れてる？」

「じ、自分にとって綺麗だなって思う人の顔が近くにあったら、ドキドキするじゃないですか」

私の言葉に、アビーさまの頬にじんわりと赤みが差した。

「お、おかしいんじゃないの……ドン引きよ……」

「あは、アビー、顔と言っていることが一致してないな。すごい混乱してて面白ーい」

「あ？　なによゴディ、喧嘩《けんか》する？」

「へえ、俺と正面から殴り合う気？」

そういえば、ゴディさまはアビーさまのことを『仲良しだと怒る』と言っていたな。そのまま二人は仲良く喧嘩を始めた。アビーさまの方が単純に体格はいいのだが、やっぱり戦闘に関する魔法が強くないと勝負にならないらしい。アビーさまはゴディさまの結界に手も足も出ない。

そんな二人を眺めていると、私の横にペコさまがやってくる。銀の瞳に照れと期待を含みながら、彼はそっと小さな声で私に尋ねてきた。

「……ちなみに、だが、マリーは俺にもドキドキする、のか？」

「そ、そんな確認しないでくださいよ……いつもドキドキしてますし、最初のお昼寝の時なんかいきなり抱きしめられてずっと振り回されっぱなしだったんですよ！」

「そ、そうか」

素直に答える私に、嬉《うれ》しそうに目を細めるペコさま。メガネの奥の薄明の瞳がふわりと緩《ゆる》んで、目元が赤らんでいた。そんな愛《いと》しそうな顔をされたらキュンとしてしまう。

そうしている間に、ゴディさまとアビーさまの喧嘩には一段落がついたようだった。

「さー、お片付けしよー。アビーのせいで俺の部屋ぐっちゃぐちゃなんですけどー」

「……悪かったわよ。でもあんたなら呪文ひとつでしょ。杖魔法って便利そうで羨《うらや》ましいわ」

「まあね！　で、片付けたらご飯食べようよ。もう連日警戒体制でいたからダラダラしたいや」

「そうだな。俺は遠征途中で屋敷に帰ったから、ちゃんと帰還手続きをしないと」

「じゃあ私、ご飯を作ってきますね。何気に全員で揃《そろ》って食べるのは初めてでは？」

「私は、食べるとは……」

「えーマリーがご飯作るのにアビー食べないの？　イーリスとマリーの話で、アビーが実は他人の手料理食べられるの分かってるんですけど？」

「……あれは、体をそういうふうに調整してて……でも、じゃあ、マリーのご飯なら、食べる」

照れを隠すように不機嫌な顔をして、ボソボソとアビーさまが言った。じゃあ、やっぱり四人で揃って食事ができるのか。最初はゴディさまと二人きりだったから、なんだか感慨深い。ゴディさまも似たようなことを思ったのだろう。彼は私に後ろからぎゅっと抱きついてきて、はしゃいだ。

「やった！　マリー、俺最初に作ってもらったパンケーキ食べたい！　卵のやつ！」

そして、他の二人に聞こえないような小さな声が耳元で囁《ささや》かれる。

「今回は怖い目に遭わせてごめん。マリーを雇ったのは俺だけど……嫌になって、ない？」

思わず振り返ると、思ったよりも近くに彼の顔がある。目にかかる黒髪に、その隙間《すきま》から覗《のぞ》く宵闇の瞳。その瞳は不安そうにゆらゆらと揺れていた。先ほど帰りたいという話をしたから、心配してくれたのだろうか。私は少し考えて、同じように彼の耳に口を寄せて返した。

「さっきも言いましたけど、私はまだここで働くつもりですよ。お金も返しきれていないですし、それに……」

もちろんいつかは自分の家に帰りたい。でも今は。

「お騒がせで目が離せない、三人のご主人さまたちのことを放っておけませんからね！」

あとがき

こんにちは、きょまと申します。

このたびは『バケモノ屋敷《やしき》のメイドさん〜美醜逆転《びしゅうぎゃくてん》世界で三人のご主人様からの愛され生活が始まりました〜』をお手にとってくださり、誠にありがとうございます。こうして本を出していただいたのは初めてで、誠に緊張しております。


本作は、小説投稿サイト「小説家になろう」のムーンライトノベルズに投稿した小説を改稿したものとなっております。私にとってティーンズラブジャンルとしては処女作でした。ドキドキしながら投稿ボタンを押した日のことは今でも覚えております。

私は以前から「美醜逆転ってなんだろう、好きだけどどこか不気味《ぶきみ》だな……」という想《おも》いを持っており、本作はそこから発想を得たお話でした。書き始めてみたら、魔法の設定を考えるのが楽しくて、メイド服は調べるほど可愛《かわい》くて。好きなものを載せられるだけ載せた、みたいなお話になっていきました。

お話ししたい裏話も設定もたくさんありますが、とりあえずヒーローたちのお話をしたいと思います。お話の構想《こうそう》初期、彼らにはそれぞれ念頭《ねんとう》に置くモチーフがありました。ゴディルフェルはココア、アビアラは陶器《とうき》のマグカップ、ペコは金属のティースプーンです。抽象的《ちゅうしょうてき》ではありますが、ゴディルフェルは液体のイメージ、アビアラは華やかな意匠《いしょう》かつ入れ物と割れ物なイメージ、そ

してペコは冷たくて補助的《ほじょてき》な役割と落ちても割れないイメージでした。これらのモチーフは、彼らの見た目にも、役割や立ち回りにも意外と反映されております。

ゴディルフェルは屋敷の中で潤滑油《じゅんかつゆ》のような立ち回りを多くしていましたし、アビアラは屋敷を用意してゴディルフェルとペコに同居を持ちかけた人物でした。ペコはあの屋敷にはヒーローたちの中で最後に移り住んできており、物語序盤一番引きこもっているにもかかわらず、一番屋敷を出ての立ち回りを自由にできる人物でした。あとはアビアラが精神的に脆《もろ》い側面を持っているのに対して、ペコはかなりタフだったりします。

なお、マリーはマシュマロがモチーフでした。屋敷の中にぽちゃーんと入ってきて、色々引っ掻《か》き回していきます。

最後になりましたが、この本に関わってくださった全ての皆様、担当編集様、株式会社ＫＡＤＯＫＡＷＡ編集部の皆様、イラストレーターのなおやみか様、デザイナー様、その他関係者の方、Ｗｅｂ版を読んでくださった方々、手にとってくださった方々、誠にありがとうございます。心より感謝申し上げます。

このお話が、少しでも楽しいひとときを過ごす一助《いちじょ》になりましたら幸いです。

きょま

eロマンス ロイヤル

本書は「ムーンライトノベルズ」(https://mnlt.syosetu.com/top/top/)に
掲載していたものを加筆・改稿したものです。
この作品はフィクションです。実在の人物・団体・事件などにはいっさい関係ありません。

●ファンレターの宛先
〒102-8177　東京都千代田区富士見 2-13-3　eロマンスロイヤル編集部

バケモノ屋敷《やしき》のメイドさん
～美《び》醜《しゆう》逆《ぎやく》転《てん》世《せ》界《かい》で三《さん》人《にん》のご主《しゆ》人《じん》様《さま》からの愛《あい》され生活《せいかつ》が始《はじ》まりました～

著／きょま

イラスト／なおやみか

2023年7月31日　初刷発行

発行者　山下直久
発行　株式会社KADOKAWA
〒102-8177　東京都千代田区富士見2-13-3
(ナビダイヤル) 0570-002-301
デザイン　AFTERGLOW
印刷・製本　凸版印刷株式会社

ISBN978-4-04-737596-3　C0093　　Printed in Japan
定価はカバーに表示してあります。